陆军 主编

编 剧 学 刊

第六辑　2022

上海书店出版社
SHANGHAI BOOKSTORE PUBLISHING HOUSE

本书为上海市高峰学科（戏剧与影视学）建设成果、上海市地方高水平重点创新团队建设成果。

目　录

剧作家研究

《熊佛西文集》总序

陆 军

历时一年有余的寻寻觅觅，六卷本《熊佛西文集》终于问世了。熊佛西是上海戏剧学院首任院长[①]，一生著作颇丰，在戏剧创作和戏剧教育方面，独树一帜。他留下的诸多戏剧作品和理论著述，对于我们今天从事编剧学研究和戏剧教育，仍有着重要的启示作用和示范意义，熊老一生所坚持的大众化戏剧创作的理念和戏剧的平民化道路，与当下的某些话剧思潮形成鲜明的对比和反差，尤其值得我们学习、思考与借鉴。

一、编选《熊佛西文集》的缘起

记得是2020年6月的某一天，上海人民出版社赵蔚华老师来电话，邀请我担任该社重点出版项目、上海社科大师文库系列之一《熊佛西文集》的编选者。获知这一信息，我很高兴。搁下电话，心情开始复杂起来。面对这一光荣而又艰巨的任务，接，还是不接，我既有些犹豫，又很想尝试。

犹豫的原因很简单。首先，在上海戏剧学院，有多位研究中国话剧史的专家，甚至还有研究熊佛西的专家，与他们相比，自愧弗如。其次，有关熊佛西的作品、言论与活动情况的汇编以及相关研究资料已有多种出版物，在文献搜集整理上我能否有

[①] 按，熊佛西1947年任上海市立实验戏剧学校校长，1949年任上海戏剧专科学校校长，1952年任中央戏剧学院华东分院院长，1956年任上海戏剧学院院长。

新的发现、新的突破，没有把握。再次，我教学任务重，兼职又多，摊子过大，加上如今年事已高，精力不济，如果顾此失彼，影响了大局，后果堪忧。

想尝试的理由也很简单。首先，几乎每个上戏人都对熊佛西老院长充满敬意，无限缅怀，我当然也不例外。其次，我至少有三次较深入地了解过熊老的戏剧创作、学术研究、戏剧教育以及社会活动情况。第一次是1985年，恩师孙祖平教授为校庆四十周年创作话剧《最后一片火焰》（又名《熊佛西》），我是最早的读者之一。因为剧作呈现了熊老"这一个"极具亲和力的艺术形象，我一下子对这个"可爱的老头"产生了浓厚兴趣，当时几乎找来了所有记载熊老生平经历的文献，浏览了一遍，受益匪浅。第二次是三十年后。我策划主编了十卷本"上海戏剧学院编剧学教材丛书"，其中首卷就是以熊老编剧理论为主要内容的《编剧原理》。第三次，几乎是同一时间段，我又策划主编了《中国现当代编剧学史料长编》，在三卷本、近二百万字的篇幅中，更是收有熊老许多有关编剧学的论述。

毫无疑问，这三次经历，使我对熊老的创作成果、学术成就、教育思想与戏剧活动有了较为全面的了解，并深为其学术与人格的双重魅力、教育与创作的卓越贡献、社会活动与大学管理的巨大成就所折服，也为我有几分勇气接受熊老文集的编辑工作提供了一定的学术准备。我相信，这一定也是蔚华老师选择我的主要原因。

第三，自2007年开始，在我担任上戏戏文系主任期间，我接受了大学老同学姚扣根教授的建议，正式启动中国编剧学学科建设，带领团队经过十多年努力，取得了阶段性成果，而熊老作为中国话剧界的前辈，他所有的戏剧活动几乎都与编剧学有关，从学科建设的角度来看，更全面、更细致、更客观地搜集整理熊老的精神财富，当是中国编剧学建设的题中之义。

综上所述，考虑再三，我觉得接受这个挑战，应是责无旁贷、义不容辞的选择。当然，限于学力、能力与精力，内心的惶恐还是不少。这个时候，我想到了一个人——我的老友，上戏图书馆资深戏剧研究工作者胡传敏。传敏兄曾是我邻居，他长我七岁，出身名门，其父胡导是我国著名的导演、演员、戏剧理论家、戏剧教育家，被誉为20世纪40年代上海话剧的"四小导演"之一，也是上海戏剧学院建院的元老，曾培养了焦晃、张先衡、李家耀等一批表演艺术家。传敏兄家学渊源深厚，自幼接受戏剧艺术的熏陶,耳濡目染"行不言之教",形成了良好的戏剧文化素养。毕业于复旦大学分校图书情报专业的他,长期在上海戏剧学院图书馆从事文献采集整理工作,有《岁月留痕:上海戏剧学院 1946—2001 话剧演出节目单集锦》《上海话剧百年图志:1907—2007》《干戏:胡导从艺七十年留痕》《舞台行动:胡导戏剧导演文集》《中国抗战话剧图史》《民国上海话剧演出说明书汇编》等著作面世,尤以文献史料搜罗鉴识为长,是公认的上戏图书馆的"万宝全书"。如他能出山,助我一臂之力,谅再无后顾之忧。我当即向传敏兄发出邀请,他慨然允诺。于我而言,犹如雪中送炭,解忧于须臾,不禁感慨兄之仁爱,山高水长。我们很快见面商议,并确定了几条原则,如本书规模初定为五至六卷,包括专著、剧本、小说、散文、文论、艺评、札记、演讲、回忆录等;要以编辑全集的要求,编一本迄今为止文献收集最详赡、最完整、最权威的选本;所有文献均要选用最早发表的版本;尽可能地找到与重要文献相关的历史图照,等等。

形成共识以后,传敏兄立即进入工作状态。从此,他日复一日、日昃旰食、日积月累,在上戏图书馆、上海图书馆、国家图书馆的故纸堆里爬梳洗剔,索解真伪,追本溯源,集腋成裘。对我来说,则只能在奔波于职场、庸碌于事务的间隙,遥向跋涉于书山中的那道坚毅的身影默默致注目礼。经常在同一个时刻,这个温暖的身影会让我想起我近年策划、主持的松江"一典六史"编撰工程中的两位功臣,我的眼前会链接起一幅画面:每天清晨,当一幢幢办公楼刚从睡梦中醒来,还没有来得及呼吸新的一天的空气,松江区图书馆二楼"一典六史"编辑部办公室的窗口,就已刻下了年逾七旬的著名民俗学家、地方史专家欧粤编审,年近古稀的华东师范大学江南文化特聘专家、《松江报》原总编吴纪盛先生这两位夫子伏案工作的剪影。除了中间抽几支烟,简单的午餐以及三点半以后的一杯清咖,几乎分分秒秒都在故纸堆里觅苍黄,屏幕纸面著华章。松江、上戏,大辞典、文集,欧先生、吴先生、胡先生,当这些信息叠加在一起时,我的眼前就会晃动起从历史教科书中认识的一个个先贤的形象,筚路蓝缕,皓首穷经,青灯黄卷,孜孜以求,"子在齐闻《韶》,三月不知肉味"。一代又一代,人类的真善美,中国历史文化的精粹,不正是由这样一些不计名利、默默耕耘、无私奉献、以苦为乐的夫子们传承下来的吗?每次想起他们,我的眼眶就会不由自主地红起来。在这些贤达面前，除了深深的致敬，我们难道不应该再让自己更完美些吗？当然，对我来说，还有另外一份发自内心的感慨：如果没有这些贤达的鼎力相助，我在学术探索与研究方面仅有的一点成果不知道要打多少折扣。

似乎有点扯开了，再回到正题。

二、熊佛西的戏剧人生

熊佛西（1900—1965），江西丰城人，原名福禧，字化侬，笔名戏子、佛西，别署向君，他是我国现当代著名的剧作家和教育家，与田汉、欧阳予倩并称为中国"话剧三先进"。熊老的一生如一本厚重凝练的大书，更如一部激情四溢的戏剧。如果以分幕的方式走进熊老不同时段的人生世界，我们可以看到这是一部精彩的四幕剧。

第一幕：粉墨登场，崭露头角（1910—1918）。

1910年，十岁的熊佛西进入本村的养正小学读书。四年之后随父亲来到汉口，进教会学校圣保罗中学读书。汉口是长江内陆开埠的通商口岸之一，得风气之先。在圣保罗中学读书期间，熊佛西第一次接触到当时颇为流行的学生演剧，观看了新剧《马槽》，对现代话剧有了最初的印记。次年9月，熊转入辅德中学。其时正值袁世凯复辟帝制，辅德中学上演了借古讽今的新剧《吴三桂》，熊佛西在剧中饰演了一个小卒，这是他的第一次舞台经历。当年10月，熊佛西编写了他此生中的第一出幕表戏《徐锡麟》，并在剧中饰演徐锡麟。在新剧舞台上初显身手的熊佛西，颇受时誉，这极大地激发起他热衷于新剧的激情，熊佛西便在课余闲暇之际，与同学组织剧社，自编自演。1918年湖北遭遇特大水灾，汉口变为泽国。熊佛西发起演剧募捐活动，他编写剧本，自己扮演灾民。为了达到演出效果，他在上台之前，将自己全身淋湿，然后在台上慷慨陈词，诉说灾民之苦。台下观众大为感动，纷纷解囊。

第二幕：华丽转身，独领风骚（1919—1931）。

1919年夏，熊佛西中学毕业后考入燕京大学，主修教育学，选修西洋文学。1921年5月，他与沈雁冰、柯一岑、陈大悲、徐半梅、张静庐、欧阳予倩、郑振铎、汪仲贤、沈冰血等十三人联合成立了"爱美"的戏剧团体——民众戏剧社，参与编辑《戏剧》杂志。同年9月27日，熊佛西在《晨报》上发表了他的第一个剧本《这是谁的错》，这是现存熊佛西最早的一个剧本，之后又在《东南日报》《晨报》上陆续发表了《新人的生活》《新闻记者》等剧本。1922年12月，熊发起并创办了《燕大周刊》，任总编辑。1923年5月26日，熊佛西在《晨报副镌》上发表了他的独幕剧《青春底悲哀》。这是熊佛西早期较有影响的剧作之一，1928年3月，这几个剧本一起被收入文学研究会编辑的"通俗戏剧丛书第一种"，由上海商务印书馆出版发行，又于1930年3月、1933年2月再版。

自燕京大学毕业后，熊佛西应聘回汉口母校辅德中学任教务主任兼英语教师。1924年9月，辅德中学校长赠送他六百美金，邀请他陪其子同赴美国留学，熊遂有机会进入哥伦比亚大学研究院深造，主攻戏剧和教育。

1926年9月，学成回国后的熊佛西首先执教于北京国立艺术专门学校戏剧系，任系主任、教授。回国当年，熊便在第23卷第10期的《东方杂志》上发表了三幕剧《一片爱国心》，该剧是熊佛西早期最具影响力的剧作，剧中的时代背景是20世纪20年代初席卷全国的抵制日货的爱国主义运动。剧中描述了为维护祖国的利益而在一个家庭中发生的冲突。女学生唐亚男有一个日籍母亲秋子，母女感情甚笃。唐亚男对于聪敏睿智的母亲，一向言听计从，是一个典型的淑女。但秋子为了日本国的利益，逼迫儿子唐少亭签订一个出卖矿山的契约。这一损害中国主权的事件，遂使家庭中风暴突起。唐亚男一反平日对母亲的顺从，从母亲手中抢过契约，撕得粉碎。丈夫唐华亭虽受秋子的救命之恩，但也坚决反对秋子的决定。剧本里充满了爱国主义的激情，具有强烈的反帝意识。该剧是"五四"以后的一部优秀剧作，在国内广为流传。

此后，执教之余，熊佛西依然保持着强劲的创作势头：1927年，在《晨报副刊·家庭》第2120期上发表了剧作《童神》；1928年，在《东方杂志》第25卷第9期上发表独幕剧《醉了》、第25卷第17期上发表了四幕剧《蟋蟀》，在《南开双周》第2卷第4期上发表了三幕剧《孙中山》，在天津《大公报》（1928年10月12日）上发表了《诗人的悲剧》。与之同时，熊佛西还先后主持了戏剧系学生的十五次公演，共上演剧目二十九个，演出场次近百场，场场爆满，其中有不少剧目是熊佛西本人亲自执导的。为了消除当时社会上对于戏剧工作者的偏见，熊佛西于1929年9月亲率戏剧系的师生赴天津演出，获得了天津市民观众的好评。

熊佛西历任北京国立艺术专门学校戏剧系主任、教授，燕京大学教授，北大艺术学院戏剧系主任，不仅在创作和演出方面卓有成效，而且还为中国现代话剧运动的发展与传播，培养了一批精英之材，如左明、王瑞麟、杨村彬、贺孟斧、王家齐等，均出自熊佛西之门下。

1928年6月，熊佛西主编《戏剧与文艺》，这是当时北方唯一以话剧为主的刊物。

1930年12月，熊佛西应蒲伯英之邀，担任《北平晨报·剧刊》主编。

第三幕：立言立德，彪炳史册（1932—1944）。

1932—1936年，中华平民教育促进会获得美国洛克菲勒基金会的资助，熊佛西与戏剧系的部分师生便应中华平民教育促进会晏阳初之邀，专程赴河北定县从事农民戏剧的研究与实验，试图以戏剧教育实现"改进生活，改善环境，而达到农村建设乃至民族再造、民族复兴的最大企图"①。七七事变后，平、津相继失守。熊率北平剧团辗转抵达长沙，9月间在长沙成立抗战剧团，演出《一片爱国心》《战歌》等抗战戏剧，颇为轰动。1938年1月，他率抗战剧团抵达成都演出。同年3月，熊创办了《战时戏剧》杂志，并担任主编；8月间，又创办了四川省立戏剧教育实验学校，亲任校长，招收失业青年，培养了一批宣传抗战所急需的戏剧人才。1941年初，熊应张治中之邀抵重庆，出任政治部文化工作委员会委员，兼中央青年社社长。半年之后，他辞官远走桂林，以戏剧活动家的身份活跃在抗战救亡运动的第一线，成为桂林文化和戏剧运动的重要人物之一，与田汉、欧阳予倩一道被誉为广西抗战救亡戏剧运动的"三杰"。旅桂期间，熊创办了《文学创作》和《当代文艺》两个刊物，刊登了大量有影响的进步戏剧作品，如郭沫若的四幕剧《孔雀胆》、田汉的四幕剧《黄金时代》、老舍和赵清阁合作的四幕剧《王老虎》等，还有他自己创作的三幕历史剧《袁世凯》等。在整个抗战期间熊佛西还发表了一系列如《抗战宣传和建立戏剧制度》《戏剧与军事》《五年来的抗战戏剧》《论现阶段戏剧运动》等就如何开展抗战戏剧展开讨论的文章十余篇，在当时颇有影响力。

---

① 熊佛西：《戏剧大众化之实验》，正中书局1937年版。

第四幕：躬耕杏坛,桃李天下(1945—1965)。

1945年抗战胜利后,熊于当年11月抵沪,后经上海市教育局顾毓琇之推荐,出任上海市立实验戏剧学校校长,亦即今天上海戏剧学院的前身。在执掌上海市立实验戏剧学校期间,熊佛西坚持"学演结合"的教学理念,积极倡导"周末公演"制度。在两年多的办学实践中,共上演了四十多个剧目、五百余场的演出,大大地提升了学生的演剧水准,同时也缓解了办学经费短缺之困扰,还为部分学生提供了一定的生活保障。1948年初,他与陈白尘等组成党的外围组织"上海戏剧电影工作者协会",任主席之职。年底,又与陈白尘等六人被党组织委任组成核心小组,领导戏剧界迎接上海解放。1949年7月,赴北京出席首次全国文代会,当选为全国文联委员、全国戏剧工作者协会常务委员。

1953年,以上海戏专为基础,中央戏剧学院华东分院(1956年改名上海戏剧学院)成立,熊任院长。他强调向优秀民族遗产学习,认为"作为一个中国的文学家或艺术家而不站在自己的民族传统的基础从事文艺创作,真是一件不可思议的事"。此年,熊为第三届赴朝鲜慰问团第四分团副团长,访问朝鲜。1956年初,到北京参加全国政协二届二次会议,受到毛泽东接见。会后,他创作四幕话剧《上海滩的春天》,反映工商业者接受社会主义改造情景,演出获得成功。为了能为学生提供更多的演出实践机会,1958年熊佛西在学院建立了实验剧团,除日常的教学工作之外,他还亲自执导了《全家福》《大雷雨》《甲午海战》等不同艺术风格的剧目,以作示范。晚年,熊将主要精力放在教学上,传授创作经验,指导排练。他曾当选为全国人民代表大会一至三届代表、政协全国委员会委员、上海市戏剧电影协会主席,1965年辞世。

熊佛西以毕生精力从事戏剧和戏剧教育事业,为中国戏剧艺术发展作出了巨大的贡献。他不断进取、不断创造、不断辉煌的一生,如同一部永不落幕的史诗剧,永远鲜活在我们戏剧人的心中。

三、熊佛西文献研究资料的新发现

鉴于熊佛西的文集以及相关研究资料已有多种选本出版,作为编选者,新版《熊佛西文集》能否更全面、更真实、更客观地展示熊老的总体成果与精神风貌，很大程度上取决于我们能否在浩如烟海的文字记录中发现新的有重要价值的文献。令人欣慰的是，随着近年来数字资源的不断开发和民国文献研究热的持续升温，越来越多的报纸、期刊和民国时期图书得以"重见天日"，为我们重新整理、编辑出版《熊佛西文集》提供了极大的便利。加上传敏兄有丰富的文献查找经验，熟知宋代学者郑樵在《通志·校雠略》中总结的包括"即类以求、旁类以求、因地以求、因家以求、求之公、求之私、因人以求、因代以求"等"求书八法"，通过艰辛努力，终于发现了一批具有十分珍贵的史料意义与研究价值的重要文献。

发现之一：首次整理出熊佛西的《我的戏剧生活》。

这部分内容连载于1933年1月8日至1935年2月17日《北平晨报》的《戏剧周刊》中，共计三十四期。这一时期的戏剧名人，似乎都有回溯自己戏剧人生经历的嗜好，例如欧阳予倩1929—1930年间在广东戏剧研究所出版的《戏剧》杂志上连载了《自我演戏以来》，汪仲贤在1934年的《社会月报》上连载《我的俳优生活》。熊佛西连载于《北平晨报》的《我的戏剧生活》则是新中国成立后首次公开面世，殊为不易。考虑到这部分史料对于重新认知早年熊佛西的戏剧人生之路，以及研究他如何从一名戏剧爱好者成长为中国现当代戏剧大师的心路历程，提供了极其翔实的资料，文献价值极高，所以，我愿在此作比较详细的介绍。

为了能完整地辑录出这批珍贵的戏剧历史文献，我们在疫情时艰的困难情况下，两度北上国家图书馆，终于将这批"沉睡"近九十年的熊佛西资料挖掘出来。《北平晨报》对于熊佛西的这组自传式的文章，十分重视，专门配发了编者按："这是熊佛西先生专为本刊而撰，新从乡下寄来的一篇文章，是一篇极有内容、极饶风趣的笔记，从这里我们可以看出熊先生十五年来的戏剧生活。全篇约十万言，倘无意外阻碍，将按期发表。"[①]文中回忆了熊老幼年时期的三次观剧经历，其中《阎婆惜活捉三郎》的剧情给年幼的熊佛西留下了深刻的印象，"这戏的情节至今还活跃在我的脑海里，从宋江嫖院起，直到活捉三郎止，最使我不能忘记的是'活捉'。阎婆惜因与

---

① 《北平晨报》，1933年1月8日。

宋江的弟子三郎通奸,为宋江所杀。在一天夜晚,阎婆惜的鬼魂来到三郎的房中报仇,她披头散发,遍体鲜血淋漓,一脸的鬼像,一脸的杀气"。[①]十四岁那年,熊佛西随父亲来到汉口,进入了洋学堂。他自己说"本是一个摸鱼放牛、拾粪耕田的野小子,如今叫我穿皮鞋,戴洋帽,读洋书,写洋字,好不难看,好不难受。可是我与话剧发生因缘,便始于这个专教洋文与《圣经》的教会学校"[②]。

在这篇自传中,我们意外发现了熊佛西早年曾与文明戏演员马绛士、李悲世交往的史料。当时的文明戏,在少年熊佛西的心目中"简直是小说里面的英雄",他在同学梅生的家里第一次见到了文明戏演员马绛士和李悲世。马绛士是春柳社的健将,以《不如归》一剧而著称;李悲世早年曾加入黄二喃的自由演剧团演剧,后隶郑正秋的新民社,是当时名享一时的文明戏旦角演员。此番与马、李的相晤,使得熊佛西对于"文明戏的兴趣更加浓厚了"。[③]与马、李等人的交往,使得少年的熊佛西对于文明戏情有独钟,他竟然萌发了"想担当复兴文明戏的责任"之想法。在汉口读书期间,他与几个文明戏迷的同学一道,组织了一个新剧社,时常在校园内或校外演出。那时演出用的幕表几乎都出自熊之手笔,但演剧的内容则悄然发生了改变,"从激烈的爱'国'而转到缠绵的爱'情'上了"[④]。

关于熊佛西与马绛士、李悲世等人交往的史料,在一般研究熊佛西的文章或著作中鲜有提及。这部分史料也是新中国成立后,经我们整理,首度对外公开。早年的熊佛西之所以对文明戏产生了极大的兴趣,也许正是他看中了文明戏的亲民,这是熊老一生所追求的戏剧平民化道路最初的体现。

通过自传,我们还掌握了熊佛西中学毕业后自汉口进京,入燕京大学深造时从事戏剧活动的情况。刚进燕大的熊佛西以其编剧、表演的才干而闻名于燕大校园。当时燕大的青年会为筹措社团的活动经费,拟演剧筹款,熊佛西仅用一个晚上的时间便编出了《爱国男儿》的幕表剧,并出任剧中的男主角。该剧在北平米市大街青年会会场演出,熊佛西的演剧才能大获时誉。于是,他又受邀参加了北京学生联合

---

① 熊佛西:《我的戏剧生活》(一),《北平晨报》1933 年 1 月 8 日。
② 熊佛西:《我的戏剧生活》(二),《北平晨报》1933 年 1 月 15 日。
③ 熊佛西:《我的戏剧生活》(三),《北平晨报》1933 年 1 月 22 日。
④ 熊佛西:《我的戏剧生活》(四),《北平晨报》1933 年 1 月 29 日。

会的演剧,并在首场演出中结识了当时北平学界颇具影响力的陈大悲。在与陈大悲的交往过程中,熊佛西渐渐地由过去文明戏的热衷者,转变为"爱美剧运"的积极参与者。正是与陈大悲的密切交往,熊佛西对于北平人艺专门学校的停办之原因,有他自己之独到的解释。他说,人艺剧专停办的主要原因是"蒲伯英热心有余实行不足,所以把一切的校务都交给大悲一人主持。大悲虽有相当的才智,可惜经验不够。他对于文明戏团虽有过不少的经验,可是他对于学校行政完全是一个门外汉";次要的原因"便是经济的关系";此外的原因"便是学生对于大悲的学问发生怀疑"。[①]

　　熊佛西在北平学习期间,除了与蒲伯英和陈大悲的交往外,还结识了很多其他学校的戏剧朋友。他与陈大悲一样,不但爱自编自演,还时常到校外去担任导演,用他的自己的话说,差不多所有的学生剧团他都去导演过戏,任何学校主办的戏剧,他也都去表演过。在熊佛西大学时代的演剧生涯中,他与富汝培结下深厚的情谊,"凡是我在那时候写的剧本都是他首先主演,并且演得非常好。他表演《新闻记者》《青春底悲哀》《新人的生活》《这是谁的错》中的各种不同性格的主角,都是恰到好处,异常动人"[②]。

　　在自传中,我们还发现了熊佛西1924年至1926年在美国留学经历的记录。过去一般的资料均无记述。文中详尽地描述了他在美国求学的心路历程,是研究熊佛西生平不可多得的文献资料。熊佛西自己说,他在燕大虽然是主修教育、副修文学,但他四年的大学"差不多都为戏剧霸占了"。熊佛西赴美留学乘坐的是"总统号"美国游轮,他在《我的戏剧生活》中描绘的游轮上的经历与钱锺书先生的小说《围城》竟有几分相似。在经历了种种波折之后,熊佛西终于抵达了他向往已久的世界戏剧的中心——纽约。在这里,他第一次感受了纽约的另一种又快又挤的火车——地铁,以及冲入云霄的摩天大楼、街上川流不息的车辆和攒动拥挤的人头。在美国哥伦比亚大学学习期间,熊佛西结识了美国著名的戏剧文学家马修士(Brander Matthews)和白克(G. P. Baker,今译"贝克")两位教授,在戏剧理论和舞台技术方面均有了长足的进步,在两位老师的影响之下,熊佛西逐渐认识到"戏剧

---

① 熊佛西:《我的戏剧生活》(六),《北平晨报》1933年6月11日。
② 熊佛西:《我的戏剧生活》(七),《北平晨报》1933年6月18日。

不仅是文学,而是一种独立的艺术","科学家没有实验室是绝对不成的,剧作家没有舞台经验也是一样的不行"。①这些观念的形成,对他日后学成归国赴河北定县开展农民戏剧实验,有着直接的影响。《我的戏剧生活》还记述了熊佛西在美国纽约第一次看戏的经历,这次经历使他亲身体验到美国小剧场的预约制。这部分文字,是我们所见到的较为翔实的一篇记录美国20世纪20年代小剧场的文章,剧场内部的硬件设施虽然简陋,但对于"舞台的设备却比较的注意,尤其在布景和电光方面特别讲究"。熊佛西旅美期间所看的第一场戏是国际闻名的《庄士皇帝》(*Emperor Jones*, 今译《琼斯皇》),美国剧作家奥尼尔的代表作。熊佛西在看完了《庄士皇帝》之后,颇有感触,并将洪深的《赵阎王》与之作了对比,他说"有人说洪深先生写的《赵阎王》剧本是抄袭《庄士皇帝》。平心说'抄袭'未免有点言过其实,而洪氏很受了奥氏作品的暗示则无疑。一个是犯了罪的黑奴,一个是为遇匪的逃兵,剧本的结构和题名都很相像,虽说两剧的'对话'绝不相同,然而这两个剧本都是上品"②。

美国当时的小剧场,一般都不登商业广告。熊佛西为了能够把美国的小剧场做"一个系统的研究",专程拜访了私立的达温波小剧场(Davenports Theatre)的经纪人达温波先生。达温波先生热情地接待了熊佛西,向他介绍了美国小剧场的历史,声称他家祖孙三代都是从事戏剧事业的,并且都是以艺术为中心,"虽穷到不可支持,亦不屈服于商业剧院"。③除了小剧场之外,熊佛西在《我的戏剧生活》中还介绍了当时美国的专业话剧剧院——韩卜敦剧院(Walter Hampdens Theatre)。大剧院与小剧场演出的风格不同,大剧院的演出"偏重于历史上的浪漫名剧,对于莎士比亚的杰作尤其尽量出演"。熊佛西在美国期间,就在该剧院看过莎翁的《哈姆雷特》《罗密欧与朱丽叶》《李尔王》《威尼斯商人》等剧,并看过韩卜敦主演的《西哈诺》。为了能够欣赏到美国当时一流的演剧,熊佛西讲述了他自己的"站座"经历。

---

① 熊佛西:《我的戏剧生活》(十),《北平晨报》1933年8月27日。
② 熊佛西:《我的戏剧生活》(十二),《北平晨报》1933年9月10日。
③ 熊佛西:《我的戏剧生活》(十三),《北平晨报》1933年9月24日。

记得的一次我去迟了，票已售完，但我又非看不可，结果与柜上商议之后买了一张"站座"（Standing Seat）。什么叫"站座"呢？就是有坐位的票统通卖完了，万一你坚决的要看那出戏，经柜上允许之后，你花七毛五分钱，他们让你在池座的最后排站着看。或者有人以为这是丢人的事情——人家都坐着看，为什么你要站着看呢？其实美国的大学生常干这种事情，有时候著名的大学教授来迟了也是一样的受着同等待遇而"罚站"。可是这种情形与我国今日戏园任意加坐不同，人家是以不妨碍观众的听视和场内的秩序为原则……我在纽约常蒙他们"罚站"，使我多有机会看到名剧。①

熊佛西还介绍了20世纪20年代美国的商业演剧，他说当时美国的商业化演剧可以分为三类，一类是技巧剧，二类是杂耍剧，三类是裸体剧。所谓技巧剧是一种毫无"意识"的话剧，但它的布局十分紧张，使观众获得一种低级趣味的心理刺激而常演不衰，甚至可以三年都不换剧目，还可以出国巡演。这类剧目中最为有名的便是《白货》（White Cargo）。所谓杂耍剧是将舞蹈、歌唱、电影杂糅在一起，一般中下层阶级的人都喜欢看，纽约杂耍剧的老板"为了适应大众的需要，所以日夜不断的开演着，取费也不高，只要花上一二毛钱，就可以使你Have a good time"②。所谓裸体剧，当时的中国留学生称之为"大腿戏"，而熊佛西则视其为"资本国家麻醉劳动者"的一种方法。熊佛西以社会学的视角审视了20世纪20年代美国的戏剧市场，而非简单地以意识形态加以判定，可谓慧眼独具。

熊佛西除了向国内的读者介绍了他在美国的观剧经历之外，还讲述了他在美国的创作经历。熊佛西赴美之后完成的第一部作品是《甲子第一天》，这是一部"描写劳工运动者与资本家的走狗军阀冲突的悲剧"。他在美国完成的第二部作品是独幕剧《当票》，该剧也是描写汉口码头工人生活，并在写作过程中与在纽约同处一室的闻一多先生进行了讨论。为此，熊佛西得出的结论是"艺术根本就是一种固执己见的东

---

① 熊佛西：《我的戏剧生活》（十四），《北平晨报》1933年10月8日。
② 熊佛西：《我的戏剧生活》（十六），《北平晨报》1933年10月29日。

西,与人合作一篇作品或采纳他人的建议而修改自己的作品,都非易事"①。熊佛西在美国完成的第三部剧作是《长城之神》,这是以民间故事《孟姜女》写成的四幕剧,曾在徐志摩主编的《晨报副刊》上发表过,该剧被徐志摩誉为"中国新兴剧坛上的稀罕收获",篇首还刊有同在纽约留学的梁实秋写的序文。据熊佛西自己说,"《长城之神》虽是取材于民间流行的孟姜女故事,然而其中的性格与结构却是我自己的。《长城之神》里的孟姜女决不是故事中的孟姜女,我曾给她一种新时代的灵魂,一种革命的精神";利用旧题材来创作新剧本,一定要"头脑与衣服同时更换"。②熊佛西认为旧题材在民间广为流传,具有普遍性,而艺术作品中的普遍性与永久性又是相互关联的,这是他当时创作该剧的基本思路。熊佛西在留学期间创作的第四个剧本是《一片爱国心》,这是他早期作品中最受观众欢迎的一部剧作,并先后被译成英、德、法文,据熊佛西自己说,这出戏在国内上演的次数"总在六百以上"。《洋状元》是熊佛西在美国完成的最后一部作品,这是一部三幕喜剧,也是熊佛西首次进行喜剧创作的尝试。

熊佛西认为,两年美国留学的经历对自己的戏剧创作和戏剧观的改善都有极大的帮助。他认为留美期间创作的作品与在北京做学生时代所作的显然不同,"不管在内容上和技术上"都有相当的进步。留美期间,熊佛西"有机会看戏,有机会读戏,有机会和人讨论戏,更有机会看世界,看到世界花花絮絮的各方面"③,极大地开拓了他的视野。不仅如此,熊佛西还认为文艺与科技一样,都是救国的重要渠道。如果没有出国留学的机会,他的作品便不可能达到现在这样的水平,更为重要的是他的认知和观念发生了改变。他在未出国之前一直以为戏剧只是一种高台教化、移风易俗的东西,到了美国之后才发现戏剧是艺术的一种,其作用远在教化之上,从而立志毕生从事戏剧工作,研究戏剧理论,发展中国新的戏剧。留美期间,熊佛西与闻一多、余上沅、赵太侔、张禹九等人过从甚密,他们计划着将来回国之后共同办一个新的戏剧学院,办一个艺术剧院。日后国立北平大学艺术学院戏剧系的开办,一定程度上便是当年熊佛西等在美国规划的实践。

---

① 熊佛西:《我的戏剧生活》(十七),《北平晨报》1933年11月5日。
② 熊佛西:《我的戏剧生活》(十八),《北平晨报》1933年11月12日。
③ 熊佛西:《我的戏剧生活》(廿一),《北平晨报》1933年12月24日。

发现之二：首次整理出熊佛西1921年11月首发于《东南日报》的剧本《新人的生活》与其他佚本。

研究熊佛西早期剧本一般都以1924年商务印书馆出版的《青春底悲哀》中收录的《青春底悲哀》《新闻记者》《新人的生活》和《这是谁的错》为底本，我们在此次整理过程中，确认这四个剧本是熊佛西现存早期创作的剧本，但同时也发现书中刊载的剧本与熊佛西原始在报纸发表的这四个剧本有不少的差异。不妨以《新人的生活》为例作一比较。

《青春底悲哀》一书中的《新人的生活》共二幕，写曾玉英的丈夫参加五四运动，伯父对此十分仇视，恐吓逼迫侄女离婚，让曾玉英嫁给与他一起利用军管名义贩运烟土而牟取暴利的军阀刘团长为妾。曾玉英被蒙蔽，落入陷阱。一个偶然机会，曾玉英发现了伯父的伪善与军阀的恶行，遂断然与刘团长分手，像娜拉一样冲出旧家庭，要成为一个真正的人，开始"新人的生活"。

早期熊佛西在剧本创作上深受欧洲古典主义创作方式的影响，他在介绍怎样写剧时曾说过："一个剧本必有三个部分：头、身、脚。头部介绍所有的角色，将他们的关系弄得清清楚楚，使观众明了你在下面要说的是什么……身部要有风波，风波要有意义，要有来路与去路，此自谓发展，发展需处处清楚，处处暗示，处处有吸引力。脚部就是结尾，剧尾要含蓄而有余味。"[1]事实上熊佛西最初创作的多幕剧创作都以此为范式的三幕剧。以往我在拜读熊老《青春底悲哀》中所收录的《新人的生活》时，总觉得收尾匆匆，故事不完整，有些人物的结局没有交代清楚。此次整理出熊佛西1921年11月首发于《东南日报》的剧本《新人的生活》，才发现这个剧本与目前较为流行的《青春底悲哀》中所收录的《新人的生活》有很大的差异。首发于《东南日报》的《新人的生活》有三幕，而收录在《青春底悲哀》中的《新人的生活》仅有二幕，故剧中人物以及全剧的结尾也就较三幕的全剧来说显得有些明显的不足。这部三幕剧《新人的生活》与二幕剧相比，从剧本创作的角度来考量，至少有以下五点值得引起我们注意。

---

[1]　熊佛西：《戏剧的结构》，《大公报》1928年10月17日。

第一，剧作的主题立意，三幕剧较二幕剧深刻。本剧题为《新人的生活》，剧作家所倡导的这个"新"，到底"新"在哪里？请看二幕剧剧终前曾玉英的一段话：

曾玉英　你还想以做伯父的资格来管我吗？（冷笑）现在我再也不相信你了！

曾道章　我虽是你的伯父，却是代替你的父母来管你；因为你的父母的全权都交给我了，现在你不听我的话，就是不听你父母的命令！

曾玉英　什么！"父母"？世界上做儿女的人，在各方面都应该听他们父母的话吗？那末他们自己……？我老实告诉你说罢：你现在再不要用那些"父母之命"来骗我了，因为我现在认识了我自己是一个"人"，并不是一块"木头"，为什么要给你们当作"发财""害人"的资料呢？现在我自己要去创造自己的新生活了。再会！再会！（言毕幸然而退。曾老头听了这番从来未听见过的论调，当然要在那儿发呆，可是幕也随着他的神色渐渐的落）

二幕剧结构的情节线是，剧本的头，即开端，曾道章劝侄女曾玉英与丈夫黄平和离婚；剧本的身，即发展部分，曾玉英被蒙蔽，曾道章达到了目的；剧本的脚，即结尾部分，曾玉英发现了伯父的险恶用心，为自己牟利而让她去做军阀刘团长的妾，同时也发现了军阀的丑恶嘴脸，决定毅然离开家庭开始由自己支配自己的新生活。所以，以上引述的曾玉英的这段话即可以看作此剧的主题。事实上，即使没有曾玉英这段宣言般的话，按照恩格斯早就提倡的作者的思想"倾向应当从场面和情节中自然而然地流露出来"的观点去判断，我们也可以认定，这个剧的主题是礼赞一个女人的觉悟。这当然也很好。但较之三幕剧中对"新人的生活"的解读，则感到有明显的差异了。请看三幕剧剧终前黄平和的一段话：

刘团长　你……你是什么东西！敢在这儿胡说八道！

黄平和　我姓黄，名平和，现在《人道日报》的总编辑，你老兄不认识我吗？

> **刘团长**　你……你……你就是黄平和吗？"仇人""仇人"，今天非要枪毙你这个东西不可……
>
> **黄平和**　（笑容）请你——老兄不要这样地……
>
> **刘团长**　配叫我为"老兄"吗？
>
> **黄平和**　岂止你是我的"老兄"，世界上的人，都是我的亲爱的"老兄""老弟"。
>
> **刘团长**　我瞧你——这东西，似乎得了一种不可挽救的神经病，不然为什么在这……
>
> **黄平和**　我不是得了神经病，实在是你们的眼睛与心被一种万恶的"毒气"蒙住了，所以才认为我有神经病。我从前也是像你们这样，在那时候，我总是想让世界上的人都死光了，然后我可以"独存"——可以饱享世界的幸福。到后来我因为认识了"新人的生活"，就是以世界为"家庭"，人类都是我的亲爱的弟兄。

显而易见，黄平和的这段关于"新人的生活"的表白，与曾玉英的宣言有明显的不同。前者是女性的自我成长，后者则是处在那个时代的新青年刚刚生根发芽的先进的马克思主义人生观、价值观的表达。

第二，剧作的社会内涵，三幕剧较二幕剧丰富。一部剧作主题的深刻性当然不能靠剧中人物的口喊出来。如何将三幕剧中黄平和的"宣言"化为本剧的灵魂，就看剧作是否真实、生动地反映了当时的社会情状与人物的思想与情感的发展逻辑，而三幕剧正是在这一点上棋高一着。剧作家为了真实地展示当时的社会环境，从三个方面予以了生动的揭示：

一是增加了底层工人生存环境的描写。我们知道，在《新人的生活》中，两幕剧情展开地点分别是第一幕的曾家客厅与第二幕的曾家后园。在新发现的初版剧本中，第三幕剧情发生在震华纱厂工头王老三家中。舞台提示是这样描写的：

［王老三工头的家里，是一间很破漏的屋子。左边通厨房，右边通寝室，中

间一个破烂不堪的桌,靠壁有一旧靠背座椅,两边有几条旧长凳,其中有断了脚的,也有横在地下的。开幕时翠姑在场,女儿正在替父亲补一件很破的棉袄,由她脸上神色可以证明她是有无限的忧虑和怀疑,她正在精神不定的时候,黄和平,《人道日报》的总编辑,手上拿着几份报纸上。

剧本所展示的工头王老三家里这一贫困潦倒的生存环境,从一个侧面证明了工人罢工的合理性与必然性。

二是增加了两个剧中人物,即王老三的女儿翠姑与纱厂工友代表陈老九。特别是陈老九这个人物的设置,进一步夯实了早期工人运动的群众基础与思想基础。它也从一个侧面反映出工人反抗资本家的剥削,不仅仅是处于最底层的贫困劳工个体化的生命呐喊,也不仅仅是知识分子在接受马克思主义教育以后的革命行动,同时也是有觉悟、有良知的工友们的共同选择。

三是增强了细节刻画。第三幕中,被打伤了的父亲王老三被工友陈老九扶到家中,女儿翠姑要给父亲找吃的,奈何家中早已无粒米,只找到了两个昨天吃剩的冷土豆。此情此景,触发了王老三一段发自肺腑的血泪心声,请看剧本:

> **王老三** 老九哈! 你不要提起这些事情来则已,说起来我又要伤心,(泣声)我的大儿八年前死在工厂里面……我的二儿前年被……机器压死了。可……可怜我一家人……都死在……(不能成声)
>
> **翠　姑** (泣声)爸……爸爸,请你不要伤心罢。
>
> **陈老九** 是吓……不要……
>
> **王老三** ……我……我自己从十四岁当苦工起,到今年足足做了四十年的工人,受了无穷的痛苦,至今还不能把我腹中弄饱。他们那些资本家从来也没有进过工厂,至少每年也有几十万的进款。唉! 他们富的益富,我们穷的益穷,好不平等的人类啊!

这样的描写显然是充满真实的力量而同时又是富有情感的冲击力的。

第三，剧作的冲突张力，三幕剧较二幕剧饱满。新发现的初版本中增加了正反两股冲突力量的代表人物的正面描写。在二幕剧中，凌欺百姓的刘团长的丑恶行径，主要是通过他与震华纱厂的总经理曾道章以及曾道章的侄女、黄平和之妻曾玉英的交流来揭示的；同样，为劳苦大众奔走呼号的《人道日报》总编辑黄平和的正义行为也主要是在曾道章劝说曾玉英的对话中披露的。这样的写法当然也无可厚非，但总不如"活人当众在舞台上表演"来得更直接、更有说服力，而在三幕剧中，就很好地弥补了这一缺陷。

请看剧本：

> **王老三**　老爷啊，在这件事情上，你……你……可是不能强迫我……
>
> **刘团长**　（怒）强迫？（由袋内取出手枪，王氏父女跪下哀求）你……你究竟去不去！不然，我今天就要你的狗命……（此时黄平和仍拿着报纸上）
>
> **黄平和**　（向王氏夫妇）喂！你们也是人，他也是人，为什么你们要跪在他面前呢？起来，起来！有天大的事情也可以和平解决。（王老三倒在地下，翠姑坐在地下扶着他的身）你老兄（指刘团长）也未免太不考察人类的进化了，这二十世纪还是你们用武力的时代吗？用手枪的时候早已过去了。

面对滥施淫威的刘团长的枪口，黄平和毫无惧色，义正词严。这一笔生动地塑造了黄平和路见不平、拔刀相助、刚正不阿又有一点书生气的独特性格，并较好地消除了在二幕剧中黄平和与刘团长两人没有正面发生过冲突这一明显的遗憾。

第四，剧作的人物刻画，三幕剧较二幕剧完整。无论是王老三、刘团长，还是黄平和、曾玉英，在二幕剧中不能全部完成的人物形象塑造，都在三幕剧中得以完成。试以曾玉英人物塑造为例，剧本不仅对她与黄平和的婚姻结局作出了恰当的交代，更重要的是，剧本还比较含蓄地写出了曾玉英离家以后在思想与性格上的成长。

请看剧本：

> ［此时曾玉英提着皮包急忙上。

曾玉英　你……你……还在这儿……我到《人道日报》报馆……

黄平和　你……找我吗？有什么事？

曾玉英　我从前有许多对不住你的地方，盼望你原谅我，因为从前的"我"不是现在的"我"，现在的"我"也绝不是从前的"我"——从前的"我"是"被动"的，现在是"自动"。盼望你再收我为你的终身的"伴侣"，好吗？（此时刘团长真是莫名其妙）

黄平和　玉英！我的亲爱的妹妹，我很情愿承受现在的"你"为我的终身伴侣，因为，"悔改"是"新"的……

刘团长　你……你……疯了吗？我…我为你花了许多的心血，现在你还不体谅我，真……真是气坏了我……

曾玉英　唉！世界上最无人道的是"军人"，破坏世界的"和平"，压迫人类的"本性"，可恨……可恶……我从前以为你们军人是很可亲近的，所以才……现在我知道了……（转向平和）我们现在去享受我们"新人的生活"，再也不要……（这时候玉英携着黄平和的手向外走，口里发出一种很雅趣的歌音）

在二幕剧的终局，曾玉英手持雨伞与皮包离开家庭，宣称去创造自己的新生活，如娜拉离家出走一样，剧本没有给出曾玉英将如何去创造新生活这个答案。但在三幕剧中，作者回答了这个问题，即曾玉英重新回到已分手的黄平和身边，诚恳地请求丈夫的原谅。需要注意的是，这里不仅仅是在表达一个女子对婚姻的选择，更深层的原因是刻画了曾玉英思想、立场与情感的转变。曾玉英过去对丈夫不懂得积钱，总是将钱捐给穷人或用于办学校是有意见的，而经历了骗婚这件事以后，她的观念有了转变。这主要表现在，一是她主动到《人道日报》报馆去找黄平和，隐喻着她对丈夫所从事的职业的认可；二是她又来到王老三家来找黄平和，从一个侧面证明了她对丈夫为工人利益奔走呼号的认同；三是她敢于当面痛斥军阀的恶行，这一笔也尤其重要，加上结尾时她的一段新"宣言"，剧作较好地完成了曾玉英这个人物的最后塑造。

第五，戏剧结构的铺排，三幕剧较二幕剧精当。从戏剧结构的角度看，美国戏剧理论家约翰・霍华德・劳逊"从高潮看统一性"的一句告诫，既有理论意义，也有实践意义。假如一个剧本的冲突高潮、主题表达与人物塑造都能在全剧的制高点上同频共振，对编剧来说，实在是一件极为圆满的事情。在《新人的生活》二幕剧中，全剧的高潮是出现在曾玉英发现了三个秘密，即一是伯父为了达到自己丑恶的目的，破坏她的婚姻，将她作为商品送给军阀刘团长；二是刘团长酒后吐真言，暴露了一个无恶不作的败类的丑恶嘴脸；三是这个军阀原来是有妇之夫，并不是单身。特别是第三个发现，令她尤为愤怒。于是，曾玉英严词斥责后愤然离去。三幕剧的高潮则出现在多重要素重叠在一起的第三幕结尾处：一是军阀刘团长要枪毙不肯复工的工头王老三；二是黄平和用"新人的生活"的新观念、新思想教训刘团长；三是曾玉英当着刘与黄的面作出最后的婚姻选择。三江汇流，犬牙交错，多头并进，形成高潮，既实现了鲜明的主题表达，又完成了生动的人物塑造，也凸显了饱满的冲突力量。

当然，从剧本艺术构思的完整性来考量，这部三幕剧也有一些值得商榷的地方，不妨在此作一简要归纳，并斗胆说一些改进的策略。

比如，全剧冲突的焦点不够集中。三幕剧中的前二幕，冲突的主要笔墨是写资本家曾道章与军阀刘团长设局骗婚，而第三幕则主要展示军阀刘团长根据资本家的旨意压制工人，与工人发生冲突，以及黄平和因保护工人而与军阀发生冲突，再加上曾玉英站到黄平和一边与军阀发生冲突，显得前后连贯性、逻辑性不够强。如果稍作改动，将资本家、军阀与工人的冲突前移，从第一幕就作出铺排，将曾道章以许侄女之身讨好刘团长的动因，改为一是借助军阀镇压工人罢工，二是继续为贩卖烟土作庇护，似乎就可较好地避免冲突不连贯的瑕疵。

又比如，第三幕中新增翠姑与陈老九两个人物也有些突兀。如果前面作些铺垫，假设在第一幕中安排一个情节，曾道章获知工头王老三在酝酿工人罢工，决定以小恩小惠收买王老三，破天荒让管家上王老三家，去送上给王家大儿子、小儿子的一点抚恤金，结果见一人在家的翠姑年轻貌美，就动了邪念，试图行不轨，被翠姑严词拒绝。危急中陈老九赶到，将管家赶出门去。后陈老九还去《人道日报》报馆揭露此丑行。这样做的好处，一是让陈老九、翠姑在第一幕就有交代；二是为第三幕中王老三痛说两个儿子惨死的家史埋下伏笔；三是为黄平和，包括曾玉英在第三幕到王老三家做好铺垫，而这一前史，只需要在第一幕中由曾道章训斥管家时交代即可。用很少的笔墨完成这一石多鸟的铺垫，也不失为一种有益的尝试。

再比如，三幕剧中新增的工友陈老九性格描写的准确性，也有进一步推敲的必要。关于这个人物在剧中的重要性我在前面已说过，可谓匠心独运，不可小觑。其意义在于，这个人物的存在，一方面使工人罢工的合理性得以更充分的展示；更一方面也展示了时代所赋予的工人革命的基础力量，形成了启蒙者黄平和、行动者王老三、追随者陈老九、成长者翠姑、觉醒者曾玉英这样一个坚实的人物图谱，以此证明，革命是社会发展的规律，是人民的选择。但稍嫌不足的是，陈老九在剧中的身份似工友，又非工友，他说的话更是像一个工运的领导者，或仿佛是另一个黄平和。这就在一定程度上削弱了剧本思想的丰富性与人物设计的层次性。当然，这样的问题只要稍作调整，即可避免。

综上所述，三幕剧《新人的生活》尽管笔墨上还有一些疏漏，但瑕不掩瑜，总体上是一部成功的剧作，特别是在剧作的戏剧性、舞台性方面，尤其值得称道。正如瞿世英[①]在该剧的序言中阐述的熊佛西剧本的特点："编剧本有个必要的条件，就是要能在剧场上演出来，我的朋友熊佛西兄，很有'舞台经验'，他编的剧本戏都是能演的，这便是他的剧本的一个好处……我今天所要介绍的《新人的生活》，这种剧本的宗旨，就我所知道的，有三种，（一）尊重个人的人格；（二）表现军阀的罪恶，并主张以'和平主义'解决世界的问题；（三）新生活要自己去创造。"

此外，除了《新人的生活》的初版本，一度被认为"佚文"或"残本"的《当票》和《长城之神》两部熊佛西在美国创作、寄回国内发表的剧本，也首次被完整地整理出

---

① 瞿世英（1900—1976），江苏常州人。字菊农，笔名菊农。1918年入燕京大学哲学系学习，曾与郑振铎、瞿秋白等人创办《新社会》杂志。1919年五四运动期间为北京学生联合会代表。1921年与郑振铎等人共同发起成立文学研究会。后去美国哈佛大学研究院学习，获哲学与教育学博士。回国后从事教育研究，主要译作有《春之循环》《西洋哲学史》《康德教育学》等，著作有《现代哲学》《教育哲学》等。

来了。《当票》是一部反映汉口租界虐待华工的写真剧。作家王统照在前言中这样评价："前几天他在纽约寄来这篇《当票》的独幕剧，其中穿插的巧合以及人物计划的如何，不必多说。就在他们的举动中已将外人在租界之横行，中国贫民阶级之生活与痛苦，以及甘心作奴隶者的恶毒行为表露无余，看去虽似平淡无奇，但读后却令人难以忘却。"《长城之神》是根据民间传说《孟姜女》改编的一部传奇剧，也可为熊佛西到美国后剧本创作思路拓宽之表现。著名学者梁实秋亲自为该剧作序，写道："《长城之神》因重技术而得之损失，亦正是中国戏剧艺术界的一大进步，我所有的批评都是根据最高的标准为绳范，实在讲，我们现今中国新戏剧艺术尚在幼稚，新舞台可谓尚无萌芽。一般时髦新戏以及学界的新戏，既不合中国旧戏之成规，复不合西洋戏剧之原理，只可谓之为青黄不接时代之怪现象。《长城之神》实是中国近年来戏剧的一大进步，至少也是一个转机。"从上述三个剧本的评价中，我们也可以看出熊佛西剧本创作的最大特点是，除了重视剧本中的思想性，也同样重视剧本中涵盖的舞台"技术"，即剧场性，也正是这种"技术"，使得他的许多剧本得以广泛地流传和上演。

综上，目前已找到的熊佛西创作的剧本共四十三部。除上述几部外，《我到那里去？》《被赶出来的人们》以及中英文对照本《枯树》等也是少有见到的剧本，此次我们把这四十三部剧本一并推出，就是希望读者能更完整地了解熊佛西在剧本创作上的重要成就。

发现之三：首次从《北平晨报》副刊中完整地辑录出熊佛西主办的《戏剧周刊》。

20世纪20年代，北平的"爱美戏剧"运动蓬勃兴起，《晨报》成了当时中国北方话剧运动的核心阵地。时任《晨报》总编的蒲伯英，为大力推动近代戏剧运动，1926年邀请徐志摩、余上沅创办了该报副刊《剧刊》，剧作家余上沅曾指出："《晨报》对于戏剧努力的成绩，用不着我来恭维，不过我相信在促进'新中华戏剧'的实现上，他确是一员健将。我并敢代表一般读者说，《晨报》是孕育新中华戏剧的，将来新中华戏剧的大成功，我们对他（寄予）特厚的希望。"[1]正是蒲伯英主办的《晨报》，使得早年的熊佛西得以一展身手。熊佛西早年的剧作，时间跨度从1921年至1927年，共发

---

[1] 余上沅：《晨报与戏剧》，《晨报副刊》1922年12月1日。

表过十一部剧作，其中发表在《晨报》上的便有八部之多。如1922年4月19日，熊佛西在《晨报副刊》上发表了剧本《新闻记者》，该剧还曾在蒲伯英主持兴建的新明戏院上演过。据史料记载，北京人艺戏剧专门学校成立后不久，便在新明戏院举行了首次公演，一共上演了两出戏，一个是陈大悲的《英雄与美人》，另一个便是熊佛西的《新闻记者》。在这两场演出中，“有几点是以前北京见不到的东西；一，男女合演；二，油彩化装；三，比较周密的布景和灯光；四，肃静的秩序”[①]。

1928年《晨报》停刊，1930年蒲伯英再次出山创办《北平晨报》，并邀请时任北京大学艺术学院戏剧系主任的熊佛西担任该报副刊《剧刊》(前四期名为《戏剧周刊》)的主编。此次在整理熊佛西材料时，意外地完整辑录出了熊佛西主编的《剧刊》，自1930年12月21日始，迄于1937年7月10日止，共计三百三十六份。在《剧刊》的发刊词中，熊佛西在《幕序》中热情洋溢地写道：

人生是戏剧，世界是舞台。
我们要好好的导演这出戏，
我们要努力的美化这舞台。
用不着化装，
用不着练习，
只要尽职务，
只要不蹋台。
人生是戏剧，世界是舞台。
我们要好好的导演这出戏，
我们要努力的美化这舞台。
用不着踌躇，
用不着畏避，
脚色无大小，

① 韩日新编：《陈大悲研究资料》，中国戏剧出版社1985年版。

个个有地位。

人生是戏剧，世界是舞台。

我们要好好的导演这出戏，

我们要努力的美化这舞台。

用不着造作，

用不着虚伪，

自然的结构，

生动的收尾。

人生是戏剧，世界是舞台。

我们要好好的导演这出戏，

我们要努力的美化这舞台。

用不着化装，

用不着练习，

只要尽职务，只要不蹋台。[①]

    熊佛西在主编《剧刊》期间，一方面坚持徐志摩在《剧刊始业》中阐明的办刊宗旨，即第一是宣传，给全社会一个剧的观念；第二是讨论，凡戏剧范围内的问题都可以讨论；第三是批评与介绍，批评国内的剧本，介绍世界的名著；第四是研究，即研究戏剧艺术，同时也征集剧本。[②]另一方面，他以一个戏剧实践家的敏锐触角、戏剧理论家的忧患意识、社会活动家的辽阔视野与行业领袖的气度才干，时时关注着中国新兴戏剧的生存状况与发展动态，组稿、撰文、呐喊；交友、集会、鼓动。事实上，《剧刊》已不仅仅是《北平晨报》副刊的一个戏剧周刊，更是北方戏剧运动的重要智库。正如熊佛西在1932年10月6日《剧刊》第93期的短评中所说，"本刊是国内提倡新兴戏剧的唯一喉舌，倘各省县民众教育馆关于戏剧的表演有何疑难与消息，本刊极愿解答与刊布"，它一直引领着北方戏剧运动的蓬勃发展。

---

① 熊佛西：《幕序》，《北平晨报》1930年12月21日。
② 熊佛西：《徐志摩与戏剧》，《北平晨报》1931年11月29日。

　　为了更好地发挥中国新兴戏剧舆论主阵地的作用，熊佛西邀约当时北方戏剧的精英们撰写了大量的文章，如陈治策的《民众的戏剧运动》、余上沅的《舞蹈的价值》、张继纯的《中国戏剧运动与戏剧系》、贺孟斧的《现代舞台装饰》、赵元任的《戏剧与国语》、杨村彬的《戏剧家的Chaos》，等等，并用大量篇幅介绍了欧洲诸国的戏剧历史和现状，以及翻译介绍外国戏剧家的文章。生机勃勃的戏剧活动还引发了胡适、钱钟书、林徽因、王西彦、萧乾、马彦祥、许地山、刘念渠等一批北方热衷于戏剧的新文化运动倡导者，也纷纷为《剧刊》撰文发声。

　　同时，熊佛西自己也在《剧刊》上频繁发表有关戏剧运动的文章，这些文章生动记录了他在这一时期戏剧观变化的心路历程。如刊于1931年2月8日《剧刊》第7期的《戏剧运动与戏剧理论》一文，强调"把戏剧当着艺术"，这是熊佛西对文明戏和爱美剧深刻反思的成果；刊于1932年5月1日第68期的《农民的戏剧》、1932年8月28日第86期的《戏剧怎样走入大众》、1932年10月16日第93期的《短评》、1936年1月12日第262期的《戏剧的解放与新生》等，提倡戏剧要发展必须走"大众化"之路，这是熊佛西对戏剧系、南国社戏剧活动正反两方面经验与教训总结的结晶；而刊于1932年7月3日《剧刊》第77期的《短评》、1933年10月29日《剧刊》第147期的《短评》、1936年5月24日《剧刊》第279期的《中国戏剧运动的两大出路》，提出剧团要走职业化之路，则是熊佛西在认真探讨中国戏剧得不到全面推广的原因之后，率先给出的具有历史性意义的解决方案。

　　当然，一般学界认为中国现代话剧的职业化是其走向成熟的标志，第一个实践职业化剧团是1933年成立的中国旅行剧团，这应该无疑。但在中国现代话剧史上，谁是最早提出建立职业剧团主张的人，却一直没有一个准确的说法。此次在整理《剧刊》时发现，熊佛西早在20世纪30年代初就提出了这一主张，"熊佛西先生前几年曾经说过，好的戏剧非要职业剧团来担当不可。将本事卖钱，没有半点慈善的意味！靠戏剧吃饭，就是这种剧团唯一的精神。一分钱，一分货，毫无半点不高尚的性质。因为职业剧团是靠演戏吃饭，所以他们不能不好好的研究，不能不好好的演戏，否则，他们的饭碗就有危险"①。1936年熊佛西应邀在南京国立剧专演讲时进一步指

---

① 《短评》，《北平晨报》1932年7月3日。

出："职业不是商业，商业者以盈利为目的；职业是建立在一个人一生中的名誉道德与信念上的，职业便是他的第二生命。职业与事业虽然有所不同，但他们是不能分离的，甚至我们可以说职业就是事业，事业的成功也是努力与职业的结果。所以戏剧职业化，并不是一件可耻的事情。它却是使整个运动经济基础建筑在自己的力量上的唯一办法。"[1]

正因为熊佛西一直站在新兴戏剧的最前沿，不停地思考与实践，所以，他在《剧刊》上所传达的戏剧观都很有价值。所谓戏剧观，即是人们对戏剧的一系列根本问题，如戏剧与政治、舞台与生活、内容与形式、演员与观众等的总的看法。正是在这些方面，熊佛西许多独特的见解对北方戏剧运动的开展具有一定的引领作用。

如在《戏剧的解放与新生》一文中，熊佛西就对戏剧的内容与形式提出了自己的看法。他认为：戏剧本来是属于大众的，是全人类的艺术，不过中途走错了道，走入了囹圄，走入了禁宫。现在要把她拯救出来……使她解放，得到新生。为了达到这种目的，必须从戏剧的内容和形式两方面下手。首先在内容上，过去戏剧所表现的题材太狭窄，不是取之神怪，就是取之贵族士绅，很少以农工大众做题材的。因此，以后选材的范围要扩大，扩大到大众，扩大到全人类。其次是形式上。熊佛西认为，现在戏剧的形式不如古代戏剧来得开放，台上台下成了两个世界，演员与观众之间有一条鸿沟，戏剧成了专为少数人服务的消遣品。因此，他提出要跳出镜框与观众握手，揭开屋顶、打破围墙与自然对话。把观众隔岸观火的态度变成自身参加活动的态度，使观众不仅仅来看戏，要感觉是在一起参加表演活动；要台上台下打成一片，演员可以表演于台下，观众可以活动于台上，演员与观众在一个目标、一个区域之内一同哭笑、一同思想、一同活动，一同前进。[2]可以说，这样的戏剧观，在今天仍然有它的现实意义。

又如，1931年日本占领东三省，面对抗日救国国内舆论的高涨，熊佛西的戏剧观发生了重大变化。他在《戏剧怎样走入大众》一文中写道："……看南国社戏的是些什么人，上海的大学生而已，看戏剧系的戏是些什么人，北平的大学生而已。四万万

① 熊佛西：《中国戏剧运动的两大出路》，《北平晨报》1936年5月24日。
② 熊佛西：《戏剧的解放与新生》，《北平晨报》1936年1月12日。

同胞中,有多少是大学生。又有多少看过南国社和戏剧系的戏……今后新兴戏剧要在中国占势力,非踏入大众之路不可。"①为了让戏剧真正走入大众,熊佛西强调,必须记住三个要素:第一,戏剧要有有意义的内容。剧本的材料要从大众的生活中取来,要能表现农工的生活或表现与农工接近的生活。不论材料的繁简,事情的大小,都要有意义。什么才是有意义?熊佛西认为,凡是能激发观众"向上"精神的,就是有意义的;第二,要有雅俗的艺术。这个雅俗,要包括"热烈的情绪,政治的论断,悠远的诗意,戏剧的动作",要有永久性与普遍性的价值,不能是"标语式"的内容,大众才能接受;第三,要有巧妙的技术。什么技术?熊佛西概括为"运用巧妙的手法,多用具体的动作,少用冗长的对话,表演一个动人的故事"。②这四句话实际上都是在强调,要尊重大众的审美习惯,用戏剧的方式,精彩地讲述一个精彩的故事。这样的提醒,显然很有必要。我们看到,自此以后,《剧刊》中就经常出现有关熊佛西率弟子和北京大学艺术学院戏剧系学生在定县进行农民戏剧实验活动的报道和评论。

除此之外,熊佛西还凭着一个戏剧先行者的觉悟,站在中国戏剧的最前沿,就戏剧如何在全国各地普及与提高,进行前瞻性的战略思考,提出了"建立戏剧制度"这样一个总体思路。刊于《剧刊》第311期的《论戏剧制度》一文,详细介绍了建立戏剧制度的必要性、戏剧制度的具体内容、实现这些制度的条件,以及一时实现不了戏剧制度的补充办法,等等。

熊佛西认为,把戏剧当消遣品的时代早已过去。今天的戏剧应负起教育大众的责任,承担起更伟大的社会使命。要达到这一伟大的目的,必须要有一个完美的戏剧制度。这个戏剧制度,"就是以政治的力量,推行戏剧艺术和戏剧教育的一种有计划、有效果的方式,务期全国和全省的每个人都有领受戏剧艺术的熏陶及戏剧教育的感化的机会。换言之,就是全盘的,上下相应的,成为一个完整机构的戏剧事业,而不是自由的,散漫的,自生自灭的艺术或教育活动"③。

---

① 熊佛西:《戏剧怎样走入大众》,《北平晨报》1932年8月28日。
② 同上。
③ 熊佛西:《论戏剧制度》,《北平晨报》1937年1月9日。

熊佛西提出，推行这个戏剧制度，关键是要围绕戏剧本身的问题进行有计划的设计，有计划地解决。例如第一，剧本创作必须是有计划的。不要再像以往那样凭剧作家灵感一动就任意书写，要有计划地创造和编译。要有反映历史的剧，有反映当前社会情状的剧，有儿童的剧，有农工的剧，也有军人的剧，以此来解决剧本荒的问题；第二，剧场的建造也必须有计划。剧场要以人口分配的密度为标准，如省会有省立剧场，县级有县立剧场，县分数区，每区更设中心村剧场，这样，才可以组成一个"剧场网"，才容易实现每个人都有机会看戏的目标；第三，演出活动更应该是有计划的。演什么样的剧本，什么时候演，演给什么人看，也都要有计划，以保证戏剧艺术的审美作用与教育效果达到最大化、最优化。

熊佛西还强调，戏剧制度的实现，有三个条件必须预先解决：其一，国家要重视戏剧，要把戏剧的发展定为国家的策略之一。要认识到戏剧对于民众所发生的实际力量并不在一般的学校乃至图书馆之下，在作为广大的社会教育的工具时，其作用甚至超越它们；其二，一定要大规模训练人才。这种训练是有目的，有计划的，包括剧场中的技术人才和深入民众推行戏剧的人才；其三，要有最低限度的经费投入。因为演剧不能以盈利为目的，不能商业化，那么国家应该像投入教育那样投入戏剧事业。如果这三个条件不能解决，戏剧制度就难以实现。

为了将戏剧制度落到实处，熊佛西还专门制作了一张"省单位戏剧制度机构表"，又称"省单位戏剧教育制度表"。具体表述为，第一，设省单位戏剧教育委员会，全省戏剧教育的大政方针，都由这个委员会来处理决定。第二，在委员会之下分设研究实验部、编制出版部、人才培训部、表证推广部、秘书处、总务处。秘书处及总务处两处是独立的，研究实验部、编制出版部、人才培训部三部是并行的，表证推广部是综合前三部而从事于戏剧事业推行的机关；第三，研究实验部下面要有省立剧场、县立剧场、县立实验剧场及中心村实验剧场，作为从事创作演出的基地；第四，编制出版部的主要工作是有计划地创作剧本及整理研究实验的心得，为戏剧演出及人才训练提供依据；第五，人才培训部是培养人才的中心，要为省立剧场、县立剧场、县立实验剧场及中心村实验剧场提供人才支撑；第六，表证推广部是开展实际活动的中心，它综合研究实验、编制出版部及人才培训部的工作成果，从事于有计划、有系统的戏剧推行工作；第七，全省所有的剧场连锁在一起，形成一个有计划的"戏剧网"；第八，戏剧机构工作程序既能由下而上，又能由上而下，两者结合，确保有效。

熊佛西还提醒，万一条件不成熟，不能推行上述戏剧制度，不得已而求其次，还有两个办法可以尝试：一是在一些市镇与中心村建立简易的露天剧场，一方面有计划地安排专业力量去演出，另一方面组织民众演剧活动，自己演，自己看；二是组织流动的戏剧车。公路条件好的地方，只要兴办五辆载重大卡车，安排二十几个演职人员，即可成为一个把戏剧送到任何地方的流动剧场。一句话，只有把戏剧从少数人之手转交于大众之手，戏剧才能以更泼辣的新生命，以无限的开拓而走向更光明、更伟大的途程。①

毫无疑问，从熊佛西当年展示的"乌托邦式"的戏剧理想中，我们可以强烈地感受到他对发展中国新兴戏剧所倾注的心血，所体现的智慧与情怀，都是值得我们敬仰，值得我们学习的。

总之，《晨报》的《剧刊》和《北平晨报》的《剧刊》是研究20世纪二三十年代的中国戏剧运动，尤其是北方戏剧运动的极为珍贵的文献史料；也见证了熊佛西由爱美戏剧的积极倡导者转变为戏剧必须走大众化之路的坚定实践者，并且，这一戏剧观伴随了其一生，也影响着一批又一批的后学者，笔者即是其中的坚定追随者之一。

发现之四：首次整理出熊佛西所涉猎的其他艺术领域的学术成果。

一直以来对于熊佛西的研究，学者的注意力大都集中在其戏剧创作和戏剧教育之上。然而熊佛西不仅仅是一位戏剧创作巨匠和戏剧教育大师，他所涉猎的文学艺术领域极其广泛，如诗歌、散文、绘画、书法等，均有相当深邃而独到之研究，这是以往学者所不曾关注的。首次整理出熊佛西所涉猎的其他艺术领域的学术成果，同样具有较高的价值。例如他写到的国画大师就有齐白石、张大千、尹瘦石、谢仲谋、张治安、汤定之、王梦白、王济远、刘元、司徒乔、溥侗、溥儒等十几位，并对

---

① 熊佛西：《论戏剧制度》，《北平晨报》1937年1月9日。

他们的画作作了独特点评，体现出熊佛西特有的绘画审美情趣。同样，熊佛西在散文的创作上，也具有很高的造诣，以往对熊佛西散文的了解多限于近年出版的《山水人物印象记》一书，但此书收录的仅仅是其1941年至1944年间在桂林写的部分散文，而在此次文集中，我们收录了他1929年至1963年间署名发表的八十多篇散文，其中新收录写人物的《悼蒲伯英先生》《徐志摩与戏剧》《关于〈赛金花〉》《记晏阳初先生》，写景的《今昔中秋》《探梅记》《忆吉祥寺》等，都是值得一读的好文。

比如，发表在1937年2月20日《北平晨报》上的《关于〈赛金花〉》一文，让人领略了熊佛西先生散文中的戏剧性魅力：开头有悬念，中间有发展，结尾有意外，并且有情节，有人物，有细节，令你有滋有味地读下去，欲罢不能。

此文记述了熊佛西从湘赣旅行一个多月回来后，在补阅漏下的平津报纸时，发现了多篇介绍他要写话剧《赛金花》的报道，报道说他写《赛金花》是要和夏衍先生抗争，他觉得这实在是"冤哉枉也"；那么他为什么要写《赛金花》呢？先抛出悬念，接着就开始娓娓道来。

说民国十八年，徐悲鸿、谢寿康在一个宴会上谈起赛金花，觉得这个女人很有意思，悲鸿要为她画像，寿康要以法文为她写传。悲鸿说："佛西，你可为她编剧！"可是大家都没有见过赛金花。于是便约定某晚开一茶话会招待她。在一个很冷的夜里，大家第一次见赛金花，她穿黑色外套，脸上敷粉脂，五十多岁的人看去像四十几岁。当晚在座的有三十多位南北的文人或名士，悲鸿一一介绍，并一一和赛握手。赛金花和熊握手时，说了一句"我和您今晚在这儿见面，都是前生有缘"，这句话一下子把熊佛西写剧本的热望打消了，觉得"把这么一个庸俗的女人写在剧本里有什么意思呢？"为她写剧本，不可能。悬念加剧了。

接着又说，民国二十二年悲鸿又到北平，朋友们在艺文学校开了一个茶话会欢迎他。当时赛金花也来了。与熊见面握手时还是那句老话，"我们今天有机会见面，都是前生有缘"。

再后来，熊佛西翻阅旧报见着一段新闻，大意是说赛金花欠了房东的租金，已被告于地方法院。这"欠房租"引起了熊佛西的注意。因为他在剧本里最喜欢描写欠房租的纠葛。过了几天熊佛西和一对新婚夫妇去逛天坛，在天桥买了一份小报，又看到赛金花病重的消息，本想就近到居仁里去探望她一下，但怕她见面又说"有缘"，所以只好打住。又过了几天，看报上说赛金花更病重了，希望得着人们的接济。这时熊佛西对于赛金花已是充分同情了，觉得这个女人太可怜，这个时代太可怕，而这个时候杨村彬也来催促熊佛西把赛金花的经历写成剧本。

又过了半个月，赛金花的病更重了，熊佛西才开始写《赛金花》。熊佛西说，"这时我忘记了她的平庸，我忘记了她的粗俗！我只觉得她是一个饱经世故的女子！她的一生，的确曲折凄凉，晚年尤甚。较之《茶花女》更可泣可歌"。熊佛西开始写她的时候还希望她不死，但赛金花终于死了！"我的剧本也只好随着她的归去而闭幕！"

在这篇散文中，熊佛西还由"和夏衍先生抗争"一语顺便说到了一则剧坛逸事。他说他这个人天生是一个弱者，缺乏抗争的力量，尤其是在笔墨上，不愿与人争，即使被人骂，也不回敬。说前年洪深先生在一篇戏剧的序文里说他"浅薄"，说他"不行"，很多人都为他抱不平，他当时也想来一个"我固混蛋，他更混蛋"式的谩骂，后来一想，觉得这样太无聊。中国剧坛本来就没几个人，要是还分党派，闹意气，未免太"那个"了。与其把宝贵的时光和精神浪费在无聊的笔墨上，还不如花在剧本的写作上。①

一篇二千多字的散文，既说了事，又绘了世；既抒了情，又讲了理，特别不容易的是，还写出了赛金花以及作者熊佛西这两个人物，实在令人钦佩不已。

说到在散文中写出生动的人物形象来，熊佛西先生真是高手，这一定与他擅长剧本创作人物塑造的深厚功力有关。比如他那篇《徐志摩与戏剧》，不仅追述了徐志摩在戏剧创作、戏剧翻译、戏剧推广，以及创建北平戏剧系、小剧院，主编十五期《剧刊》等方面的贡献，还通过几个生动的细节写出了徐志摩率真、风趣的独特性格。

文中追忆徐志摩遇难前两星期，"那时我家的菊花在盛开。那一天，你突然打个电话来，说要来看我们，说要到我家里来吃午饭。不到一会儿，果然你来了。还是像

① 熊佛西：《关于〈赛金花〉》,《北平晨报》1937年2月20日。

往常见面一样，你是那样的亲热，那样的活泼，毫无要死的预兆！不，现在想起来，也许有点预兆的象征！你带了一本刚出版的《新月诗选》来送我们！并且说：'佛西，这诗选里的诗人已经死了不少，刘梦苇、朱大柟……'言下不胜唏嘘之至。没有想到这次竟死到你，竟临到《诗选》目录的第一个"。

从以上简短的描写中，我们一下就能感受到徐志摩的热情与率真，同时也能体悟到熊佛西的深情与细腻。

"那一天，我们吃饭只有三样菜，我还记得，一样是砂锅豆腐，一样是萝卜丝清汤煮鲫鱼，还有一样白菜。我们喝了不少的白干，痛快极了。最后酒也完了，菜也完了，只剩下一个鲫鱼头，我把它敬给你，你说，'鲫鱼头比老婆的味道还好'！当时把我们都惹笑了，你是这样的有趣！唉，没有想到，这次的把晤是我们最后的把晤！没有想到这一次的痛饮是我们永别的纪念！如今花也谢了，酒也完了，你也死了！只剩下这样一个永远不能忘记的追忆。"①

寥寥一二百字，一个风趣幽默、善解人意、可亲可爱的诗人形象就跃然纸上，令人过目不忘。同时，以喜衬悲悲更悲，以乐衬哀哀更哀，重情重义的熊佛西的形象也因此而呼之欲出。

熊佛西不仅能用简约的笔墨刻画出一个人物的鲜明性格，而且还能通过场面、情绪、环境的生动描写，塑造出群像，即刻划出一群人的精神风貌。散文《忆吉祥寺》便是一例。

文说1938年抗战时期，成都成立了一个省立剧校，熊佛西当时是该校的主要负责人。1939年春夏，由于日本帝国主义者疯狂轰炸成都，学校疏散到了离成都约四十里地的吉祥寺。这是一个破烂不堪的小庙，师生们把它修修补补，大雄宝殿当剧场，礼堂、饭厅、前后殿做教室，两边的侧殿做男女学生寝室，教职员大都寄住在农民家里，这样加以安排，竟容纳下了二百多个员生。

熊佛西笔下的吉祥寺环境非常优美，寺前有一方宽旷的空地，点缀着两棵千年的古槐，一湾清溪蜿蜒而过，寺后有一丛密茂苍翠的修竹与一座高耸入云的楠木林

---

① 熊佛西：《徐志摩与戏剧》，《北平晨报》1931年11月29日。

子。沿着林边又有一湾清溪，寺的四周是一望无际的田野，晴朗日站在山门口远眺，有名的青城山仿佛就近在眼前。在这幽静的环境里，在这艰苦的岁月里，熊佛西与剧校的师生坚持戏剧活动，经历了许多难忘的事件，但最难忘的，是师生们和当地的农民兄弟建立了亲密深厚的友谊。

"这种友谊主要是通过联欢晚会的形式建立起来的。晚会的节目有话剧、有川剧，有打莲箫，有山歌独唱，有新诗朗诵，有二胡和小提琴的演奏，应有尽有，真可谓丰富多彩。我们和农民一道歌唱，他们和我们一块儿演戏，这种晚会有时在吉祥寺山门口的广场上举行，更经常的是在农民家里举行。有时在月光下举行，有时在萤火间举行。我们的队伍，会后从农民家里返吉祥寺，经过弯弯曲曲的田陇小道，每人高举着火把，就像一条巨大的火龙出现在黑漆的夜空里，把大地照得透亮。最大的一个晚会，是藉学校两周年校庆纪念日举行的。我记得，那天到会的农民将近万人。把这么多农民聚集在一起联欢，这在当时不能不引起反动派的仇视。因而，我们的省立剧校，不久就被反动派以种种理由，通过省参议会的决议，被迫停办了。"①

火热的生活，执着的坚守，清澈的情感，动人的交集，熊佛西用质朴干净的文字写出了一群献身戏剧事业的美好生命在那个特殊年代的精气神，让人如临其境，如闻其声，如见其容，如触其肤，这就是熊佛西散文的魅力。

另外，在此次收集熊佛西作品时，我们还意外发现了熊佛西早年创作的诗作和短篇小说若干。能看到被封存了近百年的熊佛西作品第一次露面，尤其令人感到欣慰。我很期待这些作品的发掘与展示，能对读者们了解、研究熊佛西文学创作成就起到一定的助益作用。

四、《熊佛西文集》编辑"三求"

编辑《熊佛西文集》，是一项光荣而又艰巨的任务，不能懈怠，也不敢懈怠。为

---

① 熊佛西：《忆吉祥寺》，《草地》1957年第4期。

此，我为这项工作定了一个目标，希望尽可能做到"三求"。

第一，求"全"。早年的熊佛西，颇多颠沛，足迹所至北平、河北、长沙、重庆、桂林等地，1932—1936年间在河北定县主持中华平民教育促进会农村戏剧实验、1938年1月赴长沙成立抗战剧团、同年8月抵成都创办四川省立戏剧教育实验学校、1941年举家从重庆迁到广西桂林……熊老所到之处，均在当地的报刊上留下了诸多的文字。据此，我们在编辑这部《熊佛西文集》的过程中，便十分注重追寻熊老的足迹，将此前散见各地、被一般人所忽略的文章，努力"一网打尽"，收录了一些较为罕见的熊老文章，如《四川省立戏剧教育实验学校校刊》1939年第1期中刊载的熊老署名文章、《江西教育》1937年第26期中刊载的熊老发言稿，还有鲜有关注的《世界日报》《工商日报》等报纸上发表的熊老文章，亦一并收录之。

本文集力图在将熊老各个历史时期所发表的不同作品"一网搜尽"的前提下，再按其内容和体裁分门别类，重新加以排序组合，努力形成一部能够反映熊老一生剧本创作、艺术研究、戏剧教育生涯全貌的新书。按照这个编纂思路，我们在广泛搜罗的基础上，将其作品分为六卷，分别为剧论二卷，剧本二卷，诗歌、小说一卷，散文、艺评、回忆录、杂著一卷。在每一卷文集中，又按不同内容进一步细化，如剧论集中又分为戏剧事业篇、戏剧艺术篇、戏剧评论篇、戏剧教育篇、戏剧演讲篇等五个部分；在剧本集中则按作品发表时间的先后顺序，努力将1921年至1956年间熊老所发表的四十三个剧本全部收录；在小说集中我们收录了熊老不同时期发表的小说五部；在文艺评论集中，我们收录了1927年至1962年间熊老发表的文艺评论四十六篇；散文、杂著集中内容与形式繁多，有散文六十六篇，书序、后记、致辞、寄语等计一百零一篇。《熊佛西文集》总共收录各类著述近五百篇（部），可谓洋洋大观。

第二，求"本"。即辑录最本原的文献。如以往在整理熊佛西文集时，除了零星发表的文章之外，都会收录熊老的三部著作：《佛西论剧》《写剧原理》和《戏剧大众化之实验》，如2000年上海文化艺术出版社出版的《熊佛西戏剧集》和2017年北京学苑出版社出版的《民国话剧史料汇编》，都收录了《佛西论剧》《写剧原理》两书。

《佛西论剧》最初是北平朴社的"凡社丛书"之一，1928年11月出版，全书由十五篇文章组成，除《戏剧与舞台》一文之外，都是作者美国留学回国后二年间发表的新作,曾先后在《现代评论》《晨报》《大公报》《燕大月刊》《留美学生季报》上发表过。

《写剧原理》是中华书局"现代文学丛刊"中的一部,1933年11月出版,全书十四章节,分别为《创作》《戏剧与趣味》《单纯主义》《剧作家的修养》《写剧方法》《三一律》《程式》《悲剧》《喜剧》《歌剧的创造》《史剧》《有声与无声》《观众》《怎样走入大众》。书前附有作者的两篇自序,在《自序之二》中,作者写道:

> 这部《写剧原理》是五年来我在北平国立艺术学院戏剧系编剧班的讲稿,现在又重新整理了一番。说来也惭愧,十三篇短而不像样的文章,居然费了我九牛二虎之力,花了我五六年的光阴,现在还要拿出来问世,真是寒伧已极。可是话又说回来了,这部书虽然浅薄,却是我国四千余年来第一部关于戏剧原理的比较有系统的书……时下在报章杂志上见到的戏剧论调,呐喊的居多,含有内容的极少。空洞的论调决难发生实际的运动,实际的运动不可不有健全的理论。我的这本小书就想在这方面有点小小的贡献,希望这本书的刊行,能产生许多好的戏剧来充实我们的戏剧运动;希望这本书的问世,能引起较健康的理论,我只是抛砖引玉而已。[1]

为了能够更好地反映熊老一生论述的轨迹,本文集并未像此前整理熊老文集那样,简单地将《佛西论剧》《写剧原理》照搬收录,而是对原书进行了"肢解",利用我们手中所掌握的较为丰富的民国时期的报刊资料,找寻出原书中收录文章的最早出版,再按文章的体例和内容,编入本文集之中,例如收入《佛西论剧》中的《国剧与旧剧》一文,最早发表在《现代评论》1927年第5卷第130期上;收入《佛西论剧》的《戏剧究竟是什么》一文,最早发表在《古城周刊》1927年第1卷第6期上;收入1931年9月新月书店版《佛西论剧》的《写意与写实》一文,最早发表在1929年4月5日的《大公报》(天津)上;《中国新歌剧的创造》一文原先发表在1930年1月24日

---

[1] 熊佛西:《写剧原理》,中华书局1933年版。

《大公报》(天津)上，编入中华书局版的《写剧原理》时则更名为《歌剧的创造》;《论喜剧》一文最早发表在《东方杂志》1930年第27卷第16期上，编入《写剧原理》时则更名为《喜剧》;《戏剧应以趣味为中心》一文原先发表在《戏剧与文艺》1930年第1卷第12期上，收入《写剧原理》时更名为《戏剧与趣味》等，不一而足。故而本文集中，仅完整地收录了正中书局1937年4月版的《戏剧大众化之实验》，而《佛西论剧》《写剧原理》等在本书中已"踪影"难觅。实则这些书中所收录的文章均以各自原先的"面貌"，一一呈现于本文集之中。这是我们对熊老文集整理的一种新方法、新尝试。

第三，求"新"。这里的"新"是一个总的要求。一是确立新的目标，即要编一本收有除熊佛西政论以外所有文字的全集式文集;二是确考新的文献，即要尽可能搜寻到所有在过去已出版过的文集与研究集中没有出现过的珍贵史料;三是确指新的线索，即从史料文献中辨析出熊佛西戏剧观念的形成轨迹、戏剧创作的成功轨迹、戏剧活动的发展轨迹、戏剧引领的历史轨迹;四是确拟新的立意，编选文集的目的不仅仅是史料的留存，更要重点挖掘熊佛西戏剧思想、戏剧创造、戏剧活动对今天中国戏剧发展的现实指导意义与重要参考价值;五是确定新的体例，即洋洋六卷，既要按文体学划分，以保证各卷内容的相对独立，也要考虑各卷篇幅长短的平衡。

五、编辑《熊佛西文集》的价值与意义

我一直从事戏剧教学、戏剧创作和编剧学研究工作，研究史料，本不是我的专长。2020年，恰逢熊老诞生一百二十周年，出了不少纪念熊老的文章和专集，这当然非常有意义。但我以为纪念熊老最为重要的便是积极弘扬他的戏剧精神和戏剧教育的理念。熊老的一生，生遭乱世，又逢新中国成立，不论在哪个历史时段，熊老都一直倡导大众化的戏剧精神，坚持平民化的戏剧教育理念。熊老的戏剧观，对于我们今天的戏剧活动，在相当程度上仍有积极的指导作用。正是基于这一认识，我们认真搜集整理熊老在各个时期发表、出版在不同地方的文章和书籍，完成这套六卷本的文集，虽未能在2020年问世，却不失为一种对熊老最好的纪念。

　　统观六卷本《熊佛西文集》，我们可以清晰地看出，熊老一生的戏剧观都紧紧围绕着教化民众、改良社会而展开。他认为"艺术中比较最有民众关系的要算戏剧……戏剧是艺术中最复杂的一种，又是与人事最有关系的一种……特别在今日一盘散沙、麻木不仁的中国社会中"[①]。他甚至提出了政治、教育、戏剧"三位一体"的理论体系。[②]重视戏剧的社会功用，重视戏剧的大众化，重视戏剧的社会教育功效，是熊老戏剧理论中最为显著的特点。早年的熊佛西曾在一个时期十分热衷于文明戏，不仅结交当时文明戏的知名演员，还编写了不少文明戏的脚本，甚至躬身登台，粉墨亮相。之所以如此，正是熊老真切地体会到文明戏的亲民与平民化。文明戏一直以来高擎的社会教化的旗帜，与熊老所主张的戏剧教化理念"情投意合"，如出一辙。"爱美剧运"兴起之后，为了实现他戏剧平民化的理想，熊老抱着极大的热忱投入到"爱美剧运"之中，并对此前的文明戏进行了深刻地反思。然而小剧场等"爱美剧运"的戏剧理论与他平民化的戏剧观之间存有较大的差距，为此他又一次将目光重新锁定戏剧的职业化道路，提出要建立戏剧制度，以保证戏剧活动的有序开展，进而实践他戏剧平民化的理想，这就是为什么中华平民教育促进会在获得美国洛克菲勒财团的资助之后，熊佛西受邀赴河北定县开展平民戏剧教育的深层次原因。他以为，此前的文明戏运动虽然亲民，但缺乏相应的戏剧理论而致使其滑向单纯追逐商业利益的深渊，而之后的"爱美剧运"则又矫枉过正，倾力排斥市场，反对商演，使得戏剧运动脱离了人民大众而沦为少数"精英"人士的戏剧，使得原本鲜活的戏剧因脱离了民众而没有了出路。有鉴于此，熊老在20世纪30年代提出了"中国戏剧出路"的理论——戏剧的职业化。他在一次与南京国立剧专学生的演讲中提到："在过去的许多年中，话剧在中国一直是带着一种爱美的性质，干的人既不以此为职业，看的人更不认为是常轨，只是逢场作戏，热闹一阵而已。这结果使戏剧运动不能走上轨道，不能得到普遍的发展，是必然的事。因而要想扩展中国的戏剧运动，当然不能再这样作下去……过去中国戏剧运动之不能走上轨道，最大的原因也就是没有职

---

① 熊佛西：《戏剧与中国》，朴社《佛西论剧》1928年11月版。
② 详见《戏剧岗位》1938年第1期。

业化的原故。"①正是在熊佛西等戏剧先驱的大声疾呼之下，20世纪20年代的"爱美剧运"渐渐地走出了象牙塔，以崭新的姿态重新步入市民社会之中，就连此前"爱美剧运"的旗手陈大悲也放弃了自己的"爱美"理论，转而置身于上海官办的职业剧团，开展职业的剧场艺术活动。

熊老不仅倡导戏剧要走职业化之路，而且还一直强调戏剧要走大众化之路。为什么要走入大众化的道路？熊老说："现在是大众时代，一切文化艺术都应该以大众为目的……新兴戏剧的势力在今日中国实在单薄极了……"熊老进一步指出，"要有有意义的内容，剧本的材料要从大众的生活中取来，要能表现农工的生活，或表现与农工接近的生活……要有雅俗的艺术，有了教育的内容而没有雅俗的艺术，是不能完成大众戏剧的目标……要有巧妙的技术，艺术与技术是互相因果而分不开的，倘若有高超的艺术而无巧妙的技术，戏剧仍然不能完美"②，而如何才能达到技术之巧妙，熊老提出了他著名的"动人故事"的理论。这些八十多年前的理论，对于我们今天的戏剧创作和编剧学理论，仍有极强的借鉴作用。

通过对熊佛西一生论著的整理，我发现几乎所有熊老的戏剧理论文章中，不管是在何时、何地，都渗透着他戏剧平民化、大众化的思想理念；在诸多的戏剧作品中，他笔下的人物亦都是普通的市井中人；他在各地发表的演讲，刊载在报端的文章，都十分的浅显易懂，十分的亲民，即便是深邃的大道理，熊老亦能以平常之话语，娓娓道来。也正因为此，熊老与欧阳予倩、田汉等人在戏剧大众化和话剧民族化方面，有着相似的理念和共同的追求，他们才能够神情轻松，怡然自得地坐在了一起，成为中国话剧运动志同道合的"话剧三先进"。熊佛西虽是燕京大学的毕业生，且有出国留洋的经历，但不论在他的作品中，还是在他身上，都有一种浓郁的"草根"文化情结，这也是促使我们花大力气编纂这部六卷本《熊佛西文集》真正的动因。

话剧是市民社会的产物，话剧与民众之间，应当建立起一种平滑、顺畅的联系。唯其如此，话剧的创作与演出才能具有真正的生命力，才能步入平常百姓家，话剧的演剧市场才能真正的繁荣兴盛。倘若一味地追求先锋、后现代等话剧理论，或一味

---

① 熊佛西：《中国戏剧运动的两大出路》，《北平晨报》1936年5月24日。
② 熊佛西：《戏剧怎样走入大众》，《北平晨报》1932年8月28日。

地强调"学院精英派戏剧"，而忽视了话剧与民众之间的交流，那么话剧运动仍有可能重蹈"爱美剧运"之覆辙。须知民众的社会生活和诉求，不仅是话剧创作之源泉，更是话剧运动生存发展之基础。近一段时期以来，国内话剧的演出市场曾一度热衷于西方前卫的戏剧作品，而称其为话剧界的"二度西潮"，后现代戏剧、后剧场理论更是成为一种"显学"而大行其道，剧情晦涩，票价昂贵，时间冗长，完全超出了普通市民观赏话剧的理解能力和经济承受能力，这样的话剧已完全成为"戏剧精英"们展示自己高深学养的对象物，这样的话剧与普遍民众之间的距离渐行渐远，成了少数人"把玩"的话剧，这样的话剧，已成为一种贵族化的而非平民化的戏剧，与熊老一生所倡导并努力践行的戏剧平民化理念，更是相去甚远。我每每走进校园，路过熊老的雕像，脑海中时常会泛起一个疑问：倘若他老人家在天有灵，对于当下"话剧界精英"的这种嗜好，不知会做何感想？我又时常在想，倘若要请这些话剧的精英们自己解囊，去观看这些结构嘈杂、内容晦涩、冗长昂贵的话剧演出时，还能那般神闲气定、侃侃而谈吗？熊老一生努力倡导的戏剧平民化和戏剧职业化，是话剧运动中并行不悖的两条道路，只有满足平民的观剧需求，才能实现戏剧教化之目的；而平民化的戏剧之路，既不能构筑于象牙塔内，也不能囿于精英界狭窄的空间内，唯有职业化的戏剧道路才是其发展的唯一坦途。因此，职业化的道路和民众的道路是互为表里、相辅相成的。我们今天的话剧市场，如要摆脱低迷，走出低俗，唯有将民众的生活作为戏剧创作的源泉；唯有以通俗易懂的内容，亲民低廉的价格，去吸引更多的市民大众，职业化的演剧之路才可能变为一条坦途，熊老所倡导的戏剧教育理念才有可能得以真正的实现。

我们纪念熊老，究竟要纪念他的什么？我以为不仅仅是学习他成熟的创作技巧，也不是单纯地组织一些纪念活动，而是应该认真学习、汲取他一生所奉行并努力倡导的戏剧精神——平民化的戏剧之路。中国的戏剧运动有其自身发展、演变的历史轨迹，我们不必过多地追求西方的戏剧理论和技巧；中国人欣赏戏剧有其自己的审美取向和价值观念，正是在这个意义上熊老坦言喜剧对于中国人而言，更具现实意义。因此我们的戏剧创作应该把目光从国外移到国内，从精英阶层移向市民大众，从冗长复杂的构作移向通俗易懂的剧情。创作者应更多地去关注人民大众日常生活中的酸甜苦辣、喜怒哀乐，并用质朴的戏剧语言、生动的戏剧故事、鲜明的人物形象、流畅的演剧风格来反映当下的社会现实生活，从而使普通民众能够欣赏到属于他们自己的戏剧，能够负担得起他们的戏剧消费，并从愉悦的观剧中受到教育，这才是平民化戏剧运动的应有之路。这也是我们编辑《熊佛西文集》的价值与意义。

六、说明与鸣谢

需要说明的是，熊佛西一生著作十分丰富，但由于年代久远，散失严重，虽然此版熊老文集的编辑，我们充分利用了国家图书馆、上海图书馆、上海戏剧学院图书馆等资源，文集所涉及的内容除熊老的剧作、论著之外，还大量收集了熊老的杂文、诗歌等，特别是对于熊老早期在北平期间发表在当地报纸上，而后鲜有面世的诸多文章进行了搜集、整理，但一定还会有遗漏。所以，拾遗补阙，并竭诚欢迎方家指正，将是我们日后不会忽略的功课。

借此机会，感谢上海社科大师文库的策划者、决策者、组织者，为我们提供了这样一个致敬先贤大师、服务戏剧事业的极好机会；感谢上海人民出版社以及本书责任编辑赵蔚华女士的诚恳相邀与艰辛付出；感谢我的合作者胡传敏先生三百多个日日夜夜的全身心投入；感谢中国话剧史研究专家赵骥教授的热忱相助，他曾为本书两度赴国家图书馆，并就中国话剧早期重要活动的时代背景、历史脉络、人物评价、事件源流给予我切实有效的指导。最后要感谢我的恩师孙祖平教授，如果不是他在三十七年前让我有机会走进戏剧作品中的熊佛西老院长的心灵世界，也许就不会有2020年6月我在接到赵蔚华女士电话邀约时的"一时之勇"，当然也就不会有今天这些文字了。

熊老一生，经历曲折，著述宏富，留下了诸多优秀的剧作和深邃的艺术理论，对我们今天的戏剧创作、戏剧活动和艺术教育，均有很高的借鉴价值和重要的指导作用。我们期待着这部《熊佛西文集》能够为当今的编剧学理论、戏剧教育学研究与戏剧事业的深入开展，提供更加翔实、丰沛的文献史料；同时也能对当下话剧界流行的"精英"的非平民化之风，有所警醒。

值此文集出版之际，愿重温熊佛西先生写于1947年12月7日、载《二周年校庆特刊》的校庆抒感怀：

"培养人才的目标，我以为，首先应该注重人格的陶铸，使每个戏剧青年都有健全的人格，是一个堂堂正正的'人'——爱民族，爱国家，辨是非，有情操的人。然后，他才有可能成为一个伟大的艺术家，所以本校的训练的体系，不仅是授予学生戏剧的专门知识与技能，更重要的还是训练他们如何做人。"

谨引此不朽箴言垂恩为本序之结语，借此表达我们对中国编剧学先进、老校长熊佛西先生深深之敬意和殷殷之缅怀。

佛西，戏剧之"福"，福兮，福兮！

熊老，戏剧之"雄"，不老，不老！

2022年2月18日改于上海松江厚之堂

编剧理论研究

论编剧学的戏剧基础

彭万荣

从事戏剧编剧不一定有戏剧理论基础，但编剧理论研究则一定要探寻戏剧理论基础。从戏剧发展的历史来看，先有了编剧然后才有了编剧理论，先有了古希腊罗马戏剧而后有了亚里士多德的《诗学》，先有了梵剧而后有了婆罗多牟尼的《舞论》，先有了元杂剧而后有了李渔的《闲情偶记》，尽管这些理论著作往往被统称为文艺理论，由于其中存在大量的编剧原理，甚至其主体部分是关于戏剧文学的，所以称之为编剧理论也是成立的。最早的剧本创作者肯定是没有编剧理论的，编剧渐渐成为一种职业，继而成为一个专业，最终形成一个学科，编剧理论就应运而生。从古至今，编剧理论林林总总，枝繁叶茂，关乎编剧的本体论、本质论、认识论、技术论或方法论，试图揭示、总结和抽象出关于编剧的基本原理和法则，这些原理和法则成为后世编剧所遵循的基本的创作规范。现时代的编剧已很难脱离这种规范，像古人那样凭空去创造出来一种全新的戏剧形态。然而，事实上，各个时代的剧作总是对前人编剧规范的一种突破，而且，剧作理论本身也在对自身的规范进行反复的调整。比如"三一律"原则中的"时间整一"，1548年意大利语言学家罗伯特里将戏剧行动时间确定为十二小时（太阳日），可1549年意大利史学家、文艺评论家塞尼将行动时间确定为二十四小时（自然日），1563年意大利文艺评论家敏图诺则将时间确定为二十四小时，最多不超过四十八小时。[①]然而，仅仅三十七年之后的1600年，莎

---

① ［英］阿·尼柯尔：《西欧戏剧理论》，徐士瑚译，中国戏剧出版社1985年版，第42—43页。

士比亚的《哈姆莱特》的行动时间为四十天,1610年他的《冬天的故事》的行动时间竟相隔十六年。这说明戏剧中的行动时间是有规定的,但在具体的创作过程中它又是不能被规定的。可是这并不能证明编剧可以不要理论,理论永远是对事实的抽象,必然会舍弃掉一部分内容,而这部分内容恰好是新理论的生长点。仍以"时间整一"为例,作为其理论的内核,时间是存在的,所有戏剧行动都是有时间的,这是一个根本问题,至于是否"整一",以及何谓"整一",则是一个手段问题。作为原则的"三一律"被突破了,但戏剧时间却是始终存在的。如何认识和处理时间,就是戏剧创作必须面临的课题。然而,时间和编剧中的其他要素,诸如情节、性格、悬念、冲突、对白等,只是编剧的或然要素,因为许多剧作没有这些要素仍是杰出的。这表明,戏剧作为一个学科存在着更基础的问题,无论哪个时代的戏剧编剧,都应立足于这个基础,并生发出相关的编剧理论与技法,也许他用的不是概念而是直觉。那么,这个更基础的问题是什么呢?

一、古今对编剧基础问题的探寻

最早对编剧基础问题进行探寻的是亚里士多德,在《诗学》中他写道:"悲剧是对于一个严肃、完整、有一定长度的行动的模仿;它的媒介是语言,具有各种悦耳之音,分别在剧的各部分使用;模仿方式是借人物的动作来表达,而不是采用叙述法;借引起怜悯与恐惧来使这种情感得到陶冶。"[①]这一段文字可视为戏剧"模仿说"的发轫,虽然他讨论的是悲剧,聚焦的是悲剧的创作,涉及悲剧的本质、媒介、手段与功能,但后世基本上将其视为对戏剧的本质看法。在《诗学》的主体部分里,亚里士多德讨论的是悲剧艺术的构成要素,即情节(结构、突转、发现)、性格(品格、特性)、言词(语言、韵文、对白)、思想(观点、真理)、形象(扮演)和歌曲(节奏、旋律和音调),这六大要素被沿袭至今,成为编剧创作的基本原理和法则。统辖这六大要素的是行动,或者说,这六大要素是围绕行动展开的,这个行动是现实的行动,还是人物的行

---

① ［古希腊］亚里斯多德:《诗学》,罗念生译,人民文学出版社1982年版,第19页。亚里斯多德现通译为亚里士多德。

动？亚里士多德没有明确说明，他只是用"模仿"来阐释。显然，在模仿之前，不存在人物行动，正是模仿将现实行动转化为人物行动，戏剧剧本因此而诞生。由此我们可以得到亚里士多德对戏剧的根本看法，戏剧是对生活的模仿；编剧是对现实行动的模仿。模仿就成为解释现实与戏剧关系的本质学说。这个学说影响深远，至少两千多年里，模仿说主宰了戏剧艺术创作的编剧、表演和鉴赏。

对近代影响最大的编剧基础学说也许是布伦退尔的"意志冲突说"，1894年法国戏剧理论家布伦退尔发表了《戏剧的规律》，提出了戏剧创作的基础问题，这个基础不是艺术，不是科学，也不是日常生活，而是戏剧所依据的原理，人们可以领会并应用这些原理进行戏剧创作，他称之为戏剧的法则。这个法则不是一般的戏剧手段、技法或特性，而是戏剧必然遵循的普遍的规律。布伦退尔考察了《熙德》中的施曼娜，《太太学堂》中的阿尔诺弗，以及《塞利很喜欢他》中的塞利，这些戏剧人物之所以产生行动，是因为他们拥有自己的自觉意志。如施曼娜因为爱情而受到限制和破坏；阿尔诺弗的婚姻因为贺拉斯而被打扰；塞利因害怕朋友的报复而受到阻碍；等等，都因为人物在执行自己的意志时被限制、被破坏、被阻碍而产生了冲突。这种人物与人物的因目标的不同所发生的较量、对峙就是意志冲突。创作戏剧"就是展示向着一个目标而奋斗的意志，以及应用一种手段去实现目标的自觉意志"，不仅如此，意志的强弱决定了戏剧的优劣，他甚至断言，"一国戏剧兴起的时候正是一个伟大民族的意志十分高昂的时候"。[①]英国戏剧理论家威廉·阿契尔对布伦退尔的"意志冲突说"持矛盾的看法，一方面他承认"冲突乃是生活中最富于戏剧性的成分之一"，另一方面他又否认了"冲突必须发生在意志与意志之间"，他列举了许多经典戏剧并不存在意志间的冲突，从而否定冲突作为戏剧的基础，进而提出了他的"激变说"，"戏剧是一种激变的艺术"。[②]激变（crisis），就是危机，阿契尔自己承认激变与古希腊的"突转"（peripety）类同，他认为激变有两种，一是急变，二是渐变。既然是渐变，就不会突转。可见阿契尔并没有从理论上解决这个矛盾。

---

① ［法］费·布轮退尔：《戏剧的规律》，载罗士鹗译，罗晓风选编：《编剧艺术》，文化艺术出版社1986年版，第6—10页。布轮退尔现通译为布伦退尔。
② ［英］威廉·阿契尔：《剧作法》，吴钧燮、聂文杞译，中国戏剧出版社2004年版，第29、34页。

相较于阿契尔，美国戏剧理论家约翰·霍华德·劳逊则旗帜鲜明地肯定了布伦退尔的"冲突说"，只不过他将意志冲突改变为社会冲突，在《戏剧与电影的剧作理论与技巧》中他写道："戏剧的基本特征是社会性冲突——人与人之间、个人与集体之间、集体与集体之间、个人或集体与社会或自然力量之间的冲突；在冲突中自觉意志被运用来实现某些特定的、可以理解的目标，它所具有的强度应足以导使冲突达到危机的顶点。"① 此书 1936 年在美国初版，1949 年修订，传入我国后深刻地影响了国内的编剧理论与创作。编剧理论家顾仲彝在《编剧理论与技巧》一书中，对"没有冲突就没有戏"从理论和实践上进行了深入阐述，成为影响中国戏剧创作近半世纪的剧作理论。②

"模仿说"也好，"冲突说"也罢，作为戏剧的基础理论，只是概括了戏剧一部分创作，还有相当一部分作品，特别是 20 世纪以来的许多经典作品则不能被概括，如《六个寻找剧作家的角色》《骑马下海的人》《等待戈多》《椅子》《榆树下的欲望》《罗森格兰兹与吉尔登斯特之死》，这些作品既称不上什么"模仿"，也谈不上什么"冲突"，但毫无疑问，它们都称得上杰出的戏剧作品。对于只能概括一部分作品而遗漏另一部分作品的理论，则很难称得上是基础理论。那么戏剧史上有没有这样的理论呢？有的，这就是"行动说"。1913 年，哈佛大学教授乔治·贝克将他的戏剧讲授整理成册，这就是 1919 年出版的《戏剧技巧》。在这本书里，他思考的焦点在于，戏剧如何抓住观众？这可以从三个方面来着手：行动表现、性格描写和人物对话，在这三个方面中行动才是首要的，"剧作家在编剧时首先依靠的是动作"，"一个人的性格，并不表现在他是怎么样想的，而终归是表现在他面临紧急关头时怎样本能地、不假思索地采取什么行动"。③ 1938 年，斯坦尼斯拉夫斯基出版了《演员的自我修养》，书中写道："在舞台上需要动作。动作、活动——这就是戏剧艺术、演员艺术的基础。'戏剧'一词在古希腊文里的意思是'完成着的动作'。"④ 斯坦尼斯拉夫斯基将动作解析为形体动作、心理动作和语言动作，这对指导演员表演训练和创作是有用的。

① ［美］约翰·霍华德·劳逊：《戏剧与电影的剧作理论与技巧》，邵牧君、齐宙译，中国电影出版社 1999 年版，第 213 页。
② 顾仲彝：《编剧理论与技巧》，中国戏剧出版社 1981 年版，第 66—100 页。
③ ［美］乔治·贝克：《戏剧技巧》，余上沅译，中国戏剧出版社 2004 年版，第 20 页。
④ ［苏联］斯坦尼斯拉夫斯基：《斯坦尼斯拉夫斯基全集（第二卷）》，林陵、史敏徒译，郑雪来校，中国戏剧出版社 1985 年版，第 56 页。

这三类动作真正能称得上动作的是第一种,因为心理动作必须通过形体才能被观众捕捉到,语言动作则是意识的外化的声音形式,而意识也是看不见摸不着的。然而,动作只是戏剧的一个重要特性,并非戏剧的质的规定性,正如甜是苹果的重要特性,并非苹果的质的规定性。所以,动作不能作为戏剧理论的基础。凡基础就一定是有层级的自足的结构,包括本和末、内和外、主和次、内核和边缘等的关系,而动作或行动只是单一的特性说明,并不具备这种关系结构。因此,亚里士多德虽然也看到了动作的重要性,但作为戏剧的基础就不是动作而是模仿。

1979年,戏剧理论家谭霈生发表了《论戏剧性》,这个灵感或许来自对阿契尔的戏剧性和非戏剧性的反思,他将动作、冲突、情境、悬念、场面、结构等列为戏剧的戏剧性,在此基础上,他进一步思考了戏剧诸形式作为戏剧性的核心,这个核心不是动作、冲突、悬念和场面,而是情境。经过数十年的理论思索,他将情境上升为戏剧理论的基础,从而厘清了情境与动作、冲突、悬念和场面的关系,情境就此由一般戏剧概念升华为戏剧的普遍的基础范畴,情境论从认识论或方法论演变为戏剧本体论。这是对戏剧基础理论的一个重大突破。那什么是情境呢?谭霈生写道:"根据不同时代,不同国别,不同风格的戏剧作品,我们可以从中概括出'情境'的构成要素,它们是:人物活动的具体环境;对人物发生影响的具体事件,特定的人物关系。"①活动环境也好,人与人、人与事的关系也好,在狄德罗那里就是"处境",在黑格尔那里就是"一般世界情境",在萨特那里就是"境遇",这些概念都不具备戏剧本体的品格,也就是说,它们还没有成为戏剧的总的根本的概念。只有将情境提升为戏剧的形式中的形式,是所有戏剧形式的总形式,它才具有本体论的意义,才能成为戏剧理论的基础。情境论之所以重要,成为当代戏剧理论最具开创性的理论,就在于它能够囊括与涵盖古今中外的一切戏剧作品,能够阐释所有时代、所有地域、所有风格的戏剧作品;同时,我们也可以运用情境理论去指导戏剧的编剧、表演和导演等的艺术创作。

那么,情境是怎么形成的?

---

① 谭霈生:《谭霈生文集(第六卷)》,中国戏剧出版社2005年版,第122页。

二、戏剧情境源自戏剧相遇

我们先来观察戏剧情境。

1968年，英国戏剧大师彼得・布鲁克在《空的空间》写过这么一段话："我可以选取任何一个空间，称它为空荡荡的舞台。一个人在别人的注视之下走过这空间，这就足以构成一幕戏剧了。"[①]明显地，这段话脱胎于格洛托夫斯基的"质朴戏剧"，即只要演员和观众在，戏剧就在。一个人，可以是演员；别人，可以是观众，也可以是搭档；走过这空间，这是舞台行动，戏剧的核心要素都在了。这里最关键的，不是空的空间，而是一个人被另一个人注视，也就是说，他和他构成了一种关系，戏剧情境因此而诞生。如果我们继续追问，这情境如何形成的？显然，是一个人遇见了另一个人。2005年，彼得・布鲁克在《敞开的门》中又写下这么一段话："戏剧开始于两个人的相见，如果一个人站起来，另一个人看他，这就开始了。如果要发展下去的话，就还需要第三个人，来和第一个人发生遭遇。这样就活起来了，就可以不断地发展下去。"[②]三十七年之后，彼得・布鲁克的基本思想仍没变化，只不过更为明确，更为丰富了。情境的内核便是关系，一个人站起来，被另一个人看着，第三个人来和第一个人发生遭遇，这就构成了人与人的关系；如果细究下去，还会发现一个空荡荡的舞台，人与舞台（景或物）也构成了一种关系；如此等等。由此可知，促成情境生成的不是情境中的诸要素，如人物、动作、舞台或布景，而是诸要素的相遇。

应该特别注意的是彼得・布鲁克使用的几个词：注视（watch）、相见（meet）、遭遇（encounter），这几个词蕴含着戏剧成为戏剧的深层奥秘，它们不仅揭示了戏剧情境生成的原因，而且也道出了戏剧发生学的内在根基。注视（watch）、相见（meet）、遭遇（encounter），它们是发生在舞台上的动作，既可以视为舞台行动，也可以视为超舞台行动（即超出剧情或角色设置的动作），令人遗憾的是，这些行动常常为创作者

---

① ［英］彼得・布鲁克：《空的空间》，邢历、小风译，小永校，中国戏剧出版社1988年版，第3页。
② ［英］彼得・布鲁克：《敞开的门》，于东田译，新星出版社2007年版，第17页。原文如下："I once claimed that theatre begins when two people meet. If one person stands up and another watches him, this is already a start. For there to be a development, a third person is needed for an encounter to take place. Then life takes over and it is possible to go very far — but the three elements are essential." Peter Brook. *The Open Door: Thoughts on acting and Theatre.* Jan Melchior First TCG Edition, April, 1995. p16.

们所忽略。这些动作将人物与自我、人物与环境、人物与角色的关系组织起来,赋予他们为创作者意中或意外的价值与意义的连接,我们所看到的舞台上的一切都来源于这种组织,他们被结构在一起构成了无所不在的情境。情境是我们可以看到的,而组织情境的那个行动是我们看不到或不在意的——而那个行动刚好是全部戏剧存在的生成论的最原始的根基。这就是相遇。用英文来表达就是"encounter",这个英文词的内涵很丰富,有遭遇、偶遇、邂逅、经历、体验、交锋、冲突等意思,可谓极尽戏剧之幽渺。现在我们可以来界定相遇了,所谓相遇,就是人与自我、人与他人、人与外物彼此的面对面(face to face),是他们带着各自的性质和特点来打交道,由此结成一种在他们见面之前没有过的联系或关系。在这个过程中,他们的性格、气质和特点在彼此的交互性中被释放出来,也就是说,他们的释放程度并不完全取决于其自身,在相当程度上依据对方的状态来决定,由此他们将自身在对方面前确立下来。比如周萍,当他独处时,他浑浑噩噩,不知所措;遭遇周朴园时,他唯唯诺诺,只想回避;遭遇蘩漪时,他不堪回首,只想逃避;遭遇四凤时,他怀抱希望,只想沉溺或私奔。所以周萍的形象,不是他自身确定的,而是在他与其他人结成的情境中,更确切地说,是在各种各样的相遇中,当着他人的面把自己塑造出来的。

至此,我们便得到了戏剧的元概念,相遇。它比戏剧所有其他概念更为根本,更为原始,那些我们习以为常的戏剧概念,如模仿、动作、性格、情节、冲突、悬念、场面、游戏、环境等,因为有了戏剧相遇才有了落脚之地及其展开方式。比如性格,鲁大海并非天生、固定的一种性格,在鲁贵面前,他是轻慢的;在四凤面前,他是怜惜的;在侍萍面前,他是孝顺的;在周朴园面前,他是无畏的;在蘩漪面前,他是礼貌的;在周萍面前,他是蔑视的;他的性格是他在与不同的人相遇时,带着他的身世,带着他的家境,带着他矿上的阅历,进入特定情境中的自然流露。我们不能因为他与某人相遇时的某种表现,就断言他是某种性格,而应该将人物性格与特定的处境关联起来,看到人物性格会随处境的变化而变化;不然,我们就会将一个个鲜活的性格给圈定、僵化或凝固地理解了。狄德罗说:"人物性格要根据他们的处境来决定。"[①]这

[①] [法]狄德罗:《论戏剧艺术》,宋国枢译,《文艺理论译丛》1958年第4期。

是极有见地的。处境可理解为相处而出的情境，可见，相遇具有事实和逻辑上的优位性；相遇是更为始基的，情境因相遇而被营造出来。准此，我们可以得到一个人们还不太习惯的观念：戏剧即相遇。尽管彼得·布鲁克用不同的词语（watch、meet、encounter）表达了相遇的境况，但他并没有将相遇上升为一个戏剧理论的基础概念，只是以一个戏剧家敏锐的直觉描述了对戏剧事实的深刻体验。现在，到了从理论上来诠释相遇的时候了。

我们还是从彼得·布鲁克几次使用的注视（be watching, 1968；watch, 2005）说起，注视就是集中目光朝向对象地看，如将注意力朝向一个人或物地看，如果我们看向一朵花，我们的意识会依据这朵花的颜色、形状、质地而给出一个判断，这朵花正绽放，或者在枯萎，我们给出的意识活动是全然不同的，这便是一个典型的现象学意义上的意向性活动。注视成为意向性活动必须满足三个条件：一，目光和对象有一个相遇或接触，没有相遇或接触，意味着彼此在对方视域里不存在，不能构成一个整体，当然也不能形成共同的场域；交集才有新世界。二，目光朝向这个对象，也就是选定一个对象，未被选定的就是未被朝向的；反过来，对象因朝向行为而被投射进入意识，以一种非现实的状态出现在意识中。三，目光即现象学所说的"精神之眼"（舍勒语），梅洛-庞蒂所做的一个杰出的工作，就是通过知觉"把注意和意识生活联系在一起"，因为"被感知物体应当已经包含注意所显示出的可理解结构"。[①]这样我们便得到了注意从相遇到判断的完整的意识活动过程，相遇就成为意识活动的起点，相遇了就意味着判断了，就意味着意识活动开启了。以此推之，彼得·布鲁克的"meet"或"encounter"，就不是一种纯然的现实行为，而是一种强烈的意识状态，这正是戏剧展开的真正起点，在情节、性格、冲突、悬念没有开始时，一股浓郁的诗意的氛围在舞台上弥漫开来。伟大的戏剧作品常常在幕启时，短短几句对白就营造出非凡的意识状态来，《北京人》开场就两个人，张顺和曾思懿，以及随后出场的陈奶奶，前后不过十九句对白，说的是要账的事，可这事实在没多少戏剧性可言，曹禺的着力点并不在于要账，而是围绕要账展开的各种人物的意识活动。张顺不过是替人家办

① ［法］莫里斯·梅洛-庞蒂：《知觉现象学》，姜志辉译，商务印书馆2001年版，第52—53页。

事,他的意识活动是办这件事,东家多少得给一点。曾思懿的反应是"没钱,他们给你多少好处,你替这帮混账来说话。陈奶奶的意识呢,这大过节的,有这么要账的么?敢把我堵在门口!他们不知道这是曾家大公馆啊!"。寥寥数笔,就将曾公馆家道中落的困顿与窘境勾勒出来。所以,这个开场,有意味的不是要账,而是每个人物因要账而出现的不同的意识活动。

三、相遇视域下的戏剧编剧

现在,我们可以这样来表述我们对戏剧中相遇的理解,所谓戏剧相遇就是在意向性的场域下,戏剧人物彼此的意识的碰面,是他们意识的交织、对垒、对峙、交锋和并列,以及在这种意识笼罩下所展开的一系列舞台行动。其中,演员的表演是中心,编剧、演员、导演、舞美的创造必须落实在表演上,戏剧才能成为一个完整的艺术品。这具体地体现为演员与自我、演员与角色、演员与对手、演员与观众的意识的在场;人物的舞台行动,只不过是他们意识的随机的偶然的当下的突显,正如梅洛-庞蒂使用的概念,这里蕴含着"可见的"与"不可见的""辩证法",意识是"乌有"是"虚无"是"不可见的",舞台行动是"存在"是"实在"是"可见的",于是便有"两种活动——虚无呼唤存在的活动和存在呼唤虚无的活动"①,而将这种活动联结起来的便是意向行为,正是它们的相遇,使演员的"不可见的"意识活动变成了"可见的"舞台行动。戏剧的全部奥秘即肇始于此。

那么,我们如何从相遇的角度来审视戏剧编剧呢?

首先,我们得清理出编剧的最基本几种相遇。第一种,编剧与自我的相遇。在编剧的各种关系中,编剧最先碰到的就是自我,作为自我,他是他自己,有自己独特的经历、修养、气质和个性,而他笔下描绘的人物是形形色色的人,甚至与他完全不同的人。他只能在他的意识里建构出这个人物的内心视像,他的举止神态、阅历教养、个性气质、音容笑貌,甚至他的口头禅,他的习惯性动作。然而这只是一个方面。

---

① [法]莫里斯·梅洛-庞蒂:《可见的与不可见的》,罗国祥译,商务印书馆2008年版,第86页。

另一方面，这个剧本毕竟是他写的，他必定会将自己的天赋与局限、视野与观察、积累与优长烙印在剧本的写作中，以至于形成他独特的写作风格。在实际的写作中，他可能根本没意识到自己，他的兴奋点在人物身上，在人物的所见所闻所思所感上，也就是说，在他的意识里，他建模出这世上从未存在的另一个人物，这个人物通过他的意识活动而存在着，由此出现了第二种相遇，即编剧与角色的相遇。这是一个编剧最主要和基本的相遇，世界纷纭复杂，众生三教九流，人情炎凉冷暖，他必须在他的意识里建构出一个世界图景，让他的角色在一定的场景中去发生各种关系。编剧终归不是角色，他只能在意识里与角色相遇，内化出一个角色特有的意识状态，尽可能地隐藏作为编剧的自我意识，按照角色的意志去说话，去行事。此时编剧的意识状态，因为意向性的对象朝向而化身为角色的感知状态，俨然自身就是那个角色，并与另外一个角色相遇，而这另外的角色同样也是编剧意识内化的结果，他们都共处于编剧意识所编织的情境里。即便如此，编剧的自我意识仍然是存在的，起着对场景的组织、控制和调整的作用。第三种相遇，编剧与观众的相遇。编剧不会直接面对观众，然而在创作的过程中，他内心里始终存在着观众，幕、场、景的设置，情节的安排、悬念的构置、故事的结撰、性格的展开，他写的一切都是要面向观众的。观众的喜好、趣味、时尚、追慕，都会成为他的意向性对象，相当程度地左右着他的写作。因为戏剧的终极目的就是交流，以一种合适观众的方式，观众就是他创作的目的、动力和归宿。因此，观众成为编剧的一个不可忽视的创作要素，我们称之为构成性要素，但这一点也最容易被编剧所忽视。

其次，我们来观察戏剧相遇的基本特质。一，剧场性。在编剧的意识里，他必须确定一个戏剧场域或空间，这个空间或者是一个舞台，或者是一个剧场，或者是一个被命名的戏剧空间，譬如理查德·谢克纳在商场门前用丝带围成的一个表演区，它是戏剧人物处身其中的活动范围或规定情境，是将生活和戏剧区分开来的根本属性。《罗斯莫庄》的戏剧空间发生在罗斯莫庄，第一、三、四幕发生在起居室，第二幕发生在书房，这种空间规定了剧中人的活动范围，同时也规定了编剧的意向活动的边界，它具有大街或旷野或海滩完全不同的属性，人物的行动必然会受到空间的性质的制约，这是一个相对私密的空间，便于对人物的内心生活进行深度开掘。《茶馆》则是一个公共空间，各色人等都可能现身在这个空间里，这个空间便于表现社会生活的纷繁和广度。20世纪后半叶，戏剧走上一条人类学的发展方向，从格洛托夫斯基开始，到彼得·布鲁克、到尤金尼奥·巴尔巴、到理查德·谢克纳，至少在一段时间内，他们都程度不同地忽略了剧场性，致使生活和戏剧的界限消失，如谢克纳的环境戏剧，戏剧空间几乎无所不包，连观众去剧场乘坐的汽车都包含在内，结果导致戏剧的艺术品质的极大降低。二，临时性。临时性指的是人物彼此相遇即刻组建起来的特性。戏剧与其他艺术的相比，最为显著的特性就是临时性。在此刻、在当下，戏剧人物相遇了，戏也就开始了。仍以大家熟悉的《雷雨》为例，第二幕，当周朴园确认眼前的妇人就是侍萍时，他的第一反应："你来干什么？""谁指使你来的？"对于一个将物质利益看得重要的人来说，这是再自然不过了。可是对于侍萍呢！她三十年的怨愤与憋闷终于找到一个发泄的缝隙，她的反应也是自然："不是我要来的。""命！不公平的命指使我来的。"他们此前和此后的对白，不过是这次相遇或"戏剧之眼"的铺垫、展开与顺势推进。曹禺十分精确地侦察到两人各自的心路历程，他们的对话彼此咬得很紧，一句一句，不能前后颠倒，既无过也无不及，只有在此时此刻，这些话才恰到好处，严丝合缝地对上了。他们的话都是借着对方的话的位势而说的，错过了这个相遇的当口，这些话就再也说不出来了。编剧的功力，乃至表演的功力，就是要将这种相遇的临时性体现出来。三，交互性。交互性是指人物相遇时彼此对对方发生影响的特性。只要人与人在一起，他就是一个信息源，一个刺激点，他会对另一个人产生刺激，另一个人会做出相应的反应。无论这反应是否妥帖，是否自然，是否适宜，是否迅速，都是一种反应。这反应会把这个人的特点、气质、幽忆、态度显示出来。最重要的，这反应是由刺激而引发的。一般来说，强势的一方会主导整个相遇的情境，弱势的一方则表现出对前者的被动反应，前者因应这种反馈又制造出新的刺激，刺激着、反应着，刺激着、反应着，编剧将他脑子里人物的意识的风暴记录下，一场戏便一气呵成地写就了。戏剧相遇的这三种特性，分别对应着戏剧空间、戏剧时间和戏剧行动，勾勒出编剧的基本要素的线路，是每个编剧不能不熟稔以对的。

最后，我们来省思戏剧相遇中戏剧人物的塑造。二千五百年来，戏剧人物经过了类型、性格、形象、典型、符号等不同发展阶段，这些概念往往只能解释某一时代、某一地域、某一流派的戏剧作品，类型化人物是中世纪和文艺复兴时期戏剧的产物，性格化人物是现实主义戏剧的代表，符号化人物则是西方现代主义戏剧比如荒诞派戏剧的标签，那么有没有一个概念可以统摄所有戏剧人物呢？我们认为，只要是戏剧人物，他们就有戏剧人物共同的质素，这个概念就是意识，包括他的理性、直觉、感知、记忆、注意、联想、想象、情绪等意识活动，人物在舞台上说的话，做的事只不过是他的诸意识活动的外显方式。戏剧人物不是木偶、不是空壳、不是傀儡，而是因不同情境产生不同意识反应的人，哪怕他戴着面具。正是由于有意识活动，他在与其他人或物相遇时，就必然会有一个意向性的投射，由此结成了一个海德格尔所说的意向性结构，即意向行为和意向对象所组成的结构。在这个结构里，戏剧人物就不单纯是剧本中写的台词和动作提示，甚至也不是演员在舞台上的现场表演，而是依据剧场性、临时性和交互性的原则塑造出来的全新的感知人物，这种人物我们称之为"盟人"，所谓盟人，就是戏剧人物因为他人或通过他人成为自己的人。盟就是结盟、联盟之意，通俗地说，盟人就是与他人合起伙来成为自己的人。比如哈姆莱特究竟是怎样一个人？这真是一个谜。他一个人独处时，他是清醒而睿智的；看到国王在祈祷时，他收起了复仇的利剑，显得那样犹豫；在去英国的途中，当他意识到罗森格兰兹与吉尔登斯特会对他不利时，他就果断出击，杀死了他们，却显得十分果决。我们不能将他与某人相遇时的性格表现当成他的一个稳定的性格特征，其实，他的性格是非常丰富的，丰富到只是一种可能性，他会因为遭遇不同的人，或不同情境中的同一人，而展现出完全不同的性格。这样我们便会看到，哈姆莱特的性格，是因为他与特定情境中的人的相遇而显现，他犹豫是因为国王的祈祷，他果决是因为朝臣的威胁。给出一定的戏剧情境，就是给出一定的人物性格，这就是戏剧人物真实的存在状态。

四、结语

编剧学的理论基础是什么？这是古往今来的戏剧理论家们孜孜探求的命题，也出现了众多影响后世的编剧学说，如模仿说、冲突说、动作说、游戏说，这些学说客观上推动了编剧的发展，但因为时代的演变，或理论根基的薄弱，其局限性日益突出。戏剧情境本体论的出现，刷新了人们对编剧理论的认知，成为近半世纪以来中国戏剧理论的重要收获。①我们的工作就是在情境论的基础上做了一个追问：情境是如何形成的？我们发现情境产生于戏剧相遇，即编剧与自我、编剧与角色、编剧与观众的相遇。正是这些相遇在编剧的酝酿、构思和创作的过程中，在编剧与各种对象不断地意向性结构的过程中，绘制出一幅幅生动的内心的想象图景，在交织与交融，或纠缠与对峙中成就着彼此作为戏剧人物，上演着人世间芸芸众生的喜怒哀乐；而相遇就是戏剧所发生的一切的起始点。

---

① 彭万荣：《戏剧编剧——一般戏剧和电影原理》，高等教育出版社2016年版，第122—127页。

关于"时间"的发现
——从"三一律"看拉辛悲剧中的时间问题

孙雪晴

让·拉辛(1639—1699)无疑是古典主义戏剧的代表人物,在17世纪的法国文学史上,他与高乃依、莫里哀并称为古典主义戏剧三杰。他的名字、作品,及其影响,均是里程碑式的存在。一个有趣的现象,拉辛悲剧的评述者众多,评论面向各一,而对于拉辛悲剧中的时间问题却鲜有论述。

拉辛悲剧中的时间问题,暗含着的也就是"三一律"[①]的问题。

关于"三一律"在戏剧中的功能,斯丛狄谈到:从静止的内心世界和外在世界中除去纯粹的辩证——动态的过程,创造那个绝对的空间,满足完全再现人际事件的要求[②]。对应拉辛悲剧,我们研究的重点不在于古典主义时期"三一律"本身的规则及运用,而是斯丛狄所言的,由"三一律"创造的那个"绝对的空间"。这是拉辛悲剧中"三一律"出现的真正原因。拉辛使用它来展现悲剧人物内心理性与非理性的博弈瞬间,或言,悲剧图景的欲望辩证法[③]。由此,拉辛超越了时间。

基于时间的延展性,对应"当下"的时间概念,此前此后,时空间被自动分割成三部分:过往世界、当下世界、未来世界。在这三个世界中,未来被隔绝,而过去也

---

① "三一律"是一套关于戏剧结构的规则。16世纪文艺复兴时期由意大利戏剧理论家基拉尔底·钦提奥提出,17世纪由法国新古典主义戏剧家确定并推行。要求戏剧创作在时间、地点和情节三者之间保持一致性。即要求一出戏所叙述的故事发生在一天(一昼夜)之内,地点在一个场景,情节服从于一个主题。

② [德]彼得·斯丛狄:《现代戏剧理论(1880—1950)》,王建译,北京大学出版社2006年版,第36页。

③ 欲望辩证法是勒内·基拉尔在《欲望几何学》一书《拉辛——诗人与荣耀》篇章中提出的概念。基拉尔将拉辛悲剧定义为荣耀悲剧(性格悲剧),而其欲望辩证法涉及"欲望"与"荣耀"永远互生互斥的矛盾关系,欲望辩证法强调主体间性,即主体是由自身存在的"他性"来界定的。

被取消,两个世界在剧本中均不可见,当下世界成为表述对象①。

在这里,拉辛重新发现了属于悲剧的"时间",并成功地在《费德尔》中运用意象与象征去支配这个"时间"。事实上,拉辛对于悲剧"时间"的重新发现让我们关注到非理性瞬间的巨大毁灭力量,更重要的是,由于"绝对空间"的出现,我们发现悲剧人物"静止"同时又"运动"着的内心世界,借由这层矛盾,我们可能触及在古典主义时期不曾被注意到的另一种可能性:理性与非理性共存于人一身的可能性。

一、高度隐喻的时间

拉辛悲剧中的"时间"概念十分重要,然而拉辛对于"时间"的发现也是逐步形成的。我们看到,基于《昂朵马格》(1667)、《勃里塔尼古斯》(1669)、《费德尔》(1677)三个剧本创作的先后顺序,拉辛对于"时间"的运用逐步与其悲剧内核相契合。到了《费德尔》中,"时间"成了一个具有高度隐喻的东西,它不仅仅指涉剧中人物所经历的时间(剧情时间)与实际演出时间,还关乎拉辛本人所赋予剧作的悲剧时间。

哲学上对于时间内涵的解释是无尽永前。"无尽"指时间的限度,没有起始与终结;"永前"则意味着时间的增量总是正数,换言之,时间只会流逝而无法回溯。时间的长度也唯有通过时段(两个不同的时间点)而得到空间化的理解。一如亚里士多德在《物理学》中所表达的,它是与某种关于自然的存在联系在一起的。"时间"与"地点"和"运动"是相提并论的。

从戏剧实现的角度上说(尤其在现代戏剧危机之前),只有某种时间性的东西才可以被再现出来,时间本身是无法再现的。戏剧中的时间只有通过某一空间,以及处在其中的人事物的转变与变化得以体现。因此戏剧只能表述时间而非直接展示时间的过程,诚如卢卡契所言,直接展示时间只有通过小说的形式。

时间由时刻和时段构成。时刻好似空间中的一点,许多点、许多时刻的连接便形成了时段,而无数时段没有起始没有终结的永前排序又构成了时间。叙述这一点

---

① "三一律"要求戏剧的原生性,因而每部戏剧的时间都是当下,剧本中展现的便是当下世界。过往世界与未来世界在剧本中均不可见。

并非意在从哲学层面上解释时间，尽管这样粗浅的解释也远不能详尽。

提及时刻与时段是因为，它关乎拉辛对于自身悲剧时间的建构。时刻与时段分别对应瞬息时间与持续时间，持续时间由一阶段内无数的瞬息时间（时刻）所构成。瞬息时间与持续时间在拉辛悲剧中又与描述情感的瞬间激情与持久之爱相关联，而在拉辛悲剧中，瞬间激情无法过渡到持久之爱：费德尔对依包利特的（《费德尔》）；卑吕斯对昂朵马格的（《昂朵马格》）；尼禄对朱妮的（《勃里塔尼古斯》）；贝蕾妮丝对提图斯的（《贝蕾妮丝》）；罗克萨娜对巴雅泽的（《巴雅泽》），等等。

这触及了拉辛悲剧的本质。他将情感形式可能造成的非理性巨大毁灭力倾注于瞬间激情和持久之爱的不容转换上，从时间的概念上，这意味着打破自然界的某种规律和进程。作为时刻存在的瞬间激情无法过渡到足以形成时段的持久之爱，然而悲剧人物又奢求这种转换。这层奢求，这层欲望成了人物内心的执念，成为悲剧本质矛盾：理性／非理性博弈的体现。

关注瞬间激情（无论是过往世界存在的，还是当下世界由导火事件再次激发的）本身就是一种对可能存在于的人物非理性瞬间的关注。与此同时，描述这种无法过渡的痛苦，对于悲剧人物而言，意味着放慢冲突时间，延缓冲突双方的发展，同时也聚焦了斯丛狄所言的"绝对空间"。

由于拉辛对于情感形式的理解与表述，他发现了属于自己的悲剧时间。在这里，古典主义戏剧推崇的"三一律"不仅得到了很好的执行，而且由于与其所表述的本质矛盾相契合，这一形式成了拉辛悲剧的内在必然性。

二、表述时间的三种方式

基于拉辛对于"时间"的发现，拉辛悲剧中出现了三种表述时间的方式。就编剧技巧而言，是逐步成熟的，它们分别指向时刻、时段以及高度隐喻化的时间。

（一）使用具体表述时间线索的台词

我们看到，在《昂朵马格》与《勃里塔尼古斯》中，表述时间的方式多依赖于人物台词中出现的具体时间(《费德尔》中则几乎完全改变了这一方式),它们或指向某个特殊时刻,或强调"三一律"限定的时段(二十四小时之内)。诸如"刚才""半夜三更""黑夜之前""一瞬间""一天之内""一点钟之内""旦夕之间"等。

《昂朵马格》中爱妙娜命令奥赖斯特刺杀卑吕斯,她明确地表示:"那你就在这一点钟之内替我报仇,你的任何迟疑在我看来都是拒绝。"[①]无疑,"一点钟之内"指涉具体时刻,即剧本中具体表述时间线索的台词。因爱痴狂的奥赖斯特随后给出的回应值得我们关注,他说,"你只给一天,一点钟,一瞬间的期限"。这体现了拉辛掌控言语的技巧。因为仅在这短短的一句话里,拉辛表述了来自时段对于时刻的步步紧逼。从"一天"到"一瞬间",时间被不断压缩,时限显得愈来愈短促。压力来自言语本身,它不允许人物存在任何迟疑。

拉辛悲剧中类似这样的台词还有许多,它无疑指向了悲剧时间。尽管表层的剧情时间不断缩减给人以压力,人物抉择时的内心时间却被相应拉长放慢,拉辛使用了最实在的方式——以人物具体台词——宣告悲剧出现在当下世界,出现在这一被"限定"的时段内。

(二) 使用对白与独白交替出现的方式

如果说,以具体的时间词汇来表述悲剧时间是一种最基本的方式,那么,使用对白的方式建构悲剧时间则在技巧上更进了一步,同时它更倾向于表述时段而非特殊时刻。

斯丛狄在谈到现代戏剧危机的挽救尝试时,提到了戏剧对白的作用:戏剧对白在它的每一个往复中都是不可回收和具有后果的。作为因果链,它建构起一个自身的时间,脱离时间的进程。[②]

斯丛狄的意思清晰明了,对白建构的自身时间与人际互动关系息息相关。一旦当下世界的人际互动消失,对白就撕裂为独白;而若是过去世界成为主宰,对白便以回忆形式的独白出现。以上两类对白危机,在拉辛悲剧中均没有出现,相应的,由

---

① [法]拉辛:《拉辛戏剧选》,齐放、张延爵、华辰译,上海译文出版社1985年版,第69页。
② [德]彼得·斯丛狄:《现代戏剧理论(1880—1950)》,王建译,北京大学出版社2006年版,第79页。

于对白具有将悲剧人物联结起来的约束力，拉辛巧妙地通过再现人际关系来构建当下世界的时间。

这一方式在《昂朵马格》中最为突出，主要是由于其多角情感关系造成的。剧中存在着三组三角关系，分别是：厄克多—昂朵马格—卑吕斯、昂朵马格—卑吕斯—爱妙娜、卑吕斯—爱妙娜—奥赖斯特，每一场人物间的对话都会对对方施加压力或造成影响，而这份影响则作用在紧接着的下一场面中。正是由于每个场面中的人物对白具有不可回收性，因而伴随着人物或真或假的回应，后果被作用在人物自身以及这个人物与另一个人物的人际互动中。这样的因果链在《昂朵马格》中，由于彼此间情感关系（爱与被爱，嫉妒与报复）的设置形成了对白的自身时间。例如一幕二场奥赖斯特向卑吕斯道明来意，索要昂朵马格的儿子，继而一幕四场就出现了卑吕斯要求昂朵马格做出选择的场面。同时一幕二场与卑吕斯的对话驱使奥赖斯特在二幕二场会见了爱妙娜，两人的对话又使得奥赖斯特在二幕四场再次找到卑吕斯，请求他放弃交出阿斯加纳；而一幕四场昂朵马格的反应刺激到了卑吕斯，因此二幕四场出现了第一个诱发悲剧产生的转折点：卑吕斯同意交出阿斯加纳，并要求与爱妙娜完婚。

我们看到，人物的反应是前后相关的连锁反应，而这种紧密性构建了拉辛的悲剧时间。由于对人物关系的关注，对白的自身时间没有参与到"真实"的时间进程中，而是"加速"了时间的进程，将外部事件或人物反应所带来的影响在尽可能短的时间内作用到人物身上。对白构建的时间，由于它的连锁性、紧凑性遵循了"三一律"所规定的剧情时段：同一天内。

在使用对白的方式建构时间中，还有两点值得我们关注。

其一，独白。在当下世界人际互动关系成立的情况下，对白是主要形式，而独白同样存在，并且作为另一种体现悲剧时间的方式。

依旧以《昂朵马格》为例，剧中有三场人物独白，分别出现在二幕三场（奥赖斯特）、五幕一场（爱妙娜）、五幕四场（奥赖斯特）[①]。由于人物处在当下，三场独白都不

---

① 其中只有二幕三场奥赖斯特的独白被标注为"独白"，而另两场则没有。但笔者认为三场均符合独白的要求，人物独自在场上且表述当下的内心活动。

是讲述过往,而是对当下自己的一种分析(二幕三场),或者说一种颠覆再颠覆(五幕一场中的爱妙娜就是否报复卓吕斯,出现了四次反复)。独白也不是"我此刻在想什么"的简单讲述,它是一种"可能性"的表述,甚至是关于疯癫心理状态的预设(五幕四场,因为紧接着的五幕五场就是著名的奥赖斯特疯癫场面)。拉辛在组织人物独白时,往往关注当下世界的内容,不可否认,独白在当下世界中是那一瞬间的,即兴的,刚刚体会到的。同时,表述它的过程又拉长了时间,这个瞬间因而变得具有意义和价值。剧中的三处独白均没有出现在悲剧主人公昂朵马格身上,她做出最终选择的重要场次出现在她与好友赛菲则的对话中,一份由理性带来的"双赢"。拉辛对于三处独白的使用反映了他的某种认识和意图,它们出现在即将被非理性瞬间击溃的人物爱妙娜与奥赖斯特身上。那么,这正好印证了此前我们提出的假设:拉辛对于情感形式的认知使其发现并重构了悲剧时间。

我们看到,这份意图到了《费德尔》那儿变得愈加清晰。《费德尔》全剧仅有两处明确的独白,分别是三幕二场与四幕五场,主人公均是费德尔,同时另两场孤独的"与神对话"(一幕三场、四幕六场)也出自费德尔。与《昂》中独白不同的是,由于多了一层对"人"本质的追问,费德尔的独白不仅表现了非理性瞬间的巨大毁灭力,同时还再现了两个费德尔(理性与非理性)的博弈过程。与对白不同,独白"放慢"了时间的进程,使我们关注人物内心,关注"绝对空间",同样也起到了构建悲剧时间的作用。

其二,对白中出现的"最后一次"。"最后一次"是悲剧人物(不单指悲剧主人公)做出重要抉择前的一声告别,或者说,是她们在当下世界的死亡"预告"。这无疑是拉辛对于悲剧时刻即将到来的一种暗示。同时,"最后一次"涉及说话者与说话对象的共同时间,并非单纯地表明时刻。我们分别来看三个悲剧中"最后一次"出现的场次。

> 昂朵马格:赛菲则,我们去看他最后一眼吧。
> 【四幕一场】《昂朵马格》

> 朱　妮:如若我俩谈话这是最后一次,殿下啊!

【五幕一场】《勃里塔尼古斯》

费德尔：太阳神呀！这是我们最后一次相见。

【一幕三场】《费德尔》

很明显，《费德尔》中"最后一次"出现的时间和对象与前两部剧不同。在时间上，《昂》《勃》中"最后一次"出现在剧本接近尾声处，而《费》则出现在费德尔上场之时，也就是说，费德尔的诀别是在她登场之时，而她的求死心理也持续了整部悲剧。在对象上，《昂》中的"他"是指儿子阿斯加纳，昂朵马格在做出死亡选择前想要再见一次儿子，她要保住儿子性命的同时忠于自己的爱情，因此她说，"为了这点骨血，我自己曾在一天之内，牺牲了我的血，我的恨和我的爱"[①]。《勃》中朱妮的最后一次谈话是与勃里塔尼古斯，她预感到可能降临的悲剧，因此她希望爱人不要急于赴约，而最终得知爱人已死时，她做出了献身神庙的决定。在前两个剧本中，悲剧人物"最后一次"的告别对象均为人，而在《费德尔》中，这个对象变成了神，费德尔一出场就与具有隐喻意义的太阳神告别。

悲剧人物死亡预告时间与对象的不同，使得《费德尔》在悲剧时间的建构上不同于前两部剧作。时间上的不同指向了两种悲剧时序：线性时间与循环时间，《费德尔》无疑是后一种；对象上的不同则指向了拉辛表述时间的第三种方式：意象的使用，而以太阳神为代表的神的形象便从属于——白昼／黑夜——这组同样支配着拉辛悲剧的对立意象中。

（三）使用对立统一的意象：白昼／黑夜

在《费德尔》中，拉辛鲜有提及具体的时间。诸如"今天""一天""旦夕之间"这样的词汇少之又少。然而这并没有使我们模糊当下世界的时间，相反的，《费德尔》中当下世界的界限格外清晰，我们甚至不会去顾及它是否发生于一天之内。在

---

① ［法］拉辛：《拉辛戏剧选》，齐放、张延爵、华辰译，上海译文出版社1985年版，第66页。

这里,除了使用对白与独白构建悲剧时间,拉辛在普遍的时间中重新发现了一种生动的、既抽象又具体的对立,他放弃使用具体的时间线索词汇,转而运用这份对立来支配费德尔的内心时间,从而建构悲剧时间。这份对立就是白昼与黑夜,也是悲剧的欲望辩证图景。

白昼与黑夜构成时间上完整的一天,同时它们又彼此对立、无法跨越、交换。即便是痴人将白昼看作黑夜,那也仅仅是伪装,因为他们无法感知光。古典时代的疯癫形象,诸如《昂朵马格》中的奥赖斯特,在他成为弑君者、暗杀犯、渎神者的那个夜晚,即便他历经了"三重黑夜",那也没有使他看见白昼,他看见的只有虚无。白昼与黑夜彼此对立,拒绝妥协,却又共同构成普遍的时间,这难道不正印证了人类悲剧生存中不可协调的分裂吗?这难道不是时间(秩序)与悲剧(分裂)之间最完美的契合吗?让时间与悲剧以这种方式相遇,正是古典时期悲剧的特色。这样看来,"三一律"在古典时期出现并得到繁荣也从一个侧面证实了这层内涵。

无怪乎福柯称白昼与黑夜的循环是古典时期世界的法则,而这一法则就是以数学科学来主宰一切,非黑即白,它统治着一个没有晨曦暮霭的世界。[①]白昼与黑夜的对立背后是泾渭分明的秩序,而悲剧的出现又打破了这一秩序。"三一律"要求悲剧必须在这独一无二而又永恒对立的白昼和黑夜的交替中保持平衡。因此,福柯说,"在拉辛的戏剧中,每一个白昼都面临着一个黑夜,可以说白昼使黑夜得到揭示"[②],这绝不仅仅是一个简单的意象化比喻,至少在《昂朵马格》《勃里塔尼古斯》中这个黑夜是真实存在的。《昂》中它是过往世界的血洗特洛亚之夜以及当下世界的奥赖斯特疯癫之夜;《勃》中它是尼禄掳走朱妮以及最后毒杀勃里塔尼古斯的欲望之夜(两个头尾呼应的黑夜再一次体现了"三一律"规定的时间)。真实存在的黑夜代表着罪恶、仇恨以及恐惧,它无时无刻不在骚扰着白昼,使之不得安宁。

反观《费德尔》,我们发现这个真实的黑夜消失了,剧中(无论过往世界还是当下世界)不再标注罪恶发生的时刻。如果说剧中唯一真正有效的罪恶确实存在——费德尔对依包利特的瞬间激情——那么,它也是发生在白昼的罪恶。费德尔面对太

---

① [法]米歇尔·福柯:《疯癫与文明》,刘北成、杨远婴译,生活·读书·新知三联书店2015年版,第105页。
② 同上,第106页。

阳,面对光亮一次次喊出那份属于自己的罪恶。那份罪恶便是费德尔的真正黑夜所在。费德尔的黑夜不再是具体的,而是源于内心,源于自我发现的。白昼与黑夜构成时间,同时我们还可以将其引申为光亮/黑暗、阳光/阴影等一系列明与暗的组合方式,而一旦这么做了,也就意味着这组表述时间的名词具有了某种隐喻的意味,拉辛激活了隐喻。相应的,原本具有隐喻意味的词汇也开始具备时间的概念。

将白昼/黑夜与光明/黑暗相提并论,拉辛不是第一人,也非最后一人。然而就白昼/黑夜的对立统一与戏剧人物的发现相关联这一点上,拉辛可能已远远超出了古典时期的剧作家们。《昂》中黑夜的光亮是卑吕斯焚毁特洛亚的火把,火光[①]中丧命的是昂朵马格的亲人与丈夫,伴随黑夜光亮的还有鲜血、屠杀以及罪恶。拉辛特意在昂朵马格的转述中给了一个她与卑吕斯初遇时的特写,而这份光亮,这个瞬间,血腥屠杀中的一眼,却反讽地成为卑吕斯日后为之执念的病因。这是昂朵马格在血洗特洛亚黑夜中发现的真相,悲剧早已在那一幕定格。无独有偶,《勃》中尼禄的欲望之夜也有火光[②],那火光是他派人掳走朱妮的火光,也是他窥视朱妮的心火,火光中没有透露任何关于白昼的真相,唯有尼禄的欲望。尽管剧作由黎明开始,拉辛却让黑夜一直延续,直到尼禄毒杀勃里塔尼古斯的行为完成,由另一个黑夜的开始接替一个黑夜的结束。整整五幕戏构成了尼禄的黑夜,悲剧时间便蕴藏在这一首一尾两个黑夜之间,同时也蕴藏在由人丧失为兽的尼禄身上。黑夜中的火光终究在最后一幕亮起,它昭示了朱妮的选择:那时候百姓被这景象所激动,四面八方涌来,紧紧把她围拢……异口同声地要把她加以保护,把她送进神庙……那为神道们点起而不灭的圣火。[③]

并非所有人都能在黑夜中发现光亮,黑夜中,拉辛让他的一部分悲剧人物发现白昼的真理,而另一些则彻底迷失。这无疑显现了拉辛本人对于古典主义时期理性与非理性的预判:未来世界中仅有理性之人尚可存活。

---

① 相关火光的表述。参见昂朵马格三幕八场的台词,"你想象一下卑吕斯,两眼冒火,趁着我们宫室焚烧的火光闯进来"以及昂朵马格三幕六场的台词,"我们的城垣起了火;我曾看见我全家人都夭了命,我那流血的丈夫被拖拉在尘埃里……",载[法]拉辛:《拉辛戏剧选》,齐放、张延爵、华辰译,上海译文出版社1985年版,第59、56页。
② 相关火光的表述。参见尼禄二幕二场的台词,"火光刀影下她的眼光分外明亮……",载[法]拉辛:《拉辛戏剧选》,齐放、张延爵、华辰译,上海译文出版社1985年版,第117页。
③ [法]拉辛:《拉辛戏剧选》,齐放、张延爵、华辰译,上海译文出版社1985年版,第187页。

昂朵马格揭示了真相,而奥赖斯特则在黑夜中投身地狱的狂怒;朱妮发现了神的光亮,转而遁世,而尼禄则陷入了疯狂。那么,到《费德尔》这里,早已不存在具体的黑夜,处在白昼阴影中的费德尔成了自身真相的承载者。这份真相,不同于昂朵马格与朱妮的,不再是他人的真相,因为"罪恶"不再源自对方。面对太阳,费德尔发现的黑夜秘密关乎自身,黑暗也来自自身。如果说,拉辛一直试图将白昼/黑夜的欲望辩证关系与悲剧人物的发现建立联系的话,在《费德尔》中,由于"发现"完全成为"自我发现",这层本质性直接聚焦于"人"身上,聚焦于自我的理性与非理性瞬间的博弈中。与此同时,《费德尔》中对于自我的发现与对于时间的发现互为指引,白昼与黑夜的意象成了剧中的时间线索。至此,一种新的悲剧时序出现了。

我们留意费德尔初登场与最后下场的台词。

费德尔:太阳神呀!这是我们最后一次相见。

【一幕三场】

费德尔:死神来临,亮光已在我眼前消尽,

被我亵渎的上苍将恢复它的明净。

【五幕七场】

拉辛通过词藻与意象告诉我们,费德尔的上场与下场都由"太阳""光亮"指引,然而她却始终存于黑夜、白昼的阴影中。那么,费德尔对于太阳神的呼唤到底意味着什么?是对于光明的呼唤还是对于自身理性的呼唤?她期望恢复的明净又是什么?是死前的救赎还是悲剧的卡塔西斯?一幕三场的太阳神是解读的关键。这里我们还需关注剧中另一位与之对立的神——爱神[①],这两位神如同白昼/黑夜一般同时作用于费德尔自身。

拉辛的《费德尔》改编自欧里庇得斯的《希波吕托斯》,而欧里庇得斯的《希波

[①] 参见一幕三场费德尔的台词,"呀!可恨的爱神!呀!这害人的怒火!",载〔法〕拉辛:《拉辛戏剧选》,齐放、张延爵、华辰译,上海译文出版社1985年版,第203页。

吕托斯》的故事原型取自希腊神话忒修斯传说中的一支。在希腊神话与欧里庇得斯的悲剧中，太阳神即宙斯之子阿波罗，而爱神则是宙斯之女阿芙洛狄忒。太阳神与爱神，除了是神祇的名字，在拉辛笔下，它们还被赋予了另一层更深刻的含义。太阳神代表着理智的光明，爱神则代表着爱情的欲火，一个在阳光下，另一个则处在阴影中。更重要的是它们意味着费德尔的理性与非理性，而与它们在一起的是费德尔的良心，按她的良心来说，她的行为就是无尽的罪恶和错误。

代表费德尔理性的太阳神阻止她忘记荣誉和责任活下去；代表费德尔情欲的爱神则阻止她忘记爱情活下去。费德尔的困境不仅仅在于爱还是不爱，生或者死，而是她的良心要求她同时与两位对立的神对话。她希望获得爱情，然而也并不弃绝荣誉和责任，这是她想要的"全部"。因为在她看来，这些似乎是可以共存的，这些是得以成为"人"所能够包含的，然而事实却严厉地击垮了她。厄诺娜是一个更为贴近"现实"的人，她劝告费德尔只能两选其一，要么爱情要么荣誉，这样才能使她活下去。而这些在费德尔看来却是妥协。

拉辛为费德尔设置了一个死局。她的索求无法与剧中的任何一人相调和，她是一个完完全全的"异类"；与任何一个人物的交流都成了击破她幻想的利刃。这些交流告诉她，那些她所要求的"全部"，仅仅是错误，是罪恶，是无尽的黑暗。因此，我们看到，每当费德尔需要做出下一步抉择的时刻，她与旁人的交流都会演变成"孤独的对话"，而这个对话就是拉辛在《费德尔》中最富创意的设置——对神对话。它们分别出现在一幕三场、三幕二场（这场仅费德尔独自在场）、四幕六场。

太阳神与爱神代表着费德尔作为"人"一体两面的理性与非理性，它们彼此对立，相互博弈，却难分伯仲。在这里，我们又一次看到了拉辛式的悲剧悖论与循环。悖论在于，想要成为一个"人"，费德尔必须死亡。而循环在于，处在白昼阴影面的费德尔始终置身于那个唯一的，挣扎的，赴死的时刻。正如基拉尔所言，"稳定的恢复必须是在不幸建立了一种永远是不对称、非对等的关系之后"[1]，而这份非对等不仅仅指涉依包利特，也使费德尔"全有"的欲望无法得到满足。作为一个"人"，

---

[1] ［法］勒内·基拉尔：《欲望几何学》，罗芃译，华东师范大学出版社2016年版，第72页。

她不能样样享有,于是她陷入挣扎与痛苦,她不愿因着情欲或忘却荣誉而堕落为"兽",唯有死亡才是她归复"人"的途径。那么,唯一达成共识的可能,就是费德尔的死亡,这才是费德尔真正的悲剧性所在,这一时刻也构成了全剧循环的悲剧时序。

因此,这里论及的《费德尔》中的循环时间,并非指实际的戏剧时间,拉辛似乎已经超越了"三一律"中对"同一时间"的限制,转而变成了与他悲剧内核息息相关的东西。大幕拉开,未来从永恒开始显现,费德尔的一直处于悲剧的那个唯一的时刻,她的恐惧、焦虑、报复、反复以及最后的赴死,她的所有非理性时刻,使悲剧时间在她这里成为一个循环。

我们可以说,拉辛的白昼/黑夜,光明/黑暗在费德尔这里都是,且指向了她独自的内心时间,即斯丛狄所言的"绝对空间"。在《费德尔》中,拉辛对于"时间"的意象化处理意味着脱离了时间的进程,它聚焦时间本身。而在这个唯一的时刻,戏剧中的过往世界第一次消失了,完全成为绝对的,当下的,此刻的时间。

三、拉辛重构的悲剧时间

无疑,《费德尔》成为拉辛悲剧中通过高度隐喻的时间来体现理性与非理性冲突的完美范例。让我们继续追问:这种处理否也显示了拉辛对于理性与非理性的认识? 费德尔的挣扎体现了理性与非理性彼此对立的固有属性,而挣扎本身是否也表达了理性与非理性共存于人一身的可能性? 再进一步,"兽"与"人"的界限到底在哪? "兽"又是如何被划定的呢? 这肯定不是孤立的剧作家拉辛可以回答的,它是处在古典时期的剧作家拉辛才可能回答的问题。无论如何,费德尔的死亡为我们指出了一条看待古典时期理性与非理性的途径。理性与非理性是相互对立疏离的,非理性遭到排拒,而因为涉及了非理性的因素(瞬间激情、难以自控的情欲),费德尔的最终死亡意味着理性对非理性的征服,这也就是费德尔想要归复"人",却必须死的悖论。

正如前文所言,拉辛悲剧中三种表述时间的方式:具体说明时间的台词;对白与独白交替的方式;意象的方式,分别指向时刻、时段以及高度隐喻化的时间。从剧作创作时间与编剧技巧来看是吻合的,也是逐步成熟的。

在《昂》与《勃》中,第一种表述时间的方式是固有存在,它表明悲剧时刻,而运用意象的方式表述悲剧时间则辅助存在。到了《费德尔》,具体表述时间的台词第一次在文本中消失了。拉辛转而使用对白与意象相结合的方式构建悲剧时间,而这里,高度隐喻的悲剧时间出现了,它体现在与白昼/黑夜相关联的一系列代表明暗的意象词汇与神的形象中。悲剧时序也从前两个剧本的线性时间转而成为循环时间,全剧集中体现费德尔一人的内心时刻。

值得关注的是,《昂朵马格》与《费德尔》在时间表述方式上的不同,除开编剧技巧的因素,更多的在于拉辛对于理性与非理性博弈的再度发现。《昂朵马格》中悲剧主人公昂朵马格虽然也处于理性与非理性瞬间的挣扎中,但她是清白的,无罪的。她的最终选择完全出于理性,她需要获得死后的"具体"胜利,这也是其悲剧性不彻底的体现。费德尔则不,她是正义的罪人,理性与非理性集于她一身。她最终的赴死也并非要获得"具体"的胜利,而是对自我的发现,她选择以极致的非理性手段重新归复自己"人"的身份。费德尔不再是代表理性的昂朵马格与朱妮,也不再是代表疯癫的奥赖斯特与尼禄,她没有身处真实的黑夜,却无时无刻不站在白昼的阴影中,这份阴影就是她的挣扎、反复,就是她最终的自我发现。

拉辛触及了古典主义时期剧作家们没有触及的领域。不仅仅是描述情欲,描写瞬间激情,而是对于"人"的认知。他在古典时期人们对于非理性的排拒中试图表现非理性与理性共存于人一身的可能,尽管这种尝试未必出自拉辛的主观意愿。但这也就是《费德尔》的价值所在:既表述矛盾,又肯定人的价值。

拉辛是如何重构悲剧时间,如何认识"理性/非理性"的,而其对于文本中人物关系及情节走向的某种处理(拉辛天赋或曰拉辛技巧)又在回应着这份认识。作为阐释者的我们对于"理性/非理性"的认识与剧本的解读并不可能是完全断裂的,当然,这不意味着我们无法分辨哪些是"他"的,哪些是"我们"的,而是说,我们是带着我们"当下"对于"理性/非理性"的认识去看待拉辛悲剧的,这种潜意识的"自觉"是无法割裂的。拉辛无法告诉我们答案,但他提供了一种思考的可能。一种阐释的结束意味着另一种阐释的开始。

　　由悲剧时间引发的关于理性与非理性的讨论只是或只能是对过去相关文化艺术现象的痕迹的讨论,而在这其中,又因有时间的因素,故讨论也只能是一种延异与延迟的讨论。当然,这也是本篇论文的目的与意义,因为只有在当下,我们才有可能进行这种讨论。

论于伶对"螺旋式"情节结构的探索

王 羿

霍洛道夫认为,剧作家对"三一律"的不同应对策略产生了"锁闭式"和"开放式"两种结构。[①]谭霈生教授则认为区分它们的依据不是"三一律"的限制,"更重要的是为着眼于剧作家从处理素材(故事)到情节构成方式的不同"[②]。他又借英国文学理论家福斯特"国王之死"的例子解释:"如果说,'国王死了,然后王后也因伤心而死',这就是'开放式';换一种说法,'王后死了,原因不详,后来才发现她是因国王去世而悲伤过度致死的',这就是'锁闭式'。"[③]这个例子恰当说明了结构在叙事层面的意义:剧作家结构戏剧的过程亦即叙事过程,叙事方式不同,结构就不同。不同叙事方式都对应特定情节结构,而当剧作家惯用某种叙事方式时,其对应的情节结构就成为一种可供其他创作者借鉴的模式。

外国戏剧是研究情节结构的首选材料,但也不应偏废对中国话剧的考察。20世纪三四十年代,于伶对情节结构做过诸多探索,可惜至今未得到足够重视。原因是复杂的,但有两方面值得一提。第一,没能以初版剧本为研究材料。和很多剧作家一样,于伶在20世纪五六十年代也曾对《夜上海》《长夜行》等一批创作于解放前的剧本做出"大刀阔斧"的修改,后收入《于伶剧作集》的剧本亦是修改版,而这种非艺术的改动遮掩了他当年对情节结构的探索成果。第二,部分剧本佚失也导致后辈学者难以对于伶创作主题进行准确解读。好在随着于伶佚剧《灯塔》的被发现,其

---

① [苏联]霍洛道夫:《戏剧结构》,李明琨、高士彦译,华东师范大学出版社1981年版,第39—41页。
② 谭霈生:《谭霈生文集六·戏剧本体论》,中国戏剧出版社2005年版,第220页。
③ 同上,第221页。

主题越发清晰可辨①。本文以于伶独幕剧、多幕剧的初版剧本为研究材料,力图归纳出"螺旋式"情节结构模式及其叙事特征,并客观评价于伶在《夜上海》情节结构探索中的得失,以期提供创作上的参考。

一、"螺旋式"情节结构模式及其叙事特征

早在《灯塔》中就已经可以看到"螺旋式"情节结构的雏形,而在于伶一生独立创作并发表的十部多幕剧里,除《心狱》外的九部都部分或全部运用了"螺旋式"情节结构,这说明他已将之视为一种固定的模式。如图1所示,"螺旋式"情节结构包含A、B、C、D、B′、C′、D′七个情节点:主要人物由混沌状态(A情节点)经历第一次"重生"(B情节点)后获得某种"人生意义"(C情节点),但在他为之行动后却走向失败(D情节点);接下来,他将经历第二次"重生"(B′情节点),并从上次失败的实践中获得新的人生意义(C′情节点),最终实现人生价值(D′情节点)。情节线的重复是此种情节结构的特点。苏联文艺理论家什克洛夫斯基视"重复"为情节编构的要素,这是因为"突转"是人的重新认识,而"重新认识需要重复,在重复里实现"②。重复是一种辩证的演进过程,它呈现为螺旋形态,不妨将之称为"螺旋式"情节结构。

下面细述"螺旋式"情节结构中各情节点的叙事特征。A情节点呈现主要人物在生活中随波逐流而不自知的混沌状态。如《夜光杯》中,A情节点时的舞女郁丽丽已"做梦一样的混过了整整的十年"③,而郭平则保有淳朴的乡土观念,尽忠尽职,从未思考过自己舍身保护的应尔康是民族败类。接下来,主要人物在经历挫折后抵达B情节点,并获得"重生"。

"重生"包含"死"与"生"的对立转化,这是于伶二元世界观的体现。在他笔下,"重生"有时代表人物从初始的生存状态中解脱,如《女儿国》中好师母等七位

① "结构"问题与"主题"密切相关,但限于篇幅,只能简述于伶剧作的三大主题。《灯塔》中,于伶借剧中人爱侬向尼姑悟旦的转变与回归首次表达了"爱与革命之冲突"的主题。之后,他在1933年夏写成的独幕剧《一袋米》中又形成"打破生活幻梦"的主题。这两大主题自《夜光杯》和《女子公寓》起,分别在他多幕剧创作中得以延续。经过"孤岛"时期的不断实践,于伶终于在《长夜行》中寻找到了与他第三大主题"长夜中应有人生信仰"相匹配的"螺旋式"情节结构,此后他在《七月流火》的创作中再次运用"螺旋式"情节结构表达了这一主题。

② [苏联]维·什克洛夫斯基:《散文理论(一九八二年)》,《散文理论》,刘宗次译,百花洲文艺出版社1997年版,第135页。

③ 尤兢:《夜光杯》,一般书店1937年版,第38页。

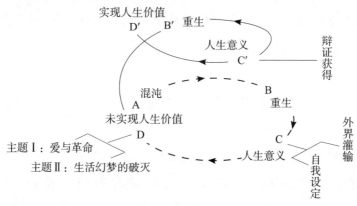

图 1 "螺旋式"情节结构图示

女性随仙姑入梦；有时则是人物从自杀或被害的险境中生还，如《花溅泪》中米米在丁香开导下放弃与情人的"自杀约定"，又如《夜上海》中梅家人被钱恺之接入租界，等等。美国学者威廉·尹迪克在阐释坎贝尔"千面英雄"神话叙事模式时提出，"虽然英雄是天生的冒险家，但他们通常需要某些'冒险的召唤'，以使他的内在本性可以被揭露出来"[1]，他称这种叙事模式中的原型人物为"使者"。在"螺旋式"情节结构 B→C 情节线里同样能看到"使者"存在，此类人物通过向主要人物发出"冒险的召唤"，引领他进入与此前生活完全不同的世界。主要人物接受"冒险的召唤"的标志是获取"人生意义"。于伶剧作中一个重要观念就是"人生意义"。如表 1 所示，它以相近的表述反复出现在不同剧作中，被人物形容为一些"不曾明白的道理"或"不曾知道的事情"，象征着某种新的开始。

表 1 于伶剧作中关于"人生意义"的表述一览

剧目	幕/场次	人物	台词表述/舞台形象	出　处
《灯塔》	第一场	悟旦	但是，经他们渔夫渔妇两个人，热情地直劝解我到天亮，诚恳地告诉了我许多我从来不曾知道的事情，和我以来从没有想到过的道理……	《黄埔月刊》第一卷第 11 期

---

① ［美］威廉·尹迪克:《编剧心理学》，井迎兆译，北京联合出版公司 2014 年版，第 147 页。

剧目	幕／场次	人物	台词表述／舞台形象	出　处
《夜光杯》	第一幕	郁丽丽	我应该感谢他：他使我明白了许多我从来不曾明白的事情，我和他同居了半年，从他那里懂得了不少做人的道理！	1937年4月上海一般书店单行本
《花溅泪》	第二幕	米米	我新生了，你应该庆祝我！	《文献》第一卷第2期
《夜上海》	第二幕	梅萼辉	我们应该活下去！而且正因为经过了这次的不幸，我们才应活。活得比从前更有意思，更什么，更这个，更那个才对！	1939年9月上海剧场艺术社单行本
《大明英烈传》	第二幕	苏皎皎	感谢他救了我，因为他不但救了我命，还教我知道了不少我不知道的道理，是他让我懂得了一个人要活，应该活下去的道理。	《中美周刊》第二卷第8期
《女儿国》	第二幕	好师母等七位女性人物	人物"返老还童"，重获青春。	1940年5月上海国民书店单行本

在C情节点，于伶会根据主题表达的需要将主要人物获得"人生意义"的过程处理为两类情况。第一类，通过外界灌输而获得"人生意义"，这类情况下人物很难迅速将外来观念融入灵魂，导致行动走向失败。如《夜光杯》中郭平刺杀应尔康的动机其实与第一幕时的郁丽丽一样，是出于情爱的交换而非真的理解民族大义，所以当他向母亲透露行刺计划时，失败就成了必然，"爱与革命之冲突"的主题得以揭示。第二类，人物获得的"人生意义"源于不切实际的自我设定，人物陷入自欺欺人的"生活幻梦"，而当幻梦破碎的一刻就是主题揭示之时。如《女子公寓》中赵松韵试图活成外人眼中的强者，却没意识到为之努力的女子公寓早已成为藏污纳垢之处。总之，不论哪类情况，D情节点都是主要人物失败的归宿。B′情节点是主要人物第二次"重生"的环节，是对B情节点在结构形式上的重复。接下来，主要人物会在C′情节点获得新的"人生意义"，而这其实才是于伶认可的人生观。正如什克洛

夫斯基所言，重复"使事件回到它的原因"，以便"重新安排历史"。①当主要人物来到D′情节点，"长夜中应有人生信仰"主题得以揭示。

值得注意的是，在《夜光杯》《女子公寓》《花溅泪》《夜上海》《女儿国》《大明英烈传》中，于伶都选择在人物由D情节点向B′情节点运动的过程中落下大幕，并在全剧收尾处设置幕落后暗场戏，以预示出人物在幕落后仍向C′情节点运动的必然性。在创作《长夜行》和《七月流火》时，他则安排主要人物继续在明场戏里走完D→B′→C′→D′的情节线。

为解释这种不同，不妨循着谭霈生教授的思路，对"国王之死"的例子继续赋值，以便比对出"螺旋式"情节结构的叙事特征。如表2所示，"开放式"和"锁闭式"的例子并未解释国王死因，因为"国王之死"作为预置条件存在。但在"螺旋式"的例子中，国王死因变成十分重要，且王后死因必须与国王死因同一，以便突出事件在因果逻辑中的重复。理论上，基于这种重复的叙事策略，"国王之死"似乎可以不断前溯或后推，以至循环不尽。

表2　叙事策略比对表

分　类	案　例	叙事策略
开放式	国王死了，然后王后也因伤心而死。	强调事件在因果逻辑中的线性推进。
螺旋式	国王死于悲伤过度，王后虽竭力乐观，但后来亦因悲伤过度而死。	强调事件在因果逻辑中的重复。
锁闭式	王后死了，原因不详，后来才发现她是因国王去世而悲伤过度致死的。	强调事件在因果逻辑中的非线性跳接。

针对这种仅在理论上可能发生的情况，杨健教授认为应当将循环往复的情节结构以"递归"的方式进行收敛："迭代程序可以转换为与它等价的递归程序。迭代用重复结构，而递归用调用结构，二者都涉及重复。迭代以自身结构进行重复，而递归通过重复函数调用实现重复。对递归来说，每一步都在更小的尺度上复制了自己。

---

① [苏联]维·什克洛夫斯基:《散文理论(一九八二年)》,《散文理论》,刘宗次译,百花洲文艺出版社1997年版,第136页。

递归算法与迭代算法的设计思路区别,要看函数或算法是否具备收敛性,当一个算法在预期收敛的效果时,采用递归算法才是可行的。"①可见,完整的"螺旋式"情节结构只有在剧作家的递归操作下才能产生,而于伶在《长夜行》前的创作中选择在人物由D情节点向B′情节点运动的过程中落幕,正是因为尚未理解情节递归对"螺旋式"情节结构的意义。于伶在摸索情节递归这个创作规律时遇到过不少挫折,比较明显地体现在《夜上海》的情节结构里。

《夜上海》成稿于1939年6月,8月由上海剧艺社首演,大获成功②。当时不乏"素材过多,故事不集中"③的批评,但它仍被视为"上海沦陷以来之最优秀,最值得称道的剧本"④,洪深亦将其列为十部必读的抗战剧本之一⑤。如今,当从编剧技巧角度考察《夜上海》,或许能更客观地看到于伶在其中对"螺旋式"情节结构探索的得与失。对创作者而言,总结前辈走过的弯路或许比分析他们成功的经验更有意义。

二、"螺旋式"情节结构的实践偏差——以《夜上海》为例

如表3所示,《夜上海》存在三套"螺旋式"情节结构。通过对比会发现,梅萼辉、梅岭春各自的情节线都止于B′情节点,于伶也未在幕落后的暗场戏里予以人物向C′情节点运动的任何预示。同时,于伶不仅安排周云姑在第四幕的有限篇幅里迅速完成B→C→D→B′的进程,还在第五幕明场戏推动人物由B′情节点走向C′情节点,更预示出幕落后暗场戏里走向D′情节点的必然。这个奇怪的现象或许说明于伶

---

① 杨健:《前言》,载杨健选编:《探索与求证2012—2017:解构主义编剧法课堂作业选编》,作家出版社2018年版,第27页。
② 此处需要对《夜上海》版本进行说明。于伶在1939年6月写成《夜上海》,7月和8月先后在《戏剧杂志》第三卷第1期和《剧场艺术》第10期上发表该剧的第四幕《茫茫夜》和第一幕《何处桃源》。此两幕可以视为剧本的最初稿,但连载得并不完整,因此无法了解剧本初稿其余三幕的样貌。为严谨计,本文论述《夜上海》时选择的版本为1939年9月上海剧场艺术社的初版单行本。还需要解释的是,《茫茫夜》与单行本第四幕有两处较大出入,主要改动集中在钱恺之与吴姬的对子戏上。第一处改动是《茫茫夜》里钱恺之与吴姬一段较长的场面在单行本中被删掉了。在那个场面里,钱恺之的动作是向吴姬求爱。他说出了对自己这段婚姻的看法:他只把妻子当做乡下女人,与她结合只是为了利用梅岭春在家乡的影响力。钱恺之甚至向吴姬许诺,如果梅岭春在家乡做伪职,那么他就同妻子保持"表面的婚姻",如果没有做成,他就立刻离婚,与吴姬成亲。可是在单行本第四幕,这段戏没有了,再加上第五幕钱恺之向梅萼辉的剖白,就使得单行本里的钱恺之对吴姬不存在任何感情上的诉求。第二处改动,是在单行本第四幕钱恺之与吴姬的对子戏里添加了一段《茫茫夜》所没有的对话,这段对话并不长,但明确表明钱恺之对孙焕君"附逆"一无所知。事实上,仅读《茫茫夜》,同样可以看出钱恺之对孙焕君"附逆"并不知情,于伶只不过是在单行本里将之更为明确地揭示出来而已。
③ 金陵:《现阶段演剧运动的探讨——关于上海剧艺社》,《剧艺》1941年一月号,第27页。
④ 魏如晦:《题于伶新作〈夜上海〉》,《中国艺坛画报》,1939年8月6日(第68期)。
⑤ 洪深:《抗战十年来中国的戏剧运动与教育》,中华书局1948年版,第134页。

在结构时出现了偏差，因此有必要解析梅萼辉、梅岭春、周云姑在各自情节结构中的行动脉络，从而找出产生偏差的根源。

表3　《夜上海》情节线各幕分布①

幕次	场面类型	人物		
		梅萼辉	梅岭春	周云姑
	幕启前暗场	A	A	
第一幕	明场	A→B	A→B	
	幕间暗场			
第二幕	明场	B→C	A→B	A
	幕间暗场			A→B
第三幕	明场	C→D	B→C	
	幕间暗场		C→D	
第四幕	明场	C→D		B→C→D→B′
	幕间暗场			
第五幕	明场	D→B′	D→B′	B′→C′
	幕落后暗场			C′→D′

　　先来看梅萼辉。这个人物A→B→C→D情节线是在与钱恺之关系的变化中浮现的。第一幕，于伶把她与钱恺之人物关系的起点设计成"信徒/救世主"。在组织梅萼辉A→B情节线时，通过钱恺之六次上场、五次下场，把第一幕划分为五个主要场面，从而建立起人物关系起点。钱恺之第六次上场后的明场戏是第一幕的高潮场面，梅、钱人物关系起点得以建立。在B→C的情节线中，梅萼辉眼中的"人生意义"是获得"稳定的爱"，这是针对她的心灵缺陷设计的。梅萼辉在租界安顿后，钱恺之贸然闯进她的生活，令她把"爱"当作新生活的起点。梅萼辉获得的"人

———————
① 本表"场面类型"一栏中关于幕启前暗场、幕间暗场、幕落后暗场等概念基于谭需生教授和黄维若教授对暗场戏的论述。

生意义"源于对新生活的错误预设,她醉心于被钱恺之从旧生活拯救出来的幻梦里,几乎"怀着是感谢也是恋爱的心情"①接受了对方的求婚。"求婚"是在第二、三幕间的暗场中发生的,但同样是戏剧性场面,因为主要人物接受了"冒险的召唤",完成了B→C情节线的进程。接下来,C→D情节线里的梅萼辉一边对未来斗志昂扬,一边又无视着家人沉湎于"孤岛"生活的现实。第四幕结尾,梅萼辉撞见钱恺之与吴姬暧昧一幕的事件推动人物走向D情节点。在D情节点上,梅萼辉所经历的A→B→C情节线一如既往地被描述为"一场梦"。最后,于伶在梅萼辉D→B′情节线中完成由"突转"进入"发现"的过程:第五幕第五个场面,钱恺之潜回家中其实是怕像孙焕君一样遭到暗杀,而梅萼辉却以为丈夫是担心她撒泼哭闹才躲躲藏藏。在这场短暂的婚姻里,梅萼辉与钱恺之都把对方设想成另一种人,钱恺之以为她是懦弱的乡下女人,却感受不到她个性中的坚韧;梅萼辉则视丈夫为"拯救者",不断美化他的个性缺陷。直到B′情节点,梅萼辉才意识到"我跟恺之结婚结得太快了,我们的结合,根本就不健全,根本上就有问题"②,于是离婚就成了她打破"幻梦"的戏剧动作。

再来说梅岭春。他的情节线揭示了乡土故梦破灭的过程,是对主情节线的辅助。梅岭春曾是有声望的乡绅,但随着在租界铁门外的一跪,他的孤傲被彻底敲碎。在经历第一次"重生"后,对乡土的追忆就成了梅岭春的"生活幻梦",他在B→C情节线中的行动就是归乡以重建自身价值。第三幕,梅岭春懂得"低收高抛"是在发国难财,但重建自身价值的热望令他装聋作哑:当梅珠指出他投资的公司其实是把日本布匹当国货卖的"假货公司"时,他甚至称儿子过于悲观,劝他少去接触"外面社会的复杂情形"③。与其说这是在保护梅珠,倒不如说是梅岭春自己在逃避。第三幕结尾,老仆郑根发风尘仆仆赶到"孤岛"邀梅岭春回乡出任伪职,这样一来,民族大义与满足"生活幻梦"的选择便摆上台面。梅岭春C→D情节线被置于第三、四幕的幕间暗场:他选择归乡做伪职,这是人物在C情节点上展开的

---

① 于伶:《夜上海》,剧场艺术社1939年版,第211页。
② 同上,第204页。
③ 同上,第106页。

动作起点。而接下来C→D情节线则是"幻梦"破灭的过程，这是在梅岭春同李大龙的人物关系中产生的。为强调李大龙这个从未出场的人物，于伶在剧中不仅九次借李妈之口对他的信息进行点送，甚至还勾勒出李大龙在共时性暗场戏里较为完整的成长轨迹。等到第五幕的明场戏里，落魄归来的梅岭春终于被迫说出了在家乡的经历：

> 李　妈　老爷，你怎么不吩咐他，叫他跟你一道来，到这里来侍候侍候你老人家呢？
>
> 岭　春　侍候我？唔，这次还是大龙放我，嗯，是大龙救我回来的！不遇见他，我，我怕是不会回来的了！
>
> 李　妈　是么？老爷，你是说……
>
> 赵　贞　（给他披长衫）披上吧，别招了凉！①

幕间暗场戏里，李大龙率游击队克复家乡，梅岭春因任伪职先被关押，而后释放。如今他把这段往事脱口而出，但又急忙改"放"为"救"，说明心理上早已默认了这一耻辱事实。于伶在C→D情节线中打破了梅岭春的"生活幻梦"，而释放后重回"孤岛"则是人物D→B'情节线完成的时刻：梅岭春经历了"螺旋式"情节结构中的第二次"重生"，从"幻梦"中回归现实。人物再度登场时已经有所反思，因此才会以"喉病"为由，避免向儿女描述被关押的不堪经历。

　　全剧结尾，于伶把梅家父女的情节线交织，落回到梅萼辉离婚的问题上。梅岭春相信钱恺之是因环境误入歧途，选择原谅他。于伶在这场戏里利用外显评论技巧：由于梅岭春也犯下与钱恺之相似的错误，他在评论对方时其实也在剖析自己的内心，亦即"角色对他人的外显评论也包含着隐含的自我描绘因素"②。以上，梅萼辉和梅岭春各自的情节线解析完毕，它们连缀而成的情节结构是比较完整的。

---

① 于伶：《夜上海》，剧场艺术社1939年版，第213—214页。
② ［德］曼弗雷德·普菲斯特：《戏剧理论与戏剧分析》，周靖波、李安定译，北京广播学院出版社2004年版，第236页。

最后再看周云姑的情节线。于伶在第二、三幕的幕间暗场戏里完成周云姑A→B情节线的进程：她从"歹土"逃出后，大病一场——这是人物第一次"重生"。在第四幕，于伶引入功能性人物冯凤以便引导周云姑迅速走完B→C情节线：周云姑接受了冯凤和吴姬的建议，决定出卖肉体赚钱救母。但彼时周云姑并不理解冯凤那套"生"与"活"的哲学："我不懂这些道理，我只知道救妈，救我自己跟弟弟"①——因此她的行动终将失败。后来当周云姑在街上徕客时，舞台深处传来母亲临死前无助的呼喊，由是，于伶制造出一个反讽场面：在周云姑努力让母亲"活"的时候，她反而没能听到母亲最后的呼唤。通过这种强烈的反讽，于伶将人物推至B′情节点。周云姑迎来第二次"重生"，她也将之前的生活形容为"一场可怕的梦"②。直到此刻，周云姑才明白"生"与"活"的哲学，并依照她所获得的新的"人生意义"展开行动：归乡参加游击队——这是人物动作的顶点，也是B′→C′情节线进程的完结。在第五幕结尾，于伶借梅岭春之口预示周云姑抵达D′情节点的必然性③。可见，《夜上海》第四幕包含了周云姑A→B→C→D→B′→C′→D′的进程，自身结构严整，几乎成为一出独立独幕剧。事实上，于伶也曾将《夜上海》第四幕以《茫茫夜》为题单独发表，如上海业余戏剧交谊社、舞女互助剧团也都排演过《茫茫夜》。

但第四幕终究还是《夜上海》之一幕，若以"从高潮看统一性"来检验，就很容易发现缺陷所在。李健吾最早关注到这种不协调，但认为它不是结构缺陷——"别瞧中间有一幕离开主线——其实是主线的暗面，因为始终没有走出主题"④。李健吾认为《夜上海》的主题是表现"这些可怜的渺小的生命"⑤，如此看来，第四幕倒的确"没有走出主题"，因为这个主题未免解读得过于宽泛了。葛一虹则从"地点整一"的角度考察，同样发现第四幕游离的现象。他猜测于伶在第四幕突然改变舞台空间是出于两种可能：要么是为"描写低气压之下的另一角落的生活"，要么是为"布置

---

① 于伶：《夜上海》，剧场艺术社1939年版，第198页。
② 同上，第197页。
③ 《夜上海》续集《杏花春雨江南》的故事发生在《夜上海》剧情结束后的第三年。在该剧第三幕第一场，于伶就通过周小云交代出《夜上海》幕落后的暗场戏：由沪归乡后，周云姑加入了政工队妇女班，周小云则成了游击队员。这说明在于伶的设计中，《夜上海》存在幕落后暗场戏，而那正是周云姑所属情节结构中的C′→D′情节线的内容。
④ 沈仪：《我怎样看〈夜上海〉》，《剧场艺术》1939年第10期。
⑤ 同上。

一境使梅葶辉看到她的丈夫钱恺之底堕落"。[1]但是这两种解释都难于服人，于是葛一虹得出结论：第四幕"不能不说是作者底失败的地方"[2]。这个结论不无道理，但依据尚有补充空间。

《夜上海》的"第四幕现象"是于伶在探索"螺旋式"情节结构中开始意识到情节递归重要性的标志。情节递归是实现"螺旋式"情节结构的必须手段，否则明场戏就只能结于 D 点向 B′ 点运动的过程中。严格来说，《夜光杯》《女子公寓》《花溅泪》都未能形成完整的"螺旋式"情节结构。在《花溅泪》问世后，经历过"晓风事件""慈善拍卖受胁事件"以及幼子夭折等诸般打击的于伶逐渐形成了"长夜中应有人生信仰"的新主题，为了在《夜上海》中表达这个主题，运用情节递归成为当务之急。如果单独来看《夜上海》第四幕，它的确是于伶对情节递归做出的勇敢尝试，可惜并不成功：虽然周云姑 A→B→C→D→B′→C′→D′ 的情节线比较完整，但篇幅的限制还是让他不得不把 C′→D′ 的过程置于幕落后暗场戏里，更致命的是，第四幕干扰了结构的统一。至于《夜上海》第一、二、三、五幕中梅家父女情节线的设置，单独看虽然难以发现任何情节递归的尝试，但当把《杏花春雨江南》中梅葶辉的情节线纳入《夜上海》整体情境考察，就会发现她在《杏花春雨江南》中的情节线正是《夜上海》中她 B′→C′→D′ 情节线的递归——正因如此，于伶才会预言《夜上海》会有"续集"[3]。但是，另辟"续集"并非情节递归的真意。《夜上海》与《杏花春雨江南》的承继关系也只能说明于伶在对情节递归的感性认知上向真相近了一步，但实践上仍背道而驰。于伶恐怕也意识到了这点，所以才会在《夜上海》完成后产生"对作剧的畏怯"[4]。用现在的眼光看，情节递归并不是多么复杂的技术，可是在缺乏理论指导和相应作品借鉴的20世纪三四十年代，于伶只能靠不断实践来积累感性经验，这种探索值得尊重，即便是其中的失误也弥足珍贵。

---

[1] 葛一虹：《读〈夜上海〉与观〈夜上海〉》，《中苏文化》1941年第8卷第3—4期。
[2] 同上。
[3] 于伶：《〈夜上海〉小序》，载于伶：《夜上海》，剧场艺术社1939年版，第3页。
[4] 于伶：《雪中废话——由〈女儿国〉谈起》，载于伶：《女儿国》，上海国民书店1940年版，第12页。

三、结语

"螺旋式"情节结构属于"开放式"结构的范畴,它与广为人知的"人像展览式""链条式"等结构类型处在同一级。需要说明的是,于伶剧作中对"螺旋式"情节结构中七个情节点的安排,不论是其数量还是内容,都不应视为组织"螺旋式"情节结构时必须遵守的规矩。事实上,组织"螺旋式"情节结构的核心思路是对情节线进行重复,并使其在自身结构内完成递归,至于其中存在多少节点、各节点内容为何,应由创作者真正想要表达的主题来灵活决定。此外,如果将情节递归的内容设置为"一出戏"或"一场梦",那么"螺旋式"情节结构就可发展为"戏中戏"结构或"梦剧"结构。在《夜上海》之后,于伶正是借《女儿国》的"梦剧"结构成功实践了部分情节线的递归。

在同时代的中国剧作家中,于伶对"螺旋式"情节结构的探索具有创新性,甚至几乎触及结构主义编剧法的边缘。但由于种种原因,他在《七月流火》后就再无新的话剧作品发表。这种"将至而未达"的遗憾其实在20世纪三四十年代的中国话剧史上并不少见,如刘保罗对"应景剧"的创作实践意外终结于他的英年早逝,李健吾对外国戏剧的本土化改编实践也在《女人与和平》遭批判后戛然而止,等等。但不论如何,20世纪三四十年代的话剧编剧技巧并不是乏善可陈,曹禺剧作之外还有很多作品值得研究。总之,找到话剧舶来后扎根的历史坐标,从中国话剧剧本中发掘前辈开创或运用过的编剧技巧,是对当下编剧学研究的有益补充。

小戏的情节设置与情节组织

陈云升

　　在所有的叙事艺术中,情节都是故事的基本组成要素,而故事则必须以情节的形式来铺展,或者说,故事必须用情节的形态来呈现才能将其落到实处。在一个好的故事里,情节绝对不是一个漫不经心的"生造",而情节与情节之间的衔接更不是没有规则或随意编排的结果。必须知道,好的故事情节都是精心构思和用心创造的产物,而好的情节组织也是创作者苦心经营的结果。在好的戏曲作品中,情节设置和情节组织是其成功的关键保障。在《诗学》中,亚里士多德把情节列为剧作最为重要的东西。①从观众的角度来说,引人入胜的情节是勾起并维持观剧兴趣的关键所在。纵观古今中外戏剧名作,哪一部不是以精彩绝伦、动人心旌的情节来招徕观众的呢? 因此,作为编剧,情节设置和情节组织是从事剧本创作的基本功,是写戏入门的必备技能。

一、情节设置

　　首先谈情节设置。对于小戏作品来说,情节设置极其重要。好的情节构思孕育出来了,那么,一个好的小戏作品就成功了一大半了。既然情节对小戏写作如此重

---

① 亚里士多德认为,悲剧是对一个严肃、完整、有一定长度的行动的模仿,而情节又是对行动的模仿。他说"悲剧必须包括如下六个决定其性质的成分,即情节、性格、言语、思想、戏景和唱段",他说"情节指事件的组合",而"事件的组合"是六个成分中最重要的。他还说"情节是悲剧的根本,用形象的话来说,是悲剧的灵魂"。在这里,亚里士多德所说的悲剧是戏剧的同义词。需要指出的是,亚里士多德重视情节无可厚非,但人物性格置于其下则明显囿于当时人们对戏剧认识的局限。见亚里士多德:《诗学》,商务印书馆1996年版,第64—66页。

要,那么怎么去设置好的戏剧情节呢?

从实操角度来说,戏剧情节的设置关键是要抓住戏核。戏核是一个作品的灵魂,也是一个作品能够吸引观众的法宝。会写戏的人,总是能抓住戏核来展开创作。何为戏核,就是一个戏最有看点的东西,也是其最有戏剧性的东西。[①]譬如,以经典小戏《补锅》为例来说,其戏核就是"丈母娘看不上的'准女婿'通过给她补锅而成为她的真女婿"。可以说,观众看《补锅》这个戏,就是要看丈母娘这个人物是怎么接受了她本看不上的小女婿的,或者说是看她的小女婿怎么让丈母娘接受了他的。剧作者紧紧抓住这个看点来写戏,而这个戏也由于有了这个关键戏核而紧紧地抓住了观众的心。因此说,这个戏的戏核设置得非常成功。再如《刘海砍樵》这个戏,胡秀英(狐狸精)能不能向刘海成功求爱是这个戏的戏核。观众就是要看那个憨厚本分、勤劳善良的刘海会不会接受陌生女子胡秀英的求爱,亦即他会不会被"狐狸精"拿下。在这里,这个戏的编剧把笔墨集中在写刘海与胡秀英人物关系的变化上,通过细腻生动的人物关系描写,勾起了观众的好奇心和兴趣,进而吸引着观众的注意力和关注度,使之津津有味地看完整个剧目。这说明这个编剧很懂观众的心理,也很懂戏之三昧。再如经典名作《烤火》,这个戏的戏核是独处一室的一对陌生青年男女在只有一床一被一火炉的境遇下怎么熬过冰寒入骨的漫漫冬夜。又如睦剧《补褙褡》这个戏,其戏核是善良聪慧、情窦初开的蒋珠美怎么对她心爱的老实巴交的干哥哥孙公金捅破芳心暗许的窗户纸。可以说,围绕着蒋珠美的核心戏剧行动展开情节,观众的观剧热情始终被她的举动挑动着和牵引着。反过来说,要是没有这个戏核作为叙事焦点,观众看戏的兴趣将荡然无存。事实表明,上面举例的那些作品,如果没有一个招人喜欢、让人爱看的戏核,它们就不会获得观众的青睐且长久保持着让人常看常新的艺术生命力。因此,对于编剧来说,我们在创作剧本的时候,首先要把戏核设置好,一定要善于发现并牢牢抓住戏核来构戏和写戏,一定要明确它

---

① 剧作家范钧宏先生说,"戏核就是剧情发展中的矛盾核心,关键所在,没有它,就不可能出现高潮,因而必须描绘精彩,引人入胜,切忌平铺直叙,轻重不分"。见范钧宏:《戏曲编剧论集》,上海文艺出版社1982年版,第187页。我系郝荫柏教授说,"所谓戏核,就是情节的起因,没有这个起因,下面的戏就没法演,更不可能有最终结果"。见郝荫柏:《戏曲剧本写作教程》,文化艺术出版社2009年版,第111页。上海戏剧学院陆军教授说,"戏核是支撑一部作品最重要的情节核,没有它,构不成一个戏"。见陆军:《编剧理论与技法》,上海人民出版社2015年版,第71页。笔者认为,戏核是一个戏的看点,是一个戏最有戏剧性的东西,也是引起观众观剧兴趣和吸引观众注意力的核心内容,而编剧是围绕着这个"戏核"来创作剧本的。

的戏核是什么，并且能够紧紧围绕着这个戏核铺展它的故事情节，让这个作品有叙事看点，有审美焦点，有戏剧性生发的内在支撑。

在此，笔者想以在中国戏曲学院戏曲文学系教学的小戏写作案例来佐证戏核设置对剧本创作的关键作用。在这里说明一下，戏曲文学系的学生在一年级时只接受了一个学期的唱词与念白的写作训练，到了二年级第一学期开始学习小戏剧本创作，也就是说我们的学生真正意义上的剧本写作训练是到了二年级才开始的，应该说起步有点晚。但是，为了更好更快地促进学生进入戏曲剧本创作轨道，我们在训练学生进行小戏写作的时候有一个非常重要的环节，这就是师生在课堂上一起讨论创作构思的环节。我们认为这个环节极为重要。其作用有三，一是在这个环节，教师可以预判学生的创作构思是否符合戏曲叙事规律和戏曲舞台演出要求，然后给出自己的指导意见；二是师生可以就选材开掘进行探讨并为提炼素材的戏核交换意见，而戏核的确立对小戏创作来说是至关重要的；三是教师可以为学生如何就这个戏核生发戏剧性内容并拓展其叙事空间提出建设性的意见。下面所提到的这个剧本就是学生进入二年级第一学期进行小戏练习的产物，是学生入校以后动手创作的第一个剧本。这里就以这个作业的戏核设置为例，深入分析其之所以好的原因。

这个小戏的剧名是《洞房》。它构思是这样的：剧中的主要人物有两个，一个是名叫王海的农家子弟，他父亲把他妹妹许给一个好色庸俗的土财主，但他妹妹已经有相好的人了，他不忍心看到一对般配的小情侣被无情地棒打鸳鸯，于是在迎亲前夜把她妹妹放走了，让他妹妹和心上人远走高飞，而他则顶替妹妹上花轿被抬到了财主家里。另一个人物是安财主，他看上了王海的妹妹，仗着财大气粗而用重金买动了王海的父亲把女儿嫁给他。那么这样的一种人物关系设置是很有戏剧性的，而人物各自的行为动机和行动逻辑也具有内在的合理性和强烈的叙事张力。可以说，这样的创作构思正是戏剧艺术能够产生"化学反应"的先提条件，而且它也非常适合戏曲小戏来表现。当然，有个这么好的构思只是剧本创作的第一步，怎么样把这个构思写成精彩的剧本则还需要提取和明确它的戏核。按照这个构思，可以有多种写法。比如可以从安财主到王海家写起，内容是安财主到王海家调戏王海的妹妹，然后被王海阻拦，最后王海的父亲被安财主的重金打动而把王海的妹妹许给财主，然后王海放走妹妹，自己假扮妹妹上花轿。又如可以从王海的妹妹被他的父亲禁锢在家里待嫁写起，王海为了解救他的妹妹，暗自约来了他妹妹的心上人，两人合力把待嫁的妹妹在其父亲眼皮底下偷偷放走，然后王海假扮妹妹上花轿。当然还有其他的写法，在这里不再赘笔展开。现在我们只讲经过谈构思环节后我们是怎么明确这个戏的戏核的，也就是明确这个剧本要以什么作为核心内容来展开写作的。

关于怎么确定小戏的戏核，我们主要从以下几个方面来考虑的。一是什么东西最能体现人物的特点，或者说什么东西对人物塑造最有力。二是什么东西最有舞台表现力，或者说什么东西最能把舞台效果发挥到最大。三是什么东西最适合戏曲艺术来表现，或者说什么东西最能发挥出戏曲表演的演绎特长和艺术特色。四是什么东西最能激起并抓住观众的兴趣，或者说什么东西最有艺术欣赏看点和戏剧审美价值。五是在剧本创作之时考虑用最简约的叙事笔墨和最经济的排演方案来实现作品的既定艺术追求，即用化繁为简和以简驭繁的戏曲叙事手法来表现出最丰富的艺术内涵，这是小戏的特点和原则。可以说，以上这些方面涵盖了一个作品的艺术表达、人物塑造、舞台效果、戏曲特色、观众审美和排演设想等戏剧创作的综合性要素，如果创作者在下笔之初能够从这些方面来审视和考量自己的创作构思，而且都能兼顾得比较充分，那么他的剧本创作的艺术质量将会获得有力的保障。经过构思讨论，这个戏出场的主要人物有两个，即王海和安财主。同时我们确定这个戏的戏核是"洞房"，整个戏就从"洞房"这个关键性的戏剧行动开始写起，并以之作为全剧的核心内容，而最后"洞房"的破产便是整个戏的结尾。试想，从人物塑造的角度来说，安财主这个人物的核心目标不就是想要霸占王海的妹妹吗？而且这个戏剧行动是最能体现其好色庸俗的形象特征和人物特点的。那么对于王海来说，顶替他的妹妹上花轿的最凶险的环节就是他一个男人怎么在洞房之时应对另一个男人（即安财主）的"猛烈进攻"，这是最为险恶也是最能考验人物的智慧和品性的关键一环。从舞台效果来说，一号人物王海的命运是悲剧性的，但舞台上呈现的一个男的在不知情的情况下对顶着红盖头的另一个男的"动手动脚"是很有喜剧性的，这样一来整个演出就很有悲喜交错的演出效果。像这样的演出设置，应该说，超出了戏文专业的艺术视野而指向了综合性舞台呈现的广角，更是摆脱了高中生出身的二年级本科生的创作思维局限，因而这样的剧本也就具备了较好的演出条件。因为，这样的剧本写出来就不是只能阅读的"案头之作"，而是可供院团排演的"场上之曲"。尤其是，这个创作方案所需要的演员人数很少，主要行当是小生和文丑，十分适合戏曲艺术来表现，而且非常能够体现这个作品的创作立意和艺术表达。另外，从欣赏接受的角度来说，这是观众最想看到的一幕：一个男的怎么跟另外一个男的洞房！这是全剧的核心戏剧动作，同时也是一个扣人心弦的戏剧悬念，更是全剧中最为观众关注和期待的最大看点。所以，这个小戏作业就以"洞房"来命名。这个剧名既是对全剧戏剧行动的概括，也是对整个戏核的准确提炼。

综上所述，一个戏核的确立是从多重角度来考量的。有了一个好的戏核，那么一个好的小戏作品就有了较好的创作基础和成功前提。因此，笔者在此花这么多的笔墨来着重阐述这个问题。需要重申的是，一个好的小戏戏核，应当是可以兼顾创作立意、人物塑造、戏曲特色、舞台效果、观众审美和排演方案等方面的，因为我们必须把戏曲小戏剧本创作当作能够演出的"场上之曲"，而不是只能阅读或者是束之高阁的"案头之作"。这是从事戏曲小戏创作的人必须牢牢谨记的。

二、情节组织

确立了戏核，接下来就要做好情节组织了。毫无疑问，有了引人入胜的戏核，一个戏就成功了一半了，但是，要想完全取得成功，还需要有高超的情节组织能力。必须指出的是，情节组织在剧本的创作中具有关键的保障性作用。可以说，没有严谨和出色的情节组织和情节呈现，再好的戏核都将在落实到文本的过程中大打折扣，甚至会让高妙的戏核前功尽弃，最终无法获得匹配的文本呈现和演出效果。关于情节组织的原则，无非是做好起承转合的巧妙衔接和情节推进的节奏把握。在这里，我们将继续以作品为例，详细分析它们的情节组织，探讨其之所以获得成功的艺术逻辑和内在原因。窃以为，在小戏创作中，有以下几种有效的情节组织方法值得初学者学习和借鉴。

（一）聚焦法

所谓"聚焦法"，指的是用一个"焦点"作为故事的核心，以此来设置和组织情节，进而有效地招徕和吸引观众看戏。[①] 在小戏创作中，用聚焦的方式来组织情节是许多名作的惯用手法，而最有代表性的作品是花鼓戏《补锅》。

《补锅》（唐周、徐叔华编剧）是湖南花鼓戏的代表性作品。这个戏的戏核我们在上一节已经谈过了。现在我们来分析这个戏怎么围绕它的戏核（焦点）——刘大娘接不接受女儿与补锅匠李小聪的爱情来组织它的情节。这个戏总共只有三个人物，它的主要情节是刘大娘让女儿兰英找师傅上门补锅，兰英在"师傅"上门前引导刘大娘不好看轻补锅职业，因为她处的对象李小聪就是一个补锅师傅，但刘大娘并不买账。接着是李小聪上门补锅，他与兰英里应外合一起做刘大娘的思想工作，最终经过补锅一事，刘大娘接受了他们的婚事（也接受李小聪的职业）。如果进一步细化它的情节组织的话，那么我们可以按照"起、承、转、合"的布局来分析它的走戏设置。一开场，第一个场面是刘大娘交代了她失手打破煮潲的大锅，目前需要找个师傅上门补锅，同时也点明她的女儿兰英处了一个对象叫李小聪，只不过她不知道这个李小聪是干什么职业的。随后的第二个场面是刘大娘把兰英叫上场，问兰英为什么派她去请的补锅的师傅还不上门。借此机会，兰英故意说补锅的师傅不好请，补锅的业务供不应求，并且直接引导刘大娘说家里面要是有个会补锅的那多好（因为她处的对象李小聪就是做补锅营生的）。这时，母女二人对择偶标准问题产生了很大的分歧。刘大娘的择婿标准是希望兰英找一个"有文化的、有技术的、职业好的、贡献大的"为对象，对补锅的是非常排斥的，这就对刘兰英与李小聪能否在剧中"有情人终成眷属"构成了强有力的反行动作用，也给全剧设置一个大悬念——刘兰英与李小聪能够让刘大娘接受他们的爱情。如果用"起、承、转、合"的结构布局来分析，那么开场的这两个场面是全剧的"起"的部分，也是全剧的开端部分。从剧本创作的角度来说，"起"的部分的叙事功能主要是起到交代与铺垫的叙事作用，在叙事篇幅上要求简练和明快，叙事内容不可拖泥带水，叙事节奏切忌冗长拖沓。从这个

---

① "聚焦法"是笔者在教学实践中专门就小戏编剧法提炼的一个概念，主要是方便于教学归纳及其操作的实用性，而在学理上还有待进一步研究。

要求来看，《补锅》在"起"的环节是做得非常出色的。

有了前面的铺垫，接下来就是"承"的部分，这个段落是情节充分展开的地方，这个时候男主角就该出场了。需要说明的是，在"承"的部分，它的情节适合用详尽、细腻和慢节奏的组织方法和处理方式来展开。于是李小聪上场后先与兰英碰头，两人简要地商量了一下对策后便叫出刘大娘来补锅。刘大娘在这个过程中，怀疑这位姓李的补锅小师傅就是女儿的对象李小聪，但很快被李小聪打消了疑虑。在"补锅"的过程中，兰英自告奋勇给李小聪拉风箱打下手，刘大娘没有多心就同意了。当锅补到一半的时候，刘大娘夸李小聪的手艺好，也夸他的人品好。这时李小聪跟刘大娘说他的"丈母娘"对他的职业有偏见，就因为他是干补锅的而看不上他。刘大娘便说是干补锅这一行确实不体面，不如其他职业有前途。李小聪一听这话就"撂挑子"，他说刘大娘歧视他的职业他不干了，而兰英也在一旁给李小聪"拱火"，让刘大娘感觉到李小聪走了没人补锅也不是办法，只能求着对方给自己干完活再走。于是李小聪便借机"改造"刘大娘歧视补锅人的旧思想，并且用自己精湛的手艺博得了她的好感。从情节组织和结构布局上来说，这个情节段落是全剧的"承"的部分。在这个情节段落里，人物的性格特点和心理刻画得到充分的展示，人物关系的发展变化也得到了充分的揭示。

既然"承"的部分已经把情节推动（组织）到这个份上了，那么"转"的部分也就自然而然地水到渠成了。这里刘大娘的态度转变也是整个剧情的转折所在。必须指出的是，"转"的情节组织应该是"承"的必然结果，也是全剧发展必然的走向，千万不要写成"为了转而转"，如果"转"不是必然的结果，那么这个"转"就是生硬的，也是缺乏合理性的，这样的"转"就会给人一种突兀感和不可信感。在《补锅》里，它的情节的"转"是遵循人物逻辑的，表里是能够统一起来的，因此它的"转"是合情合理的，是符合观众心理预期。最后到了的"合"的情节组织了，"合"的部分是全剧的结尾了，这个部分的情节一定要简练和到位，要简洁而有力，切忌画蛇添足。所谓简练，就是要简明扼要，不要婆婆妈妈和啰里啰唆。所谓到位，就是该点题的要点题，该了结的东西就要清楚明白地做个了结，不要让观众感觉还有什么东西没有说清楚似的带着不解走出剧场。所以，在《补锅》的最后，刘大娘通过"补锅"

一事之后，对李小聪有了深入的了解，也接受了这个干补锅营生的小伙子，全剧到此也就结束了。可以说，这个戏的结尾处理非常出色，很有"凤尾"的漂亮效果。总的来说，这个戏的叙事是高度聚焦的，包括它的整个布局处理和叙事节奏也都做得十分精当，堪称小戏创作的典范。在小戏作品中，在情节组织上采用"聚焦法"的还有花灯戏《老海休妻》、锡剧《秋香送茶》、昆曲《活抓》等剧，均取得了极好的戏剧效果。

（二）递进法

所谓"递进法"，指的是采用一种有层次的叙事结构手法来设置和组织情节，使人物性格和人物关系在情节的推进中不断发展深化，从而给人一种层层递进的戏剧效果和逐步了然的观剧感受。[①] 应该说，这是在小戏创作中最为广泛应用的一种小戏创作手法。这个方面很有代表性的剧目是蒲剧《烤火》。

《烤火》是蒲剧的一个经典折子戏，经常也被用做小戏演出，它的剧本创作就采用了递进式情节组织手法。前面讲过，这个戏的戏核是"被人囚于一室的一对陌生青年男女如何在只有一床一被一火炉的境遇下度过极其难熬的冰寒入骨的漫漫冬夜"。现在我们还是按照"起、承、转、合"的结构布局来分析这个戏情节组织方法。

前面说过，"起"的部分要用最简洁明了的方式把故事背景、人物关系、戏剧行动等交代和铺垫好，于是这个戏一开场的情节就是书生倪俊和一个名叫尹碧莲的年轻女子被山贼头目强行送入"洞房"，山大王的目的是想用这种方式把才智过人的倪俊留在山中为其效劳。可是，尽管倪、尹共处一室，但其实二人互不了解。但是女方认命了，毕竟都被逼着拜过堂了，名分已经定了，而且对方在前面还救过她一命。可是，男方是书生气十足的孔孟之徒，礼教道德观念根深蒂固，他并不认可这桩"拉郎配"，因此他对女方始终保持着距离。于是，当女方问及他家中情况时，男方故意撒谎说家里已有妻子，以便让女方死了那个心思。这是该剧在"起"的部分要交代和铺垫的情节，作者用了很短的篇幅就把这些说明白了。这符合我们前面说的，开端

---

① "递进法"是笔者在教学实践中专门就小戏编剧法提炼的一个概念，主要是方便于教学归纳及其操作的实用性，而在学理上还有待进一步研究和完善。

的部分宜用简练明快的笔法来写作。

接下来到了"承"的部分，那就是在冰寒入骨的腊月冬夜，而房中只有一床一被一长枕和一个火盆，这一男一女会怎么过夜呢？在此，我们必须为剧本的这个戏剧情境设置叫好。这里有一种类似"刺猬取暖"的悖论逻辑，两个刺猬离得近就会刺到对方，如果离得太远又会被冻到。倪俊和尹碧莲也面临着这样的相处困境，两个人不挨在一起则会受冷挨冻，两个人挨在一起则会有损名节，甚至会乱了男女之大防，所以无论怎么做都难以两全。在这个部分，其故事情节就是要充分地展示两个人怎么在保持距离的情况下解决各自的保暖问题。在这里，我们必须表扬男方很绅士，他把有被子的床让给女方，而他自己则选择坐在炉火旁过夜，尽管被冻得十分难受；而女方也很懂事，她上床休息前把自己的外套披在昏昏欲睡的男方身上，体现了贤惠体贴的人物特点。但男方是榆木疙瘩，他醒觉之后旋即把外套还给女方，无论女方怎么劝他都不接受。于是两个人又各回各的"阵地"。到了半夜，天气更冷了，即使床上有被子女方也被冻得受不了了，这就是山大王给他们安排好的处境，必须两个人一起共用一个火盆和同盖一条被子才能避免挨冻。于是女方只能起床凑到火盆来烤火暖身，这时男方见女方来了便急忙躲开。但是离开火盆后，男的便冻得十分抓狂，于是他就把火盆从女方的身边端走，然后女方只能又回到床上以被子取暖，把火盆让给了男方。就在两人争夺和互让火盆的过程中，两个人也对彼此的人品和好意心领神会，好感也随之增多了。在这个情节段落，编剧采用了非常细腻生动的笔法和慢节奏的叙事方式把两个人物的性格特点和心理状态写得十分精彩，让人看得如痴如醉，十分着迷。

戏写到两个人已经心灵互通这个份上了，那么情节自然就到了该"转"的时候了。于是紧接着在"转"的段落两人互诉心声，而两个人的情感心理关系也有了质的飞跃。这个地方作者的情节组织是用快节奏的处理方式，然后接着就是"合"的有力收束。可以说，这个戏整个情节走下来干净利索，没有一点拖泥带水，让人看得十分悦目舒心。可以说，"递进法"的情节组织方式是小戏写作领域最常用也极有成效的创作方法，像花鼓戏《刘海砍樵》、壶关秧歌《打酸枣》、睦剧《补裉褡》、采茶戏《孙成打酒》、京剧《坐楼杀惜》等均以此走戏，都取得极好的戏剧效果，最后都成了戏曲舞台上的经典好戏和传世之作。

（三）散文法

所谓"散文法"，是指剧目的情节组织方式是散文化和开放式的姿态，整个作品没有冲突，也没有一个核心的戏剧行动，剧情总是向前不断延伸，故事的地点也流动多变，给人一种散文式的叙事风格。[①] 这种戏的情节组织不追求前后的铺垫与呼应，也不强求强烈的戏剧冲突和激动人心的戏剧高潮，从头到尾都侧重于挖掘和表现高度生活化的日常百态，重点在于突出其叙事内容的趣味性、表演性和观赏性，因此，它的写作难度也不低，它对编剧的生活观察能力和艺术创造能力有着很高的要求，不然这样的情节组织创作方式很难写出有意思的艺术内容。

限于篇幅，在此我们就以黄梅戏《夫妻观灯》作为例子来分析这类剧目的情节组织方式。该剧剧本由王少舫、王少梅、潘璟琍、郑立松整理，从创作技巧上来说不够令人惊艳，但它的故事内容很接地气。创作者通过一对年轻夫妻的眼睛，让观众看到了一幅烟火生活图，体现出很浓的艺人台本特色。从编剧技巧来看，该剧采用的是典型的散文式情节组织手法来走戏。在开头的部分，丈夫王小六从外面回家叫老婆出去观赏花灯，因为在正月十五元宵夜，街上到处张灯结彩美不胜收，正是人们游街赏灯的大好时节。妻子答应和丈夫出去赏灯，但在出门前她还要好好地梳妆打扮一番。接下来到中间的部分就是夫妻携手出门了，地点就来到外面的百子桥，然后是进了汴梁城。在城中，他们看到了东南西北有各式各样的灯，不知不觉便被挤进了观灯的人流中向前走去。这时，他们肉眼所见的有龙灯、狮子灯、虾子灯、螃蟹灯、鲤鱼灯、乌龟灯、莲花灯，真是琳琅满目，看得他们眼花缭乱，应接不暇。最有意思的是这里安排了一个这样的情节：王小六夫妻两个在看灯，但有人却在看他们，尤其是有几个老乡在盯着王妻看，看得王妻想回家。看到这样的情节，我们会想起卞之琳的《断章》里写的"你站在桥上看风景，看风景的人在楼上看你"。接下来王小六拉着妻子走到别的地方接着赏灯，这时他们又看到了刘备灯、关公灯、张飞灯、

---

① "散文法"是笔者在教学实践中专门就小戏编剧法提炼的一个概念，主要是方便于教学归纳及其操作的实用性，而在学理上还有待进一步研究和完善。

子龙灯、孔明灯，看得他们兴奋地模仿起"孔明"走路。最后，他们还看到西游系列的彩灯，直至是"百样的花灯都看过"，才"夫妻双双回家门"。通过它的情节脉络可以看出，全剧没有核心戏核，也没有形成明显的叙事高潮便剧终。可以说，整个作品都是散点式的内容陈列，给人一种散文化的走戏路子和叙事风格。坦白说，这样的情节组织和内容呈现，其亮点更多在于表演和音乐，而不是剧情，因此它不如前面那两种情节组织方式写出的戏那么有戏剧性和戏剧张力。像川剧《秋江》、黄梅戏《打猪草》、京剧《小放牛》、五音戏《王小赶脚》等不少名剧就是采用了"散文法"的情节组织方式来写戏的。

以上三种情节组织法方法是笔者课堂教学主要讲授的内容。当然，在实践领域肯定不是只有这三种情节组织方式，因为大凡优秀的剧作家都会有自己一套行之有效的编剧法，未必能归类为某种编剧理论，更不是照搬某种编剧理论才能写出优秀的作品。实际上，以前那些优秀的小戏剧作者们基本没有在大学的戏文专业学习过，但并不妨碍他们成为优秀的剧作家。可以说，他们都是在实践中实干出来的。这一点我们也必须明白。再次申明，上述三种情节组织方法，只是笔者研究前人名作之后获得的启发，加上个人的实践体会和教学经验总结出来的，在命名和理论阐述上还有待进一步完善。之所以要对上述三种情节组织方法进行命名和归纳梳理，主要是为了便于课堂教学的讲述，同时，也为了增进大家的互相交流和深入探讨，促进戏曲小戏创作水平的进一步提升和小戏编剧理论建设的向前发展。

戏曲编剧研究

当代戏曲喜剧中风俗题材的选择与开掘

丁　烨

风俗喜剧（Comedy of Manner），又称快乐喜剧，是18世纪下半叶盛行于英国的一种喜剧样式。风俗喜剧注重反映社会生活人情世态，以丰富的幽默对社会进行有力地讽刺。然而，中国古典戏曲理论中与题材分类相关的内容中并没有近似"风俗"类型。比如明代朱权的《太和正音谱》中《杂剧十二科》就着眼于剧作的题材，他将杂剧的剧目分为十二种类别，其中主要反映人情世态的题材大致包含在了孝义廉节、风花雪月、悲欢离合、烟花粉黛这几个类别里。剧作者更多的是以文人视角来审视封建社会的王侯将相、兴衰成败、才子佳人。在主流喜剧里鲜少有市井生活故事的重点描摹，顶多通过次要故事线索，次要色彩人物来充盈主线故事中缺少的轻松活泼、幽默滑稽成分。直至明清时期花部的兴起，戏曲中地域性特征愈发凸显，民间家庭生活题材才相对广泛起来。李渔就认为，从"家常日用之事"中求索题材、塑造典型，是摆在剧作者面前宽广的创作天地。①随之而来的日常生活中的某些现象、问题逐渐成为讽刺、调侃和赞颂的对象。例如《祭头巾》《借妻》《张三借靴》《打面缸》等。这些剧目在新中国成立后被重新整理、改编后，成为广大观众喜闻乐见的经典风俗谐趣喜剧。除了整理改编作品以外，当代戏曲喜剧中亦出现一批较为亮眼的风俗题材原创作品，比如江浙沪地区有滑稽戏《三毛学生意》《七十二家房客》《满意不满意》《好事体》《出色的答案》《路灯下的宝贝》《性命交关》《快活的黄帽子》《阿

---

① 陈竹：《中国古代剧作学史》，武汉出版社1999年版，第605页。

混新传》等；东南地区有芗剧《煎石记》《保婴记》，莆仙戏《借新娘》，高甲戏《造桥记》等；湘鄂地区有汉剧《美人涅槃记》，楚剧《彩凤博鸦》，花鼓戏《乐四爹小传》等。它们大多数虚化了时间地点背景，着重描摹人际关系、地域风情、民间道德或风俗文化的传承。

"风俗喜剧"的命名出现于"五四"以后的中国话剧创作。张健在《论形成期的中国现代风俗喜剧》中认为，中国现代风俗喜剧和喜剧创作中其他类型一样，"也是在时代的社会生活和民族艺术传统的基础上，吸取、扬弃和融化外国戏剧经验而发生、成形及至不断臻于完美的"[①]。虽然他所指为话剧创作，但我国的戏曲从选材到形式上，同样也发生了翻天覆地的变化。跨入近代以后，为了适应时代巨变，服务现实，绝大多数剧种都比较重视表现现实社会生活，以至于创造了与"传统戏"并列的新类型——"现代戏"。同时也逐步创造了与新内容大体相适应的符号系统。1927年尚小云的"洋装新戏"《摩登咖女》就有近代风俗喜剧的特点。虽然1949年后的现代戏创作基本上已经上升为"国家行动"，写工人，写农民，写社会主义生活的高光。或者回望"过去"，以古装历史题材为主要选择对象。但我们还是看到了一些戏曲喜剧将笔墨放在民间，观察普通人的生活轨迹，关照民众的现实精神。

一、喜从何来：风俗喜剧中的现实景观

在中国现当代戏曲中，以现实生活为题材，描绘底层人物的剧目并不少见，在剔除了部分目的性极强的"定向戏"作品后，我们所关注的，是地方戏曲中书写城市底层，聚焦民风民俗，蕴藏着普通老百姓的伦理价值、道德情感的作品。甚至能从这些风俗题材看到一个近乎完整的社会变迁侧影。尤其某些社会问题，生活矛盾凸显，成为剧作者争相描摹的对象，或辛辣的讽刺，或轻松的调侃，或自嘲的幽默，或热情的歌颂，千姿百态的故事，都是体现普通百姓对美好生活的向往。

1949年之后，全国各地一片百废待举、欣欣向荣之态，普通民众对即将到来的

---

① 张健：《论形成期的中国现代风俗喜剧》，《南京大学学报》1991年第3期。

新生活表现出前所未有的期待。以整个中国社会为背景,乡村城镇化的步伐越来越快。老百姓的日常生活,世俗百态与礼俗风尚在转型和新旧碰撞中蕴藏着欣欣向荣的喜悦和步履蹒跚的拙态,被当代剧作者们敏锐地捕捉,让中国传统与现实社会中五光十色的人物、风物和习俗杂然纷呈、粉墨登场,构成了现实社会的风俗世态。与此同时,剧作者还通过此类题材,在现实生活中忍不住去回望过去,找寻传统道德文化在当下的存在和失落。

1980年中国戏剧出版社出版的《地方戏曲选编》收录选编了经由各地方剧团搜集整理改编的颇具特色、风格多样的风俗喜剧题材剧目,这些剧目中有的调侃家庭生活、人际关系,譬如《三家好》中的邻里友善,《喝面叶》中的夫妻斗争,《小姑贤》中的婆媳关系;有的讽刺阶级攀附、迂腐不化,譬如《张三借靴》中的攀炎附势,《葛麻》《姊妹易嫁》中的嫌贫爱富,《祭头巾》《张先生讨学钱》中的迂腐可笑。这些题材已然放下了传统喜剧中的"刺上"特色,也无意选择重大社会事件作为题材背景,转而描摹日常即景,反而别具趣味和喜剧感,富有浓郁的生活气息和地方色彩。

比如芗剧《三家福》、花鼓戏《张先生讨学钱》这两出戏都重点描摹和展示了传统春节、民间信仰与邻里关系范式。芗剧《三家福》中,教书先生苏义赚得十二两束脩,年三十赶回家与妻子团聚。此时施家儿媳孙氏因丈夫杳无音信,家贫如洗选择自杀,被赶路返回的苏义救下,并将自己的束脩以孙氏丈夫的名义交给了孙氏用以度日。另一个邻居林母家境富裕,一边准备丰富的年夜饭一边嘱咐儿子看守好番薯田。苏义妻子见丈夫没有带回银两,只好让其偷挖林家番薯过年充饥,苏义不得已在土地爷面前卜卦,民间信仰风俗在这段唱白里尽数体现:

> 苏 义 (祷告)土地公啊,我苏义是一教书先生。(吉惊疑)只因遇见施伴的妻子无钱度日,要跳潭自尽,我把一年教书得来的十二两银子都给了她。今晚是大年夜了,我自己家连烧饭的米都没有。万不得已才来这里,想偷挖林吉家的几条番薯好过年。(吉暗暗点头)若许我挖,你就出个圣卦。
>
> [苏从神案上取下圣杯,把它掷下地,砰然有声,忙蹑足到门口探

望一下见无人，然后又回身在地上摸圣杯。吉趁此这时，摸得圣杯，把它安置成阴阳圣卦。苏摸索得杯。[①]

花鼓戏《张先生讨学钱》中的张先生同样没拿到束脩，无钱过春节。年下赶去陈家讨要。在去陈家的一路上，张先生唱词中提到了四季节礼，按照传统礼节，清明祭拜祖先使用猪头三牲，六月六备通风屋请先生去歇伏，中秋节摆檀香桌请先生赏月，立冬送先生棉被保暖，先生上门应奉上黄茶（水煮鸡蛋）。但陈家大娘子蔑视张先生腹中无学问，表面上应付，实则处处计较拿捏。这才有了去讨学钱的路上诉说自己一年四季辛酸这一戏剧行动。

《三家福》中贫困潦倒的苏义偷邻居红薯为难又害怕，用搏杯（卜卦）的方式询问土地爷是否能去偷挖。《讨学钱》中迂腐无能的老先生在大年三十厚着脸皮要债，泼辣厉害的陈家婶子无情逗弄。这些都反映出了典型的文化习俗和民间信仰，而且将世态人情跃于眼帘。

除了传统风俗喜剧的改编剧目外，我们还能看到一种创作现象，就是江浙沪一带的剧种滑稽戏在风俗题材上占据不小的比例，可谓在"风俗喜剧"的创作上独树一帜。它诞生于中国最大的城市上海，流行于江浙沪地区，在江南民情风俗的滋润下发展壮大。作为中国近四百个剧种中唯一正宗的喜剧剧种，一场演出务必使观众笑到三百回，喜剧情境，随处尽是；妙语解颐，遍地开花。[②]同时滑稽戏也是扎根现实生活，反映现实问题的佼佼者。

新中国成立初期最具代表性的四大滑稽戏《三毛学生意》《七十二家房客》《满意不满意》《好事体》显示出滑稽戏这个年轻剧种强大的生命力。前两出反映旧上海老百姓的黑暗生活，后两出反映新时代、新气象、新人物、新观念的"四新"题材。《三毛学生意》以苏北少年小三毛来沪谋生为线索，次第展开了窃贼窝、剃头铺、算命瞎子生意店等旧上海下层社会的苦难环境；《七十二家房客》展示了鸽笼一般的石库门房子，容纳了裁缝、洗衣、摆摊、卖货、皮匠、医生、舞女等各行各业的穷苦百

---

① 颜梓和、王游治、黄海瑞、陈碾、颜招治：《三家福》，《剧本》1955年第3期。
② 谢柏梁：《中国当代戏曲文学史》，高等教育出版社2006年版，第292页。

姓,他们租房扎营,聊以谋生,但仍旧承受着被赶走的危机,无法生存的命运。《三毛学生意》移步易景,《七十二家房客》宛若浮雕,共同构成了社会新旧交替时期旧上海民情风俗卷轴。

　　20世纪50年代创作的《满意不满意》是典型职场题材。该剧把情境放到了苏州一个人流如织的饭馆里,两个服务员观念相左,一个真心待客,热情服务,一个态度恶劣,观念落后。虽然人物好坏的直接对比略显生硬,命题写作意味较为明显,但该剧的优点在于体现了非常多的市井谐趣元素,如松月楼、拙政园、虎丘等苏州的人文景观以及苏州人的民俗语言风情都能很好地融入情节里。另一个滑稽戏作品《好事体》在风俗民情上的表现较弱,但优点在于人情世故上做足文章。周家母子、妻子凤英、妻姐亚珍、妹妹爱玉之间的家庭关系、伦理道德在计划生育这一题材里得到充分展现。这两部作品从题材的选择上虽然有"定向戏"的意味存在,但进入20世纪50年代以来,在整个社会的发展状态和时代背景中,全体民众有着极高的社会生产发展热情,这种题材的产生合情合理,大可不必过度苛责。但随着国情的变化,此类与时代思潮、政治变迁紧密联系的,具有浓厚歌颂氛围的喜剧题材在之后的剧作中蔚为大观,而其中描摹民间风俗、生活质感的传统却处境尴尬。

　　我们先把目光转向湖北京剧院的剧作者习志淦等人的作品,他们在风俗喜剧的选材上颇具意趣。其中汉剧《美人涅槃记》不仅是一出典型的风俗喜剧,还具有"神仙道化"题材的意味。该剧讲述了一个又矮又丑的牛三郎和又丑又泼辣的胡翠花经人撮合结为夫妻。胡翠花对两人的外貌耿耿于怀,用声音换得两人貌美俊俏。牛家三兄弟各怀鬼胎,因其貌美,兄弟阋墙,你争我斗。为平息祸端,牛家诬陷胡翠花与人通奸,逼其自尽。胡翠花有口无舌,有冤难辨。最终,皇帝命八王爷前来观看奇事,胡翠花在观音菩萨庇佑下申明冤屈,但也明白了欲壑难填、人心难测的道理。剧作者在开篇的舞台提示即说明:"这是一出民俗风情剧,格调轻松明快,布景灵活夸张,具有浓郁的乡土气息和荒诞色彩。"这种寓言式的喜剧题材在贪大求重的现代戏曲里显得难能可贵。首先,它的喜剧氛围浓厚,一个被人歧视、嫁不出去的又丑又泼的女子,嫁给又矮又丑的牛家三郎,观世音显灵,胡翠花用舌头换作两人的美好容颜,荒诞的喜剧感由此而生;其次,丑女变美人的题材具有典型性,对于观众来说,它好看,好玩,好听,好懂,回归戏曲的娱乐本质;同时,浅显易懂的题材反而能引发多维度的思考,比如虚荣引发祸事,比如封建社会女子受欺压的本质与美丑无关,比如剧中牛家人满口仁义道德,实则男盗女娼的丑恶行径。作为一出"风俗喜剧",最重要的就是赢得观众的喜爱。《美人涅槃记》可以说是同类题材中的杰出样本。

因而,作为"风俗喜剧"的出发点,无论剧作者在剧本里书写国家大事、社会变迁,还是着眼于人生的酸甜苦辣,都必须沉到生活中间去,观察普通人的生活轨迹,观察民间的生活方式、风俗习惯、地域文化,观察社会变迁过程中真实的情感律动,以喜剧的视角去赞美、质疑、反思与批判,发现其中或喜悦或幽默或讽刺或荒诞的蛛丝马迹,而不是生硬地套用"大团圆"式的喜剧公式去隔靴搔痒或营造虚假喜剧气氛,才可能真正地走进现实,拓宽喜剧题材的宽度。

二、喜的核心：风俗喜剧中现实问题

当我们讨论风俗喜剧形态的作品应该聚焦什么样的现实问题时,我们不得不回到最初的词语释义上,去理解和梳理剧作者在做风俗喜剧创作考量时的题材侧重。在《牛津英语百科全书》中,"Manner"有三个含义:1. 故事或事情发生的方式;2.(常复数形式)包含社交行为、礼貌或有教养的行为、生活方式;3. 一个人表面的举止。[①]《韦氏新大学词典》给"Manner"的近义词分别是习俗(custom)、时尚(fashion)、品味(style)和行为(behavior)。综合看来,"Manners"主要与教养阶层和社会生活相关,既包含阶层人士的举止、风度、礼貌,也包括社会生活方式、社交规矩和风俗习惯。[②]从最初英国的风俗喜剧(复辟喜剧)和中国现代风俗喜剧的创作情况来看,剧作者们确实力图"再现当时的真实风尚和传统,在人们熟悉的环境中再现真实人物。"用尼柯尔的话说,"这类喜剧——风俗喜剧——之具有这一名称,不言而喻,源于作品所表现的社会风尚、社交习俗与传统习惯"[③]。

[①] 《牛津英语百科全书》,转引自贺安芳、赵超群:《论风俗喜剧的形态特征》,《宁波大学学报(人文社科版)》2017年第3期。
[②] 《韦氏新大辞典》,转引自贺安芳、赵超群:《论风俗喜剧的形态特征》,《宁波大学学报(人文社科版)》2017年第3期。
[③] 贺安芳、赵超群:《论风俗喜剧的形态特征》,《宁波大学学报(人文社科版)》2017年第3期。

从英国发起的风俗喜剧在当时基本聚焦上流社会,题材以上层社会附庸风雅、爱情狩猎、婚外恋、诓骗阴谋等社会风尚。王尔德的风俗喜剧题材也多反映维多利亚社会转型期保守、虚伪、势利的风俗世态。风俗喜剧被引入中国后,丁西林、宋春舫、李健吾、王文显、杨绛等剧作者因地制宜,拓宽了风俗喜剧所表现的社会阶层。他们强调:"喜剧能涉及的则是生活方面。它使我们洞察的,不是人类生活的根本危机及其相关的最强烈的感情,而是洞察社会风俗习惯,人类行为中的种种缺陷和怪癖。"①中国的戏剧家在观察与思考本国戏剧土壤和社会环境之后,意识到通过此种戏剧形态,直指社会风俗中的种种现象、文化及冲突,以及在这种社会风俗或变化之下,通过戏剧作品讨论人类的行为问题。中国现代话剧在西方理论的视域下有意识地进行了诸多关照社会生活问题的风俗喜剧创作。比如宋春舫的《五里雾中》,李健吾的《青春》和《以身作则》,丁西林的《一只马蜂》等,都极具代表性地提出了传统与现实尖锐碰撞的各种问题,其中以身份阶级、封建婚姻、文化认同、女性主义的探讨,通过塑造多种"滑稽人"来纠正"人的恶习"。

因此,我们很清晰地意识到,中国当代的"风俗喜剧"的创作,同样需要如同莫里哀说的这样,"如果喜剧的作用是纠正人的恶习……一本正经地教训,即使最尖锐,也往往不及讽刺,规劝大多数人,没有比描画他们的过失更见效的。恶习成为人人的笑柄,对恶习就是致命的打击。责备两句,人容易受下去;可是受不了揶揄。人宁可作恶人,也不要作滑稽人"②。显然,风俗喜剧中揶揄与调侃的喜剧情感较之滑稽多了些技巧,于讽刺又要柔和许多,或更趋近于幽默的喜剧审美。风俗喜剧更多的是以发掘日常生活中的人伦纲常问题居多,对重大社会矛盾较少触及,但这并不意味着风俗喜剧就失去对现实问题的反思意义和空间。更何况个人、家庭与社会群体,是整个世界更迭变迁的投射。学者李世涛在他的论文《现实生活、现实问题、现实主义——现实题材戏曲创作的三重困惑》写道:"不论是哪种体裁,都应是戏剧对现实的一种回应,这种回应既可以是对日常生活中正面价值的肯定与倡导,也可以是对日常生活中存在问题

---

① [英]马丁·艾思林:《戏剧剖析》,罗婉华译,中国戏剧出版社1981年版,第70页。
② [法]莫里哀:《达尔托弗·序》,转引自李健吾:《李健吾戏剧评论选》,中国戏剧出版社1982年版。

的反思与批判，相比之下，后者更为宝贵。"①这个观点毫无疑问是中肯的。中国土地广袤，风情各异且历史悠久，尤其需要风俗喜剧的记录、描摹与想象，它的创作核心就是对日常生活的关照、发现与思考，用喜剧的眼光开掘普通人的情感，民间风俗的魅力以及社会文化发展过程中的问题。运用喜剧的方法去书写多民族土地上的图景。

当代中国的风俗喜剧题材戏曲，不乏直指现实问题，反思现实问题，甚至对现实问题进行调侃揶揄的作品存在。滑稽戏就是一个有着典型意义的不写历史古装题材，不做以古照今，而是直面当下社会，反映现实生活的喜剧剧种。比如"文革"结束后，周正行、严顺开创作的《出色的答案》，缪依杭、徐维新、申屠丽生创作的《性命交关》，就是继《三毛流浪记》《七十二家房客》之后两部难能可贵的滑稽戏。他们的可贵之处首先在于创作环境，周正行在《出色的答案》创作前记中说，观众看这部剧是"笑中带泪，或者含着泪的笑"，"是编、导、演以及观众的生活经历决定的。是这个戏的特定题材、特定人物和特定的环境决定的"。《出色的答案》的题材是有关医疗人员在特殊年代的卓绝斗争。缪依杭等人的《性命交关》同样是反映在"四人帮"时代"医护公合一"的滑稽荒诞政策。虽然这两个剧目涉及的年代背景里国家问题极为尖锐，但在创作过程中剧作者很好地把握了严肃问题和通俗化之间的度。一方面毫不留情地对这个时代里荒诞的事、病态的人进行讽刺和调笑；另一方面笔尖又对准生活本质，体现风俗喜剧的特点。比如在《出色的答案》中，就有多处对主人公曾晓云醉心科研、缺乏生活常识的描写，他与谷云之间从事业搭档到终身伴侣，对于一个木讷的科研人员来说阻碍重重又心酸可笑。但这种调笑又是浅显易懂，是能够让观众一触即发的笑。

然而，这种将喜剧形态与严肃现实问题之间的关系做合理的链接是需要有深度思考过程的，也是需要有批判勇气的。近些年来虽并不缺乏对荒诞年代的反思，无论是对青年人重回工作岗位上的迷茫，还是在改革开放的潮流下，城镇化的过程中农民进城的问题、城市住房问题、空巢老人问题等，都经常能在戏曲舞台上见到，它们有一定的风俗特色，但大多流于表面和程式，也有喜剧元素，更多是套路化的逗笑，心灵鸡汤式的抚慰。同时也让观众强烈地感知到它们的"蹭热度"心态高于批

---

① 李世涛：《现实生活　现实问题　现实主义——现实题材戏曲创作的三重困惑》，《戏曲研究》2019年第1期。

判反思精神，从而使风俗喜剧失去了生活的本质，演变成为歌颂喜剧。当代风俗喜剧到底要立足于什么，如何呈现喜剧性色彩，我们可以从《路灯下的宝贝》《快活的黄帽子》《难得糊涂》《诸葛亮与小皮匠》《GPT不正常》《海上第一家》《顾家姆妈》这些优秀的剧目中寻找到答案。比如《路灯下的宝贝》，讲述了飞轮自行车商行副经理蒋阿桂的两个儿子大毛、二毛失业在家且经常惹事，成为蒋阿桂的心病。两个年轻人筹办修车摊养活自己，与父亲的国有制观念形成冲突。故事中的年轻人敢于冲破旧观念、旧体制，冒天下之大不韪做自己认为对的工作；比如《快乐的黄帽子》，讲述了黄帽子搬家队为别人搬家，但自己的队员却没有安家之所。队员小罗斯要与未婚妻成婚，房子成了他们的矛盾所在。该剧并不避讳城市打工者的欲望与人性的弱点；再比如《GPT不正常》，又聚焦了上海刮起的甲肝风波，一部分人谈"肝"色变，诚惶诚恐，甚至精神异常，这些都是剧作者笔下活色生香的当下。

纵观当代的戏曲创作，这样优秀的风俗喜剧剧目屈指可数，之外还有大量缺乏新意、诚意，一心追赶潮流，以拿奖为目的，以追名逐利为重点，无法与观众产生共鸣的剧目。创作的凋零也值得我们去思考和诘问，这正是我们接下来要讨论的风俗喜剧创作的困境。

三、喜向何去：风俗喜剧中的道德书写

从传统旧剧的整理改编剧目到现代戏的喜剧原创，在各地擅写风俗喜剧类型的剧作者及其剧目里，我们会发现这些作品里，少了些许西方风俗喜剧中的冷峻与尖刻，更多地显露出一些圆融、宽厚、轻松、狡黠的气质。这些元素与中国文化根源以及传统的戏曲创作观念无法分割。比如王季思就说过："中国古代的喜剧一般不表现重大题材和剧烈的社会冲突，而往往选取生活中的某个侧面或局部，反映生活中带有全局意义的东西；其中固然有对反面人物的讽刺，对中间人物的善意揶揄，但更多的是对正面人物的正义、机智行为的赞美。"[①]风俗喜剧原本就是更多倾向于对

---

① 王季思：《中国十大古典喜剧集》，上海文艺出版社1982年版，第5页。

日常生活、普通民众的书写，剧作者们对笔下的人物充满了悲悯与宽宥的情怀；对自成体系的民间道德给予包容与谅解。这是戏曲作品中所体现的民间道德的重要特征："庶民对待大传统主流文化的方式，并非单纯地全盘接受，而是有所选择和弃取，故形成特殊的市民伦理，甚至更能进一步地去修改大传统的道德体系，赋予其新的内涵，以便符合实际生活中的运作与实践。"[①]也正是这样的弃取与修改给予了观众感动的机会，看到了碰撞背后朴素的人性光辉。

因而，风俗喜剧中民间伦理的尺度拿捏和情节处理就显得尤为重要了。美好的事物与人性的狭隘刁恶并存的表达才是真实而又繁杂的人间世界。剧作者郑怀兴的《造桥记》就是一个表现民间道德、人性反思的创作。剧中颇具地域特色的风致以及黑色幽默的呈现，都值得放在风俗喜剧这一节里进行分析和研究。作品讲述了一个在民间常见的"空手套白狼"的讽喻故事：一对流浪汉乔装成外乡巨富，凭借着对人性的洞悉和对规则的熟稔做起了借力打力、无本万利的生意。剧终时，无产者变成了真正的富豪，功成身退，虹桥也跨越天堑，留下造桥传说流芳千年。这样的喜剧作品里，藏着一个多姿多彩的民间风俗世界，这里面的人物生动有烟火气，书生的酸腐，邻里的纯善，流浪者的清醒，也有劳动者的英雄气概；既有官场诡谲，又有名士清流。民间社会的幽微多面在剧中乔少爷、乔管家两个骗子的搅弄风云之下，一一暴露出来。

陈健秋的昆剧《偶人记》同样值得一提。该剧也是一个近于寓言，描摹人性的变幻莫测，同时又极具浪漫主义的喜剧。一方面展现出了风俗文化中的情爱与婚姻的元素，讨论了情爱这个古老又现代的难解之谜题，情爱元素在爱情题材的剧目里呈现至情的创作观、爱情世界的动人以及女性人物的觉醒。但在风俗题材中，这些内容都不是重点，转而更注重其中由情爱到嫁娶的过程又处处关乎着伦理道德、民俗风情的描摹。因此，如《夫妻观灯》《喝面叶》《姊妹易嫁》这些剧目我们通常不归类于爱情喜剧，而是放置于风俗题材里，比如我们在黄梅戏《夫妻观灯》中看到元宵佳节与夫妻情感之间的契合。柳琴戏《喝面叶》把夫妻关系置于家中灶台之上的家

---

① 郝誉翔：《民间目连戏中庶民文化之探讨——以宗教、道德与小戏为核心》，台湾文史哲出版社1998年版，第73页。

庭琐碎，生活气息扑面而来。《姊妹易嫁》把封建社会的所订婚约的神圣不可更改体现得淋漓尽致。《小姑贤》中谈论的是婆媳关系、姑嫂情，这些都是普通老百姓家长里短中的道德评判。生活中情爱与婚姻对个人来说是生命质量的体现，对整个社会而言又是俗文化的承载。在风俗题材里，爱情关系与情感的体现并不是其首要表现对象，其背后的人伦欲望以及民间对情感道德的衡量才是主要核心。

另一出风俗喜剧《偶人记》中，剧作者借助三个形象各异，欲望不一的人物，提出了一个人性能否被操控的命题。随着剧情的深入，无论是剧作者还是观众都逐渐意识到，民间不是纯粹的桃花源，人间自然有如杜丽娘、柳梦梅的至情至性。也有人会见异思迁，朝秦暮楚，自然也有人贪图享乐，只知索取。剧作者化身剧中紫霞仙姑，最后不得不承认一个事实——人之所以为人，就是有情有欲，不甘驯服，甚至可能陷入欲望深渊，不能自拔。剧作者在这样一个虚构的情境里完成了一次人性实验：一方面借机描绘了一个五行八作、三教九流、官吏商贾、茶楼酒肆的纷繁复杂现实社会。在剧作家笔下，作品里所涉的世界并无历史可考，也无关照历史的责任，而是用现代人的眼光去看这个镜像中的世界。正是如此，这出古装戏才具有极强的现实主义精神，是极具当代性的风俗喜剧，是现实境况的镜像集中体现。在剧中，前半生落魄秀才周半里可以在霎时间饱享荣华，没有生命的木偶们一旦进入人世间，就有可能不再受人控制而耽于声色，醉心打扮，以及沉溺饱腹之欲。这正是剧作家以清醒的眼光，以下沉的姿态去观察现代社会，发现现代寓言，深谙人性在这种特殊情境里的不确定性以及不可考验性。

然而，当代风俗喜剧创作的根本问题在于，现实生活的本质在剧作中已经消失殆尽，人物的塑造单一而刻板，民间风俗的表达更是虚假浮躁。越来越少有剧作者愿意下沉民间，去厘清芜杂的民间愿望诉求，出现了"当代戏曲创作对'草根'的生活关注不够，而且很少从'草根'的立场、情感出发去观察和呈现生活，面向领导、面向专家、面向评奖——精英化的色彩日益浓厚"[1]的局面。其中，以民间生活为选材的作品处在一种尴尬的处境，它们一方面强调民间生活，必须描绘民间生活，但剧中

---

① 李世涛：《现实生活 现实问题 现实主义——现实题材戏曲创作的三重困惑》，《戏曲研究》2019年第1期。

所体现的并不是普通民众真正熟悉的世界，而是剧作者臆想出来的虚假民间，这种作品，既无法让观众获得共鸣，也无法审视民间问题，何以表达剧作者对生活的真切地肯定和深沉地热爱？由此，真正的风俗喜剧终究消失在观众的视野，当下的民间文化、道德风俗、社会风尚早已随着城市化的到来千变万化，剧作者如果对此极为陌生，无法下笔，那么，当下戏曲喜剧中的风俗喜剧就无法与当下的现实生活契合，更遑论创作出紧贴民众情感，产生喜剧共鸣了。

《龙灯赚》《轩辕镜》至《春秋笔》的剧作流变

丁嘉鹏

一、纪马绪论

　　1938年10月5日，京剧《春秋笔》首演于上海黄金大戏院；1987年1月，马门弟子童祥苓以其中《杀驿》一出亮相上海京剧展览演出。无独有偶，在纪念京剧大师马连良先生诞辰120周年系列活动中，原定赴沪展演计划，亦由在京先膺此"戏核"，从而广受好评的上戏籍马派青年领军穆雨献艺此折。三代传承人无不以"笔"系之，与"十里洋场"有着不解之缘；此剧之创排，注定不是简单的增首益尾、剪裁老戏；时代性与民族主义使然，借重名段"未曾开言"的家喻户晓，飘扬于四海、投之而皆准。

　　论及此剧的"身后事"，与曾经的辉煌相比，竟一度有着天壤之别。马连良一生（1901—1966）有大量影音留存，但迄今为止，此剧仍无任一场次的完整音响资料行世，仅有1938年国乐公司"双主人公"西皮、二黄唱片各一面，遑论录像。马先生虽于《春秋笔》特刊表示"剧本是演剧者的食粮"，除个别以戏考形式刊印外，这一北京诸多名家口中"最有骨子的佳剧"，却出于种种原因未能付梓。《马连良演出剧本选》（中国文联出版社2001年4月版）、《马连良演出剧本选集》（中国戏剧出版社1963年1月版）、《中国京剧流派剧目集成》（学苑出版社2007年3月版）等出版物中均未收录，但《十老安刘》等时期相近的马派本戏多已定本，仅《淮河营》一折即早被刊印（《中国地方戏曲集成·北京卷》，中国戏剧出版社1959年9

月版），显非厚此薄彼。活态传承中，王和霖、蒋弘翔授与马派名师高彤，曾以《杀驿》一折活跃于20世纪90年代并凭此多次参赛。全剧却只2009、2013、2014、2016年曾各演一场即鲜有问津。唱腔风靡至今不衰，剧目却遭冷落；"杀驿"偶有为之，一"笔"难求，遂网络多有观点，认为剧本当予改动。与京剧《杀驿》的"遭遇"惊人相似的是，1981年8月中国艺术研究院为"河北梆子马连良"赵鸣岐《杀驿》抢救性录像后，其后直到2017年上半年，该戏于这一剧种，更是片羽皆无、绝迹舞台，便难以称之为巧合了。

二、文献综述

在古典戏曲范畴，中山大学康保成教授着眼于母题，于词山曲海中检阅传奇本《龙灯赚》《轩辕镜》，得出"二剧情节全同"的结论，但"一剧粗疏，一剧精细。似表明一为稿本，一为定本"。[1]关于《春》剧的既有研究，则多倾向于舞台表演层面。如马本人自述与翁偶虹《面面俱到的马连良》、丁秉镂《菊坛旧闻录》等，则或多或少地涉及了戏剧文学层面。北平首演前后，剧评家景孤血连载了专题剧评"多为掌故一流文字"，是目前就此剧昆、梆、京版本比较的最早文献，但局限于前二者与后两者对比。在剧作领域，《中国京剧》发表笔者的《〈春秋笔〉的改编》，所本系马氏家属捐献的《〈春秋笔〉总纲》。拟就此原排稿本，与该剧修改意见手札，长子马崇仁整理的油印本相互关照，试还原剧作本来面目。马本人捐赠《京剧汇编》的《春秋笔》藏本虽非其演出本，有所改动，但保留稿本部分内容（台北1972年演出录影即以此为脚本），仍具史料价值。借以纵、横方向对比宋捷改编本（即马长礼录像、张学津录音演出版本）及笔者京剧、河北梆子两剧种的整理改编本，异中求同，廓清当代舞台本的取舍、得失，复现这颗"璀璨夺目的恒星"。对古典戏曲旧题的当代创作、演绎，马氏艺术观与马派艺术乃至戏曲剧本研究与剧目发展、创作，提供参考、借鉴。

---

① 康保成：《朱云从〈龙灯赚〉与朱佐朝〈轩辕镜〉之比较》，载中国戏曲学会、山西师大戏曲文物研究所编：《中华戏曲（第8辑）》，山西人民出版社1988年版。

三、本事嬗变

（一）"花雅"齐芳，水乳交融

原著作者朱云从有"骏马嘶风，驰骤有矩"之美誉。其所属苏州派虽"案头场上、两擅其美"，但此剧无昆、弋声腔演出记录。清季"梆黄"系统成为戏曲主流，明清传奇移植而成的板腔体剧本已洋洋大观。梆子与马氏对该故事的选择与垂青，自非偶然。

1."春秋"胚乳，雅部正音

原型见于《宋书·帝纪第五》《宋书·列传第三》。主人公"清人《龙灯赚》传奇称王元成名碧，东晋王导之后人"[1]；在《轩辕镜》中则姓王名同字连成。比较出目、曲词、宾白，"此剧当为清朱云从《龙灯赚》传奇之改编本……二剧不特情节内容全同，即曲词宾白，亦无少异。惟较《龙灯赚》（31出）删去5出，出目亦有所改换，如《龙灯赚》之《偷儿》《失子》此剧改为《换子》《责仆》"[2]。学者康保成推测：缺少场次可能均是作者认为不必修改者。"将两个稿本略加比较，就会知道后者不愧为大家手笔，前作中的个别关目经朱佐朝删改后更趋合理。"[3]如《阅报》对《议粮》增设王夫人主曲【集贤宾】，《换子》至《别任》矢口不提小儿年龄，更正了前作《赏灯》与《舟别》的不合常理；《归师》《学究》至《荣归》删去关涉年齿的念白，免去《访贤》《述怀》的时间矛盾，无不"是朱佐朝笔法老到处"。虚实得当的文字表述，为后世该题材的舞台本尽数沿用，可见文学本价值。

两剧遵传奇剧一般模式，贯穿始终者仍为生、旦即王史官伉俪，然"生命如烟花灿烂"的"仆人张恩形象刻画得较为突出"。按《龙灯赚》原名张望，后改张恩；《轩》剧只取后者。剧目叙上元节，张抱身系有压惊宝镜的王史官幼子观灯；遇檀道济之女亦于襁褓，佩有辟水犀以祛风寒。前者檀夫人生产即"报说是男，以止其娶妾之意"，备舟泛航。檀府乳婆见王公子"饥馁要吃乳"，自荐为之哺乳而调换，始见为男

---

① 河北梆子《春秋笔》剧本，载天津市河北梆子汇编编辑委员会：《河北梆子汇编（第10集）》，百花文艺出版社1959年版。
② 郭英德：《明清传奇综录》，河北教育出版社1997年版。
③ 康保成：《朱佐朝、叶时章评传》，《艺术百家》1992年第1期。

婴，遂将女带走、上船远行。张难追上，欲自尽而愧，回府请罪。王夫人以丈夫名义写下"走"字，命张恩妻急递。张适投妹夫鲁老爷外放为驿丞，王史官即拒徐羡之坚以兵败八公山之实直书，受陷害押解至驿。徐矫旨杀王，解差悯王禀张，张遂代刑以追补罪愆。

夫妻取"王谢堂前燕"之意，王夫人故名谢道衡，假投水自尽，实改姓石女扮男装为檀军筹粮获胜。"后王（史官）入檀府为西席。檀道济凯旋后欲与'石公子'结亲，派王某作伐，王与谢夫妇团聚。在双方子女的婚礼上，王见'女婿'所珮浑仪镜，顿生伤感，经檀道济询问，真相大白。"①

清初戏义仆戏盛极一时，宣扬信义、忠诚的救主剧大量涌现，往往有鲜明的伦理教化指向。人物多为理念的化身，如《未央天》《双官诰》《九莲灯》等被梆黄翻改成《马义救主·滚钉板·九更天》《三娘教子》《六部大审》，当代仍有传唱。《九》《轩》两戏作者便同为朱佐朝，乃苏州作家群中坚力量。因大多出身下层社会，其对当时的社会政治、矛盾有着较清醒而深刻的认识。自明末开始活动，创作周期横跨两朝达五十余年，对明末清初的戏曲发展产生了极大的推动作用。如相士诸葛暗、万家春，渔家女兼刺客的邬飞霞等社会下层人物，都被塑造成有重大的戏剧作用正面角色，活跃于今古昆剧舞台；富奴更"闯界求灯"，甚至登上神坛，救人水火、俊得神助。所谓"王老爷要做忠臣，老爹要做义仆，我解军就做一个侠士何妨"（《轩辕镜·代刑》）的价值追求，使人物塑造富于平民色彩，目光也投向了广泛的现实生活和历史生活，固有其时代的进步意义；以南北朝汉、胡对峙为背景，紧密呼应作者所处的清军南征情势。或为剧作公开流传，《龙》剧改写为《轩》剧，特将檀道济"征南"调整为"西"，可见其潜在民族意识暗流涌动、不容忽视。

值得一提的是剧中的家门设置。若北魏敌将路景与徐羡之的保官冯仁裕由丑行扮演不逾矩，徐党大司马曾无咎以小生归工亦无可厚非；张恩妻竟与钱国器（随徐关说史官曲笔）均为付（副丑），或有意剑走偏锋。若以马崇仁指导京剧花旦常秋月以"折（翘）袖"（定位泼辣女性人物，略含贬义）扮张嫂为柱脚，倒能解释得通。

---

① 康保成：《朱云从〈龙灯赚〉与朱佐朝〈轩辕镜〉之比较》，《中华戏曲（第8辑）》，山西人民出版社1988年版。

檀道济虽以"紫脸虬髯"自报家门，但以俊扮的"外"演来，恐不能尽善尽美地展现体貌特征。

作为戏剧概念，"春秋笔"语出《龙灯赚》第二出的下场诗；而首次作为独立的剧名呈现，则是《传奇汇考》所辑录的高晋音(弈)著作。因文本散佚，内容已不可考。然究其会稽籍贯与"二朱"活动区间(公元1611年前后的吴语圈层)有所重叠，苏州派作家多合作编剧："有人写初稿""参与修改，然后定稿"，三三两两交流创作经验、编撰同一题材。一题三作之可能，或非无稽。

2. 山陕直隶，"花繁秾酽"

戏曲史上，将《春秋笔》唱响氍毹者首推梆子腔。早在清嘉庆朝，于白银靖远的古钟上，就有了此戏的铸目；同处甘肃，省图书馆也藏有口述秦腔抄录本。可知其已作为成熟的剧目正式演出，且能码列经典。敦煌山西会馆某戏楼，其檐下悬有"春秋笔"字样椭圆形横匾。故老相传由山西蒲州状元为当地关帝庙台敬献，悬匾时请名班演此剧三天，凡开台必以之"打泡"乃成惯例。清中叶以降，梆子腔在"花雅之争"中风头正劲，响彻南北，"惊落广陵潮"。因发源山陕，及至民国，皆统称之为"秦腔"。故马连良说，《春秋笔》原为秦腔本；《总纲》封面有"此剧原是秦班"和"旧剧新排"字样。意在尊重兄弟艺人、艺术，发展、吸收过程对既有传统表示敬畏，而"扶风堂马藏"，则欲以剧目"扶扬正气之风"。

陕西梆子可单独贴演《灯棚换子》至《放承恩》止，又名《大观灯》。秦腔向有"八大本"诗篇，末句即"春秋笔描绘八义图"，足见其分量与位置。板腔体虽与曲牌联套有别，梆子后部王夫人"后部乔装小生"，赴"义民镇"筹粮"至军中为檀道济佐理军务"情节，也完全沿用了《龙灯赚》。时至今日，秦腔即便不演这一"文字过脉"，"认子归宗"一场也遵原著，在幼子渐长后认亲，子女分别以娃娃生、娃娃旦演绎。京剧仅有马赴香港演出一例，为其幼女小曼以童年身份客串、临时登台，"添些花头"偶尔为之，不应视为固定成法。所谓"春秋大义"由来已久，包含但并不只局限于史家操守。北京大学辜鸿铭专著《中国人的精神》总结："儒家的本质爱，是责任感和荣誉感。"二者加以"真诚"，即大义之真谛，代表中国文化的人文价值。京剧《春秋笔》原本有"文官执笔安天下，武将提刀定太平"唱词，"梆派"更浓墨重彩：王史官的上台与终场，就以"千秋万载改一字，造就一管春秋笔"首尾呼应；重圆的依据，"也不是浑仪镜，也不是五彩帕"（由檀分水犀改；京剧作"如意双环锁"），确能"破陈腐旧套"、改弦更张，乃是将"春秋大义"引入戏剧文学概念的第一家。

原作北魏进犯与拒奸均在失子之后，梆子本将"朝房""登殿"两场均置于《换子》前夜，立意更是开宗明义、"发挥龙头作用"，从结构深化了主体内容，其思想未因团圆而淡忘。"君子以同道为朋；以之事国，则同心而共济"——在更换议和保官为黄宓（或作"眉"）的同时，为使忠良"不再寂寞"，也有翰林鲁治为其作保，"万里长城"便不是"孤勇者"。史官朝罢"归家，对子发叹，大意则在以朝事纷繁，未能常抱此子，且有恐不及见此子成立之慨。夫人为恐有伤其心，乃……令抱去观灯，非学小家之无知也"。日后马连良移植虽未采纳该场次，但其捐献给《京剧汇编》选集的《春秋笔》剧本有所收录。

山陕（蒲剧）派史官作王延丞，或因王元成为三个阳平字，读来无起伏而予以微调。《河北梆子汇编》沿用了《龙灯赚》之名，庆贺也如原著在檀、徐前场。但已上元佳节中居安思危，明确交代檀、徐矛盾，即刻上朝议事，和、战争论呼之欲出，系裨补原本开篇缺漏。梆子本内容，也都强调"小心在意，自谓生平只此一子，语亦颓唐亦悲壮，殆已逆知己与徐羡之忤，必无佳果，死生俱付之度外。……则曰：'小人虽为人下（仆人），若主人有急，可以代死！'一语直贯《杀驿》"[1]；更有谓"士为知己者死"，远追春秋原侠精神、恍然侧目。

旧时"男有男行、女有女行"，男、女仆从分别侍奉儿女，古人习以为常。但若以"夫人则曰：'汝又醉矣'，亟挥之去"促其下场，便给男仆于正月携婴儿滞留灯棚一个极为熨帖的理由，观众便不再因时代差异，造成认知障碍。这一神来妙笔，也借王公子与张恩面熟，暗中补出张王容貌相似的伏笔，从而诞生了主仆重像的雏形，较原作"只要有首级回缴，哪里去辨真假"更加严谨。

梆子戏既以"为民发声"为宗旨，提纯了义举本身，打破阶级、名分便不在话下。

---

[1] 景孤血：《业经上演后之〈春秋笔〉评》，《立言画刊》第1卷第17、18、19期，1939年1月21日、1月28日、2月4日。

张恩妻河北梆子旧作孟氏,秦腔(剧种概念)、晋剧本中,则把"家嫂"不动声、韵母,随"音"转为贾嫂;乳母换子后的故意走脱,也改为被逛灯游人冲散。但舞台呈现差强人意,实际的演出效果不甚有说服力。然梆子以之新陈代谢能力强为显著优点,"扬弃"处理值得肯定。只因婆子偷儿动机改为檀夫人授意,实滥觞于梆、为京剧蹈袭;河北梆子老本更有主仆明场"大声密谋",推演至末场,再欲"强摘瓜果"以苦为甜,就难以逻辑自洽了。

王公子哭闹即献乳食的桥段,无论奶妈善、恶与否,各路梆子本则基本都延续了原作情境。仆人酒醉被骗虽不光彩,但神经麻痹后为公子求乳食的设定,已然有了为其开罪的成分;而投奔表兄弟邹奇(又作周子琪)而换官,邹(周)亦有改装为仆从者。梆子本安插了二人中邹投徐、仆投王的前史。如此杀王时专门派发密令至此,也就顺理成章。不同于传奇本只有一花脸解差转述二校尉传令、并无明场处理;梆子首创了"有名有姓"的程义角色(当代蒲剧作王姓),好相助自称"邹驿丞"者"下手";《杀驿》时之两差官如尹、邢互避,全不见面。于情事更为周匝严密"[1]。

历尽百余年舞台锤炼,胡子生的《杀驿》、大面的《檀帅困营》已能独当一面。"虬髯赤面"的形象,从此不泥于文字,经老"狮子黑"张玉玺、马武黑等演绎,尤为人所称道,而其获胜后,黄宓才押送所扣粮草到来的情节设计,就"戏且虐了"。但由仆人变装驿丞的小人物,戏份通过后世技术、技巧的极大丰富,升格为表演主体后,致观众渐不关注全豹。辗转于河北保定、石家庄,山东、河南及东北沈阳等地巡演,有八十余年历史的(1864—1937年)梆、黄永和班,艺事活动只有《杀驿》而无全剧。直隶派老艺人"小回子"刘瑞纷晚年就职河北戏校,亲传与王书祺(后亦拜师马连良)的剧目即有《杀驿》,声韵仍杂有山陕口音。今京剧此戏丑角老公公、驿卒仍保留山西白,亦是一种文化元素的延续与保存。但原来"山西梆子演全部",当代晋剧已不演下文。"车王府曲本"、《俗文学丛刊》戏考文字,竟也落得个"朝代年纪,……邦国却反失落无考"。

---

① 景孤血:《名伶访问记——马连良》,《新民报》1938年6月11日—7月2日。

（二）"花雅"兼采，自出机杼

马氏三叔父昆山与（张胜）奎派宗匠、衰派末戏恩师刘景然，均曾隶宝胜和搭班。儿时近水楼台，因在阜成园观摩此"梆黄两下锅"而决心从艺。1937年7月，马连良着手移植、排演《春秋笔》工作。4日，陕西易俗社骆秉华于长安大戏院演出此剧，马连良对"杀驿"一场特别注意，谓其"身段弥佳，且处处符合锣鼓，情严细腻，为皮黄班所罕见，老生唱呕音，亦陕西梆子特色"；"在昔老元元红郭宝臣先生演此为最有名"，马扮戏时"置扎鸾带的形式，就是取法于梆子"。

"从民国二十七年到三十年（1938—1941年）这四年里，是扶风社鼎盛时期……春秋正盛，是三十八岁至四十一岁。"① "一向对于剧本方面非常注意"的他，一直对此抱有高度的创作冲动——《羊角哀》《胭脂宝褶》公演之后，唯一的愿望是要把这部《春秋笔》实现"。② 马氏提到，"获此本久矣，然恐其不真，又以太重技巧，京师为百戏所汇之区……曩在科时，虽同班弟兄有习此全部之折头《杀驿》一出者，鄙人既非本学，（按，即"剽学"，旁听学习。其曾饰梆子刘秀、石秀。）事搁多年，此时诚不敢臆造。故刻下特商请秦腔（按，广义，此为晋剧）名宿张玉玺、李子建（李世芳之父）二先生帮忙代说身段。……星期一（1938年6月20日）晚③，邀玉盛社赴其大本营新新戏院演出《春秋笔》，仆人由田际云玉成社弟子一千红饰演。原梆子班在京演出，多被人为地限制于前门大栅栏一带，而以"吸取剧艺技术化，选集梆子技术借鉴"名义，改作西长安街、时为北平最佳戏院作观摩活动，在肯定其价值的同时，极大地提升了梆子剧目的格调与品位。马责成"（李）亦青远游，费了很久的搜集工夫，才从晋剧花脸演员狮子黑手里得到这个剧本，又观摩了晋剧的演出，整个戏的关目和技巧都酝酿在我的脑子里"。④ 翁偶虹为之提供了《龙》剧传奇梗概："内容却载于《曲海总目提要》。……到世界书局买来……谦虚而诚恳地在新新戏院的舞台上，向狮子黑学了《春秋笔》里的'灯棚换子'和'换官杀驿'"⑤，又合摄梆子剧目戏装照留念。

① 丁秉鐩：《菊坛旧闻录·孟小冬与言高谭马·马连良剧艺评介》，中国戏剧出版社1995年版。
② 马连良：《〈春秋笔〉的编排经过》，《〈春秋笔〉特刊》，1942年。
③ 景孤血：《名伶访问记——马连良》，《新民报》1938年6月11日—7月2日。
④ 马连良：《〈春秋笔〉的编排经过》，《〈春秋笔〉特刊》，1942年。
⑤ 翁偶虹：《面面俱到的马连良》，载中国戏剧家协会北京市分会马派艺术研究小组编：《马连良舞台艺术》，宁夏出版社1985年版。

四、扶风铁笔

马之本戏创作,多为其本人出具提纲,吴幻荪、翁偶虹由"框架"生出"枝叶",再由"角儿"完成从舞台本跨越到演出本的二、三度创作。这与当代影视剧本从"故事大纲"到群策群力的"分镜头剧本"团队创作模式如出一辙,其前瞻性不容忽视。[1]《春秋笔》即是马("出册子";册音"蚕")、李(出具母本)、吴(执笔)、翁(提供框架)通力合作。剧本得"吴幻荪满篇诗词"[2],如《杀驿》的"孤灯明灭人寂寥,吹来愁绪有多少"早已蔚为剧词名篇;仅为其前场垫戏的王、程行路,亦不惜力:"客中作"诗情画意,"阵阵归鸦红日下……野渡无人客歇马"星星点染,显系唐人余韵。上、下场间,构成双主人公两首绝句。徐羡之"赌头"诗则援引曹松己亥诗、王翰《凉州词》改韵,末句以明人谢榛《吊古战场》题目作结,似以此致敬明清传奇的"集唐",墨香袭人。

孔子作《春秋》:"哀公十有四年春,西狩获麟。""麒麟现、圣人出",就此封笔。自吴作剧始,该剧将镜名改为"祥麟宝镜",双方儿女归还、春秋笔剧终。如果"春秋笔"是意向化的"历史之笔、正义之笔",祥麟宝镜便是客观存在的核心道具。恰如辛弃疾诗云"终始春秋笔,经名旧记麟",于虚实间串联起二者的精神内涵。

(一)"重相""双主","生""末"并举

"剧本医生"樊苏华指出,作品里复合主人公为"双主"。《春秋笔》即为戏曲中非"一人一事"的代表。对比《龙》《轩》与梆子本,马本角色定名分别撷取自昆之仆、梆子之史官,自是对两种戏曲体例的双重延续。发觉前作故事个别"不合现代潮流,但改皮黄后,已加改善"[3],"惟其间之小关节,将来难免与敝社所演者不同"者,如失子伴随失镜是京剧本"恩主"发配的直接原因,徐羡之谗言才可能奏效。原作"虽亦为内疚赎过,但王彦丞被害,皆因其以'春秋笔法'记录徐羡之兵败后媚

---

① 丁嘉鹏:《研习"扶风"新雅颂,正逢其时"马派班"》,《中国京剧》2018年第7期。
② (张)古愚:《悼李亦青君》,《十日戏剧》第2卷第4期,1939年。
③ 《马连良对话崔承喜》,载马龙主编:《梨园春秋笔——马连良文集》,生活·读书·新知三联书店2021年版。

敌求和的卖国行径，与家人失子并无因果关系。秦腔、晋剧至今仍多依此演出。马本则率先改为赐镜者宋王，因徐羡之借失镜构陷而贬王（失子的同时失镜），徐再差人赶尽杀绝至驿。由此替死形成了紧密的戏剧联系，爆发出张力并摆脱了'义仆戏'理所当然的窠臼，而权奸的下作与文过饰非也得'背面敷粉'"。①既然"词旨情节，不适合时代需要与艺术原则，而有待于修正者颇多，实一般评剧家所公认"，便做"胆大妄为者……不敢像人家墨守成范"，应引以为马、吴团队最值得肯定的剧作特色。

戏曲没有不归行的人物，行当、流派作为凝练的戏曲表演手段，其内含也限定了"类型人物"，但马氏思想的"时代性"拓展了末的外延。原本"家院、苍头之辈如《一捧雪》莫成，更是末行——本色末起源于参军戏之苍鹘"。②面对"（《一捧雪》）其情节为莫成替主赴难，今此剧又为义仆替死，二者得勿雷同乎"的发问，马说"戏本之价值……此《春秋笔》，以鄙人所见，其不与《一捧雪》同者"③。《龙灯赚》《轩辕镜》中张恩即由"末"应工。但《总纲》已赫然标其为"生"，留影分别存有领戴"二绦"和"头发黑三"两种髯口。后者，或为见梆子仆人戴发制黑三的尝试，实则马之该扮相为摆拍，态度实与演出异趣；而京剧至今也未有采用"耍翅""两绺上翅"特技。经走访穆凡中等学者，笔者确认：马连良的舞台实践一直保持前者形象，实况剧照即明证。其本人也指出"青素、圆翅纱（帽），穿青素，为皮黄班例来未有之扮相"。虽人云亦云多称之为由丑角改制，实为宋杂剧、金院本以来，昆山腔演出明清传奇副末遗绪的继承。昆剧肇始，剧本如《浣纱记》鲍牧门官、《鸣凤记》牛信（末、净两门抱），身份比"生"低、比丑略高，无不戴满髯，循此服色"戴员（圆）帽、穿青素系带"。乃以昨日为人淡忘之旧，钩沉作今日之新。《龙灯赚》第一出虽残缺，按传奇规制应是"副末开场""家门大意"。喜（富）连成社长叶春善亦保留着先人叶忠定、叶忠兴昆仲的"四喜班"（昆）曲子优势，其本人素以末行擅场，演出、教学剧目多念白、做功，戴二涛；所演人物性格亦较老生更为粗线条。"性之所近，偏重于做派戏"

---

① 丁嘉鹏：《研习"扶风"新雅颂，正逢其时"马派班"》，《中国京剧》2018年第7期。
② 张伟品：《也说"末"》，《文汇读书周报》1997年8月15日。
③ 景孤血：《名伶访问记——马连良》，《新民报》1938年6月11日—7月2日。

的马连良,自幼入社主攻末行;变声后条件更佳,始"由末入生"。因民初京剧发展,有了全面满足塑造人物的实际需要,末与外两行当才逐渐合并于老生。马虽谦称《春》剧"戏保人",实以乃师贾洪林的上述风格为基础,才得心应手。元杂剧《赵氏孤儿》程婴即有"一字不唱"的旧例,若缺乏必要念、做训练,表现人物思想、行动便打折扣。贤如"真动心"(即体验派表演)的马连良,也须有"四功五法"作为表演的依托、载体和塑造手段,而今日菊坛念、做功训练如沦为从属、次要地位,再演出此剧与类似的戏码,就难免是以"人保戏"了。

1. 义举精诚,责无旁贷

按马氏曾有专文称《赵氏孤儿》的主线为"义"。那么同以末行技巧鸣世的《春秋笔》,张恩的人物线、感情线、行动线,可统归于"责"。责任又以真诚为基础,张恩出走即背包袱,实则背负丢失公子的负担与弥补的任务。甫登场"自白谓己亦堂堂之大丈夫,岂可辱以褓褓,('咳!这抱娃子的事儿,乃是妇人所为,岂是我七尺须眉耐烦做的?'——《〈春秋笔〉总纲》第四场)因而迁怒其妻,至詈以'臭婆娘',与之负气,故意吃酒。作周旋处想见良工心苦"。[1]马派剧目从不规避人性弱点,于此甚至有意放大,张恩似乎有好酒、惧内的缺点,并去掉梆子本与表兄弟酒楼畅饮的描述,改作壮志难酬的独酌。剧作者所赋予的因借酒浇愁失误,未达到人格缺陷的程度,非但不会影响形象,反而生动可爱。抑郁难申中,被婆子蓄意拧哭公子的疏忽、受骗,远比传奇本意识清醒的失职、梆子本生生丢失值得原谅。张恩发觉易子,"其尤复绝者,乃在头一番欲摔此女孩",但转念思之,不能一错再错、迁怒害命;"第二番抛弃女孩,拔步便走,旋闻女孩啼哭,扭身复回",又怕其冻饿而死。反而由欲弃女婴而走转念怜悯,进而回府主动担责。马派本戏对完整戏剧性与行动线索的把握,已颇具现代剧作规模。[2]孑然一身、落拓至此,尚悲天悯人;让人不觉可恶,甚至生出敬意。这样错综复杂的人物形象,极富人文关怀,在当时的京剧本尚不多见。与"突出侠士高风的绒罗帽"达成形式与内容的和谐统一,宁不使观者共情、闻者同情?

《赠银》"归来逡巡不敢入府",一望欲进又止,再望欲逃而不忍;重点陈述失子

---

① 景孤血:《业经上演后之〈春秋笔〉评》,《立言画刊》第1卷第17、18、19期,1939年1月21日、1月28日、2月4日。
② 丁嘉鹏:《研习"扶风"新雅颂,正逢其时"马派班"》,《中国京剧》2018年第7期。

经过,亦是编剧有意为之为前人所无。王夫人王慧琛(1938年《春秋笔》特刊与《名伶百影》同作蔡氏)之善,也基于张之善——王公子啼哭、欲寻乳食。这便与[尾声]前的"四喜临门由人积"同理,契合中国式伦理道德。《放走》时夫人"张恩转来"时仆人的"大转身"滥觞于梆子,马氏避免了动作的流于滑稽,以延宕文本"将我治罪"之外的内心焦灼、矛盾交织。《杀驿》伊始,张恩就已发出了"官场如戏场,做官不如奴"的感喟。失子前便有"想我张恩,也是个顶天立地的汉子,虽则与人为奴,原要做些奔走出力之事"的扪心自问,与程义投店后的"大材小用"互为印证。南朝宋所谓"九品中正制""上品无寒门,下品无世族",以出身决定一切社会分工。既已为奴,无出头报国之可能。谁知阴差阳错一旦为官,这昔日为奴者尚认做官是"大家的奴才",人间之荒诞表露无遗。"在大段自白中,有闲居人下,郁郁无聊之概。以此为代死之一副因,亦有'八方风雨会中州'之概。"

张恩做"自己壮出来的英雄",是其"责无旁贷"的必由之路。所谓"性格即命运","不如替他去走一遭"的心理,随剧情急转直下、层层递进,直至情愿替死。情知亏欠了王家性命,本不愿接受驿丞职务的张恩,才能在陶二潜通过这一机会"寻找王公子和祥麟宝镜的下落"的建议下出任。谁料竟早为其乃至整个家族种下祸根、带来了灾难。正因为此,"恳求差官,声泪俱下……极为动人。临死时把纱帽置衣架上,以便使人有驿丞挂冠而去的印象,设计之新巧,具见吴幻荪匠心独运。这一场戏,比《一捧雪》的蓟州城和法场,紧凑、火炽而吃力,真是精彩万分"①。通过构建密闭空间以制造内部张力,也与现代剧作要求惊人吻合,只是解构自明清传奇、由梆子本升格而来的"三一律",是真正的"时代之戏"。京剧研究专家刘乃崇说:"传统戏中有许多替死的剧目,如《一捧雪》《八义图》《九更天》等,而马先生创演的《春秋笔》与这些老戏相比,无疑是格调最高的。"确系方家横向比较后的中肯之言。

2. 知荣守辱,家国责任

如果仆人责任范围主责其所奉家族,史官肩负的责任便是家国与汗青。二者互为表、里,由小家到大家,家及国,更由当下战局决定未来形势与历史走向。按

---

① 丁秉鐩:《菊坛旧闻录·孟小冬与言高谭马·马连良剧艺评介》,中国戏剧出版社1995年版。

马的"戏剧宣言":《演剧近感》《京剧艺术化运动》,其受吴影响反对"光杆牡丹"的"大班畸形化趋势",其创作团队并不因当年前部王史官由"二路"扮演,就大肆弱化、删减其必要内容,反有所递增。开场"北魏发兵"即映射创作背景的国土沦丧。京剧本仍继承了梆子以"大将军檀道济与权相徐羡之因北魏入侵,互议和战,政见不合"为开端的剧情模式。《总纲》第二场,王即揭露徐"私通他国行贿,诈败为胜"并欲文过饰非、掩盖既定事实,"赌头以定胜负后,王得宋帝押牌为政,檀道济出征"。王自报家门的官衔除"应有之意"外,还加了一重文职散官"通直郎"的职务,因而出场也不必在传奇旧有的史馆,而是在由梆子"拿过来"的朝房中"理直气壮";作檀道济保官,也就不必碍于史官身份。史家态度本应"理中客",《京剧汇编》或因此将担保人设置为"主战派"黄门侍郎谢弘微,与梆子本非王作保一致。《汇编》史官作王韶之,实际史上二人均与徐羡之友善,谢弘微更与谢晦同族。如剧作需要,与史实立场相左并非孤证,但主人公定名与实际情况相去甚远,目前则从未有演出本采纳。且因官职为骁骑将军、本郡中正、吴兴太守,并无史官职权。是否应将其视为原型,仍有待商榷。景孤血称其为到彦之,亦供参考。

至第七场,王借董狐直笔"抢白,此亦甚妙。因王以失子方在快快,宜有失言",直言拒绝了徐羡之党徒,触怒傅亮、谢晦,以致被其抓住失镜把柄。"以史笔直书被诬,宗旨尤为正大",变前作的直接拉拢为间接恳商的同时,在原创桥段里首次关联失子与失镜。《投军》《劝民》《借粮》的"情节突变"则在中、外古来有之,如古希腊悲剧《美狄亚》等。京剧本从女扮男装的传奇套子中脱胎换骨,始拆分出《檀帅困营》中,"纯与史合"的檀道济唱筹量沙改由王自为。或因此出入,梆子本"反座子"确有其人的穆尔连捷,也改为鲜卑政权国姓冠名的拓跋安撷,不必拘泥史书。

妻氏筹粮则被化用至史官自身的行动:"新添《渔樵问答》俏头",从中获悉徐、傅私扣,檀营缺粮,赴"名利集"见胖、瘦米商囤积居奇(映衬"名利"二字)始作"言论老生",有"大段水清石澈白口";旋"以'唱筹量沙'之计,援助主帅檀道济击败侵略者,大获全胜"。不经意的点铁成金,完成了张恩替死的价值升华。显然,马连良、吴幻荪实为王史官"加戏"的第一人。其时,世人尚不知驿丞之事,王彦丞的抛头露面是负有风险的。然而,也只有王的亲力亲为、解民倒悬、扭转乾坤,才能体现出张恩替死的价值,由重像进一步升华,构成二人的映射。张救王而王能救亡,只有主动的求死,才能在客观上承担了春秋大义。"让观众随着剧中人的命运变化,时而焦急忧虑,时而感叹唏嘘,剧中人的内心冲突和春秋大义精神既令人同情,又能引起共鸣。"

3."李代桃僵",点睛之笔

该剧精巧构思在于三个"李代桃僵":"第一次李代桃僵,以致王家失儿"。王夫人"不但不怪罪,还赠金让张恩赶快跑,同时继续收留张的妻子,展现了诗礼之家的仁慈厚德;第二次李代桃僵,是纯喜剧,是张恩和陶二潜……（京剧原创人物）,比如陶口授的'官场秘诀'不要脸、善做假;第三次李代桃僵（替死）,才有悲剧意味"[1]。"以时在晋末宋初,方有不为五斗米折腰。"显然其名来自"隐逸者"陶渊明,形式化于昆剧《人兽关·演官》。比之平平无奇的鲁老爷、邹奇、周子琪等更具文化内涵。这位陶潜二弟出场所念的【西江月】与上场诗,即吴幻苏自况,角色又作为作者的映射促成《杀驿》。所谓"李代桃僵",陶口中之辞"双关"地道破佳构,而此前于梆子本之第四、传奇第三个的王夫人"李代桃僵",京剧则见未收录。

1939年元旦,马连良始率个人领衔的"扶风社"重返其斥资建造的演剧"大本营"新新大戏院(1950年定名首都电影院),系首度在京公演并接连两场以待客。作为"第三阶段创编移植新的剧目……移植了梆子剧目创作地成为马派代表作"(35—36),也是"其个人对京剧剧目创新模式的探索";甚至被作为国际交流接待剧目的首选,安排观摩。直至现代戏大潮来临前夜,其始终为叫好叫座的保留剧目;仅凭升格了"秦(即梆子)精昆粹"的剧作,也足以"在京剧艺术的历史上光前裕后"。

(二) 得失刍议

1. 时代局限

"通观全剧,瑜多瑕少。尤以《杀驿》一段,全似老戏,人言整旧如新……以愈似旧而愈佳乎?"然而开篇立意既已调整,却并未尽如梆子本迁移叙事重心,仍延续

---

① 乔宗玉:《〈春秋笔〉:喜剧化的悲剧》,《北京日报》2012年6月28日。

了明清传奇以宝镜为故事线索。"1938年为激励国人同心抗击日寇侵略,马连良先生曾根据山西梆子《五红图》(即《反徐州》)改编为全本大戏《串龙珠》,剧中揭露异族侵略者的凶狠残暴,表现炎黄子孙的抗暴斗争……该剧于1938年4月在北京新新戏院首演,剧场效果强烈,引起观众情感共鸣。次日即横遭日寇当局禁演。马连良先生义愤填膺"①,"在汪精卫高呼和平的时候,批头就唱了痛斥投降派的《春秋笔》"②。虑及《串龙珠》的禁演,为避免《春秋笔》在北京首演重蹈覆辙,才有开篇移师上海之举。基于残酷的环境,《春秋笔》结尾或与《轩辕镜》旧例一样不得"明目张胆"。美中不足的调和与妥协事出有因,便好理解了。

囿于原著的"大团圆"结亲,延续梆子本的恶婆蓄意拐骗,京剧《春秋笔》结尾将《龙灯赚》《轩辕镜》因结亲发觉儿女错位,改为通家后见镜归宗、檀道济提议结亲,均有缓和矛盾之嫌,檀夫人难以正面形象示人;换子者纵然由主仆两人改为婆子一人所为,檀夫人起初知情与结果处理态度暧昧,仍对张、王及其家属构成伤害。基于此再谈"四喜临门由人积",尚不足以告慰张恩之亡灵。对此,于北京首演之夜的"檀夫人,独后檀道济而下,满面皆呈懊恼神色。是虽配角,尽职之处,亦不可没也"。但优秀的演员只可以尽力掩盖、弥补剧本存在的漏洞,不能从根本上解决情感逻辑问题。出于"名角儿"戏份的分配需要,给王夫人安排的四句【西皮慢板】节奏拖沓。此与张嫂上场接续的两句摇板遗留至今,这就让张恩抱女回府的紧张气氛瓦解冰消,情绪、节奏断裂。台北版张恩失子后的【乱锤】开【二黄散板】则较为庸常,固然不及马派的《水底鱼》好整以暇的形式美;但此处从《汇编》处理,能不为旦角刻意加唱,实为梆子"一场干"的传统;与"放走"一场连缀而下,个人认为是值得肯定的。只是张、王见面囿于皮黄舞台未有先例,并未表现此折。

2. 商业弊端

《病房报信》一场"王夫人以夫死而恸,家嫂乃以'人死不能复生''逆来顺受'等语为劝。……家嫂甦后,王夫人即以己身之白背心为家嫂披着。……厥为王夫人抚慰家嫂之词仍为'人死不能复生''逆来顺受'等语,即以其人之道,还治其人之

---

① 马龙:《我的祖父马连良》,团结出版社2007年版。
② 《衰草秋原马长嘶》,《一四七画报》第5卷第12期,1946年8月27日。

身"。"两人的对话完全倒转。这时，观众明知台上是悲剧，可还是会笑正所谓风水轮流转，正叹他人命不长，谁知自己归来丧，人生有时候就是让你哭笑不得的。《春秋笔》的这种处理，也许也是一种超越式的悲剧，是经过市井之民解读的悲剧。"[①]但之于此剧，这种态度毕竟不严肃。商业性历来是一把"双刃剑"。扶风社为名角领衔制，张恩死后主演"老板"改扮王史官上场"两不见面，愈显替死者纯出本心，亦可避免人替己死者之太无心肝，一味冷酷成凉血动物"——马连良的构思为一人分饰两角儿提供了便利条件，避免造成观众的观感错觉。但戏剧与影视形式有别，舞台演出分身乏术的"一赶二"，虽已较《一捧雪》进步；但因史官前、后扮演者有二，造成的不连贯与断裂性依然存在。

五、当代面貌

在香港演出此剧后，马连良回归内地。在全国性的"戏改"政审与"宣扬奴隶道德"的"大帽子"下，为保证此剧上演，不得不对张恩身份开始进行违心地改动。或因南朝称舍人、北方为坞壁堡主，即便腹有诗书亦形同奴仆，遂选择戏曲中旧有的门客语汇以定位；《灯棚换子》也从此出现了戴学士巾、黑二涛，身穿海青的"无双谱"扮相，实为末行本色与原始面目的刻意保存。"牵一发而动全身"，此剧文本马也始终斟酌、修改，尚未定稿，于是渐少演全本，或单演《换官杀驿》或暂演至《杀驿》止。面对头重脚轻的事实，1939年景孤血即对"仅仅演至《杀驿》之主张，则决不同意"。从节目单看来，马亦在演出中时有增删、调整，以期尽善尽美。

继《马连良演出剧本选》出版后，学者吴晓铃依旧担任其二辑的修订、编纂工作，重点整理改编了《春秋笔》《大红袍》；马连良据此于1964年的天津演出，本已录制成钢丝音带以备文字出版之需。但在古代题材剧目被打入冷宫的次年，马派剧目仍被定性为"内容无非是帝王将相、侠义豪杰、忠臣孝子、清官义仆之类"[②]，"爱国主义思想的剧目"定位也极为狭义。20世纪50年代为保证此剧上演不得不加以改换

---

① 乔宗玉：《〈春秋笔〉：喜剧化的悲剧》，《北京日报》2012年6月28日。
② 《马连良演出剧目初探》，1965年。

的人物身份，显然也无实际意义。"文革"期间，钢丝录音带从王金璐（马门弟子，夫妻为剧本选编辑）宅抄走、损毁，竟重现了剧中人"家中俱为抄查"的命运。

（一）马门二代演出蓝本

北京京剧院成立后，舞台监督马崇仁与主演马长礼率先恢复此剧，现存其演出节目单均为该时期遗留。剧中程义B角即现上海戏剧学院导演系主任宋捷，后因其改编了部分文本并于1984年留下据此排演的静场影像，日后多以此为准，如张学津连演两场的混剪录音，除将《杀驿》中的"伤手蘸血磨钢刀"改为"为救忠良好脱逃"，别无二致。马崇仁整理本则保持不少细节原貌，仍可圈可点，与乃父《总纲》、两版香港演出特辑均可互为印证，以静场录像为准者则无上述内容。

1. 马崇仁整理本

此为北京京剧院一团二队油印本，笔者与其侄马龙现存实物两册，均有不同程度的备注、记录手迹，一为学生、一为其本人。封面署"根据马连良先生（晚年）演出本整理"，即除张恩已改门客身份、史官名与刘少奎提纲均为王彦承（总纲为"延"承自山陕梆子；香港《马连良剧团公演特辑》名王彦成；1955年等演出节目单作王彦丞），稿本增补、勾划、改动内容外大多一致。因主演仍按"一赶二"定式领衔，花脸戏《困营》便不可或缺。但开场二将即报军情、又因得罪徐羡之遭扣粮，跪拜诸军、北魏偷营情节均已简化，檀道济的戏份已逐步递减。出身中华戏曲学校的赴台花脸演员高德松，则仍按原始演法录了像。

据说"观灯旦特别加多，且各抱一小儿"的场面，整理本《换子》已仅余乳娘，与背负丑娃、不便换去之美妇。张恩出场【散板】，歌二句后由稿本六句精简为四句；"都只为修史书被贼陷害，有张恩替我死逃出门来"均与香港特辑刊印唱词一字不差、于《总纲》已见端倪，可见已是保留段落。整理本的"醉逍遥"则不如通用的"长街一路（经）遥"意境浩渺。至欲见夫人、欲进又止，《总纲》张恩随其改唱"人辰辙"，整理本仍随《灯棚》的"摇条辙"。彼时尚未跨过门槛、情绪行动未变，分作两场归韵是有道理的，而删去稿本张恩念"对儿"："人在矮檐下，怎敢不低头"、失子后第一番摔女，与王史官闻子丢失后欲"打死"仆人，双主人公形象均增加了弧光。虽提出当治罪，亦是随即告知宝镜之关键，便为张恩替死开始蓄力。或出于尊重"劳动人民"需要，家嫂随丈夫"升职"而改称为张嫂（马连良20世纪50年代节目单仍作张恩妻），《总纲》"为我儿哺乳"改为"快喂我儿一些乳食吧"，已非乳娘、奶妈辈，未尝不见王氏夫妇之人品。原傻小子揪打尼姑，虽有梆子传统根基；但猥亵出家人流于庸俗，捡场人净化舞台后不上场，与之互动终结《灯棚》必然渐被淘汰，整理本自然已无；因王明场募集粮米场次已非原时代背景，词句便有些"鸡肋"；后来渔夫既道破徐、傅扣粮，傅亮下朝扣押粮草的独白已非绝对必要，整理本即随徐直接下场，精简了三处笔墨。但由梆子本鲁治改换的京剧人物谢弘微，整理本末场延续《总纲》，照上不误（《汇编》已不上）。景孤血对于"前此金殿打赌之另一须生亦上。初怪此角之来似无意义"，但宋文帝专门委派"主战派"一方传旨，或欲以檀、王儿女结亲，旌表张嫂缓和矛盾，补救自己对王彦丞的亏欠，该人物一直保留到此剧的演出提纲中，直至宋捷本录像始无。

婆子故意下手使儿哭泣、再献乳食均延续自稿本，随之去掉联姻自然而然；但"不方便解怀""等着吧，傻小子"是妙笔，前者使异性不得尾随、便于逃走，后者指桑骂槐，"三字（实）指张恩，是作戏之用心处，亦作戏之开窍处"。整理本从删殊为遗憾。回府未讲失子原由，情理欠妥；《总纲》张恩认为做官当"报国以忠"，如孔夫子《论语》所说"使民以时"若舍弃，就与"能攀上、号压下"的"做官的诀窍"失去对应反讽；无"分明是大家之奴（教学本）……思想起来、好无意味"，改作"做官不如农"就大为减色，缺失了必要的人物思想变化。或因改为门客，马连良特意与"叫头"的"老爷""大人"加以区分的【哭头】"恩主爷"，整理本再改为"王大人"，未免又与前者重复。真正的拔高并非在于身份的迁跃，而是主人翁有意识地主动要求、承担春秋大义，实为该本最大贡献。稿本吴幻荪手墨的"我不杀伯仁，伯仁因我而死"虽引喻恰当、且典故与剧作中时代一致，但系书面语较难入戏，仆人、驿丞念来又超越其职属。整理本的"既失其子又杀其父"对仗工稳、适宜舞台表达，且比当下对宋本延续的"与徐羡之同党"概括准确；稿本张恩但求速死，现已有遗言交代"国家兴亡、匹夫有责……替王大人一死重于泰山……到檀大将军营中助他成功"，掷地有声地呼应了檀道济的"生死当如泰山重，斗大人头一抛轻"。

20世纪50年代上半叶的马连良剧团时期，对稿本樵夫（渔夫）上场始终予以延续，至1955年的演出节目单仍有体现；马派第三代弟子、风雷京剧团须生薛宝臣，则将关目易名为"风尘问路"。整理本仍为"渔樵问答"，但较总纲的唱【山歌】上已简化为念。或因1961年高景池率北方昆弋乐队演奏的《封相》唱片【村里迓鼓】删除了两句"大腔"，整理本重现填写了这一曲牌曲词。此二者已均被保留、沿用至今。但稿本王所唱昆曲"乱纷纷齐唱粮筹"对应皮黄张恩的"齐唱太平丰年谣"，唱词亦构成映射，从改则无。而"张恩一死把国报"系从"把恩报"改来，看似升华实较为狭义。只因此"恩"不仅有王氏夫妇不杀之恩，也包含了"国恩"；以此字为名，自是其一生轨迹。因整理本意在极力淡化"报恩"，以脱离义仆色彩成为义士，或有此变体（河北梆子本笔者作"把恩报"）。但仍留有老词"待我恩德比天高……夫人赠银放我逃"（或为"绝了他人的后代根苗"），这种改动便没有特殊必要。

2. 宋捷整理本

剧院草创，剧目多靠"老先生"围坐凑戏、集思广益。以马崇仁为乃父作为"座钟"培养的回忆、记录为前提，宋捷文本看似改动并不多，实则于细节处着眼足可管窥用意。如果京剧团队对传奇、梆子本的改进，是从剥离"义仆戏"到突出"个人意识"的过程；该本则是在整理本基础上将思想转化为"集体意识"。如去掉渔、樵对回头岸的表述后，二者实际也在百姓其中，上场念"北魏兵戈起，昼夜胆怕惊"，明显照搬《河北梆子汇编》（作"偶遇"，不及宋本熨帖），最终以"群众路线"的"同心筹粮破贼兵"收束，成为当代定式。据刘少奎提纲，这一场次内容已正式演出；但上檀道济二旗牌、徐羡之四校尉，系对总纲、整理本"将相闹朝（房）"的继承。显然仍在演出中不断、取舍修改，考量损益。因此至同时期另一份提纲，文字均同却将旗牌、校尉划去，显然已经与宋捷本场子趋同。但仍无材料证明，马长礼曾按完整录像版文本演出。自整理本、提纲起，延续至此的徐羡之、傅亮被押送的"抄过场"，上台前马崇仁一声洪亮的"开始"，无疑是备注了静场演出的"留资料"性质。

王彦丞与张恩的人物关系，已改为"交好甚厚。见家遭不幸，收留他府、以为门客"，夫人与之先后闻听失子毫不见怪则已；但立刻询问的都是宝镜是否摘下，想当然（换子充饥想不到这一节）之余，有对亲子缺乏关怀之嫌。虽富于"左翼"色彩，但主戏【二黄三眼】"多亏了张义士"与"都只为失宝镜"一则口吻失度，二则淡化了实质矛盾与动因。加以前本因非同人饰演，已去掉朝房单出头上场，改为群像"打朝"，也就日趋流于配角。致使部分青年演员，今日仍认其为"二路"而不愿"接这个活儿"。

《和战廷争》由反派三人定下奸计倒无关宏旨，与张恩、陶二潜长幼对调，也都不影响精彩程度。但听说"做了官"不答"我做个茶博士、跑堂官"，《遇友换官》就平淡得多了。婆子明确说出檀夫人对换子默许，其恶便比《总纲》、整理本尤甚，较《河北梆子汇编》的明场婉商与遗憾更让人难以接受。张恩上场的"胸怀报国志，何日步登云"前者则可，第二句之于南朝却纯系奢望，沦为泡影。张嫂将"与我那领罪"读作"治罪"显然语法不通；【村里迓鼓】标注为【石榴花】又对昆曲曲牌缺乏常识。"傻小子"无梆子传统"盖口"段子"逛肚肚灯"（娘胎里），"等着吧小子"若无"傻"字，意义也就丧失殆尽；王史官亦免除了"通直郎"与入檀营的唱段。

值得一提的是《檀帅困营》。《袁世海回忆录》载："原来的唱腔是比较激亢的导板，我改唱低沉、矮拖腔的二黄散板。"遂为"秘密武器"（马崇仁语）姚宗儒沿用，加以发挥，而"若以《铁笼山》之姜维者演之必佳"的檀道济本前白、后绿（蟒），徐羡之身居相位则穿红。该版徐蓝檀红。后2009年演出除删减了赌头押牌与诗白，基本为其翻版。

"施赠银"改为"施恻隐"；"粉身碎骨也难报恩"为与"粉身碎骨也难报偿"区分，唱作"大义之人放我生"，则属于比较出色的"小手术"。张恩独角戏，"回府"的"不能恕饶""罪责难逃"突出其义不避责，较整理本的"自把祸招""哀告命饶"高出多许；甚至比稿本的"顾不得生与死去见夫人"表意更准，一改"痴呆呆似哑聋有话难云"的人物形象。《杀驿》将原本对失子的愧疚，递进为对失子连带的失镜后果始料未及："宝镜是我失落了，徐贼羡之奏当朝"，随剧情而发展不纠结"欠命"，实则催化了赴义的决心，改动均较成功。这几处细节，当代能遵其演出则极为可取。

（二）文化部扶持本

宋捷时为专职武小生演员，因文笔突出兼职整理剧本，后改编唐韵笙自编自导的《二子乘舟》极获好评。但本作所处时期，其精力与态度，自不可与其后的专职导演工作同日而语。2014年，笔者受马先生嫡孙马龙责成，根据《总纲》与上述材料整理改编此剧，亦得到了宋导母子的鼓励；2015年9月17日入选文化部中华优秀传统艺术传承发展计划"三个一批"戏曲剧本创作扶持项目，为全国范围内遴选的"整理改编剧本"之一；2021年始为纪马双甲演出剧目呈现。

如马本人所说："须把古人精华融为己有，然后另辟新机，才是真创造；创造，谈何容易。不然兴出来的不如古人，说什么创造呢？"剧评家"冰人"看罢马氏《临潼山》，也曾感怀发声："整理旧戏不是件容易事儿呀！"只因传统之吉光片羽，勠力抢救的效率、节奏，纵夜以继日、焚膏继晷，犹恐不及消亡、衰退速度；整理改编的意义，置之今日戏曲的生态环境，可以说"十万火急"于原创的"出新"。一旦间面对活态非遗的"修旧如旧"，手捧名著、肩落责任；翻看经典遍阅余香，也难免瑕瑜互见。"历史遗留问题"与时代局限范畴的，不能不改；但煌煌旧题、宏旨使然，秉承原作者文风与主创历史精神自是"第一要义"。即便前人此剧，无论梆子本改编传奇、还是京剧改编传奇、梆子均以"原创"心态创作，我辈若整理改编，换位思考则须有"小心求证"的治学态度，因其也是一门"文物修复"的学问，尺度把握却只在于心。向墨本、稿本等故纸堆"挖坟掘墓"，虽不必冒封建时代严刑峻法的危险，但在"厚古薄今"语境之"大不韪"里，于青灯黄卷下蒐菲不遗，需耐得住寂寞，禁得起质疑。字斟句酌、一推一敲中，虽有敬畏传统的一杆秤，但能否让新、老观众接受，取舍中如何以平衡为美，更是一门任重道远的学问。

取法古人不泥古，着眼今人不囿时俗，恢复遵古亦为今人。本着这一理念，笔者首先引入了秦腔本王彦丞痛陈时事形势的大段念白。宋文帝刘义隆形象处理往往较为模糊、对忠奸双方态度不明，河北梆子其所谓："一字不知"，掩盖之意惹人无限遐想。今据《总纲》其引子"国事不堪问，恨奸臣包藏祸心"，改为虽为徐羡之扶持迎立，但忌惮权臣做大，一直有意剪除，（史实即如此）故而特意设押牌签订生死契约。保证在将相不和的基础上，至少可有一方权臣受损。宋文帝略施小计，以期坐收渔利。"王彦丞作为史官，既然奉旨记载徐、檀赌头，保存押牌，自然不便为其中任何一方担保。今从《京剧汇编》收录本，将檀道济保官的使命赋予黄门侍郎谢弘微。"①避免其"严重"缺戏、人物分配不均的情况。

《灯棚换子》采宋改编本前句、延续了"报国志"，以"投效知何时"对仗，系《总纲》"奔走出力"之意；而婆子谋取他人子因嫌弃婴儿丑陋的"馊哏"与"四六句骂街"的刁氏（马连良天津中国大戏院演出戏单作刘三姐），必须予以摒弃。稿本"好一个不晓事的夫人，她命我（张恩）抱定公子，大街观灯"的解释稍嫌牵强，匪夷所思。"案之梆子则先上一场……（上文述）今被码去，似欠斟酌。"（见上文）笔者改为张嫂要求抱走、免助王彦丞悲怀。"去掉檀夫人角色，乳娘则由恶念改为善念：灯棚王公子饥饿啼哭，乳娘主动哺乳。见男婴可爱，为安慰主母错起念头才铸成大错，以契合本剧重在表现人性善念的主题，剧情更为波折，人物亦趋合理。"②"饿坏了小公子（相公）怎安心稍"才致换子，是剧源起于人性之善亦归结于此。这一最大胆的"改动"实为对传奇本的回归。所幸者，得到了导演高彤的肯定。乳娘说"傻小子"下场则浓墨重彩地加以恢复。

有感于"千古是非心，一夕渔樵话"，凡古典文学此问答多"出世"之意再做作回访，因而摒弃了"眼前无路想回头"揶揄意味的回复，王彦丞对回头岸的解读改为"置之死地而后生"的"回头"，在沿用成法的前提下，增补耕（夫）、读（书生）至四位，"恢复了老本中'渔樵问答'的巧妙设计，挖掘原剧蕴藏的内在意义，点出'纵是深山更深处，也应无计避兵火'的意境。渔樵二人更在筹粮队伍中踊跃参与，争先恐后，侧面反映了王彦丞'发动群众'动员工作之深，③为张恩之替死赋予更大的作用力。而王彦丞本在张恩死后隐姓埋名，但一见檀军缺粮、百姓流离失所，仍毅然决然挺身而出。开篇立意即如此，最终仍以史官春秋之笔扣题，首尾呼应。何况押牌有言在先，锄奸自然而然。而作者在剧中借剧中人自况的《遇友换官》与'见诸史实的佳话'《唱筹量沙》，据编剧吴幻荪两条手札：'《唱筹量沙》多加旗子''陶二潜可

---

① 丁嘉鹏：《谈〈春秋笔〉的改编》，《中国京剧》2021年第6期。
② 同上。
③ 景孤血：《业经上演后之〈春秋笔〉评》，《立言画刊》第1卷第17、18、19期，1939年1月21日、1月28日、2月4日。

否唱笛子上、歌上'，我与导演石宏图设计出【西江月】曲唱、群曲旗舞，载歌载舞"①。笔者对马氏两支【村里迓鼓】采取了兼收并蓄的态度：第一支唱来，檀军挥舞起由传统风旗、水旗改制的正面沙、背面粮字旗，曲终翻面，一改"满台堆满黄布口袋"为大写意，不失为石导点睛之笔。第二支按景孤血记录为群唱，笔者以南派前辈程英奎曲尾上扬的唢呐唱口为准；因"施妙计，计退贼酋"曲词，而以跃虎旗掩映擒获北魏将领。经昆曲名家孙海蛟示范，得知乃父孙国良为马配演拓跋，亦是以檀兵布阵为调度，便与首博修改意见手札、《〈春秋笔〉特刊》该折剧照相互照应。"退敌不等于胜利，班师不等于凯旋"；一支曲子内、外的两重情境，被拆分在双词【村里迓鼓】中递进、推动剧情，就不便于采用乃父曲尾的三鞭收束，亦不必拘泥于反派悚惧退兵的表演，改以真刀、真枪见胜负。《杀驿》结尾，众校尉取人头（伸缩塑料置于木桶，取出时以肘、髯遮蔽，回手高举，造成真割取的效果）推倒程义扑跌，蹉步、高喊"驿丞"跪拜。这一系列程式，也成为该折固定结尾。与薛彤同为檀道济效仿桃园结拜的二弟，摒弃整理本、宋捷本自创的"高云"，仍遵马氏考究史实、名为高进之（《〈春秋笔〉又一续闻》瓜子生）。

"虽称之为'改编'，并未违背原著意旨……增加了改本所删去的、原本中的必要情节，王彦丞对张恩替死的反应与态度一并复原，并对誓死为其报仇的态度加以渲染。张恩回府后，对失子起因、经过的必要交代与王彦丞的'导碰原'原词中包含感动语汇的'三眼'，亦作为重要细节逐一择出、重见天日。后者已由前部二路、后部赶场改为重要头牌角色。"②现有1956年后马连良与弟子马盛龙分饰二角的节目单，剧情亦为完整说明。为日后各由"一人到底"的演出配置奠定基础。

原著尚有王彦丞官复原任、连升三级，梆子本甚至入阁、拜相，颇有"始乱终享"之意。但毕竟身处乱世、南朝日衰，笔者原本用《总纲》谢弘微来告为引，以张嫂拒封赠而生发。现二、三度创作时改为暗线处理，末场穿红蟒即可。正是因身份不是人物价值的必然象征，提升人物高度不在于其社会地位，价值亦不必以仆人抑或门客衡量，在乎品性。张恩如是，王彦丞亦如是。

---

① 丁嘉鹏：《谈〈春秋笔〉的改编》，《中国京剧》2021年第6期。
② 同上。

1. 北京市河北梆子剧团本

卫梆子银（达子）派创始人王庆林，分别驰名津、京的河北梆子坤生王玉磐、刘桂红，均曾有《春秋笔》全剧演出记录。北京市河北梆子剧团以此申报，入选2016年度北京市文化精品工程重点项目、2017年国家艺术基金大型舞台剧项目，为全国排名第九的艺术作品。但"吴承恩"虽为梆子首创，为免与明代诗人混同，仍以张恩命名；为王彦丞嘘寒问暖，"愿为大人出生入死"，便成为梆子剧本必要传承的应有之意。因河北梆子多悲剧，王彦丞"与徐羡之争辩，必无佳果"的思虑就不便提早透题；而是自押牌签订始接笔，"须按期修史"；因而遣仆抱子。询问是否摘下镜子也由王夫人改为张嫂，契合其身份的所思、所虑，放大了其"篝灯踏雪寻访"的情境。被《总纲》与整理本提及的"回头岸"，笔者以"置之死地，可以绝处逢生。与其背井离乡，不如背水一战"重新定位，承接寻访富户人家的发问。作曲家李石条为哭王传统板式命名的【哭三锣】比【反西皮】有过之而无不及；王彦丞哭"张恩"的"声声珍重意恳，辜负了张嫂悬望尚倚门"，与为《唱筹量沙》原混牌子填写的【风入松】，傅、谢灭口的【扑灯蛾】，程义回朝擒贼的【江儿水】，竟得主演与友人分别赞赏为"很有意境""颇有古意"，尚感欣慰。张、王见面的然诺，无二官拜府（仿照钱龙锡被逐故事，不得结交阁臣例拒之门外），《遇友换官》《报恩杀驿》合称《换官杀驿》，与新创作的《锄奸奠义》，均遵梆子老本，借重秦腔本下场诗完案。唯剧终徐羡之自缢而亡是历史事实，截获与北魏私通书信是艺术创作。张嫂"着孝衣"，因去掉帝王的调和、安抚，不必"着五花官诰"，将"以徐羡之、傅亮之人头为张恩致祭"改为明场"斩三贼人头为张恩报仇"。

过排后，石宏图、叶红珠提出：乳娘如不上场，观众恐不知两家已换回子女，于是递补了这一角色，最终不同于京剧本只《换子》一场露面。为满足梆子表演需要，"寻子"的做功充实以圆场、抖髯、坐蹲，在"大海捞针枉徒劳"的剧词前铺张扬厉，终结于怅然；而原本保留的梆子传统：檀道济"三变（换）髯"，在正式演出后废止并沿用于京剧。

2. 北京京剧院纪马双甲本

马派素以唯美是尚著称，"为了不破坏第一次上场的舞台效果……最终以张恩独白的形式,作为前史进行必要交代"逛灯始末。自陈心曲,点明死、生之志。如画家李滨声回忆:《春秋笔·灯棚》一场铺垫,杂上齐唱吹腔,"官中唱词(学唱通用词)是一寸光阴一寸金,寸金难买寸光阴"①,再由群众高歌"双十五"民谚,是老路的久违重现。

原谢晦上殿的"滥忠良、假面目",现置于王彦丞下"逐客令"后,配合"饶你伪君子、权且做小人"较"无毒不丈夫"更有深度,符合宵小文人解嘲口吻。王彦丞为刘宋文帝宣召、仍作单独上场,"为朝事寸心忧"与"徐羡之结私党"系将马先生不忍割舍、载于"汇编"词句"拿来"为引;颂赤壁战事原是念散白,现呈现为"原板转快板"(笔者原意为流水)的"夹叙夹议"。又应艺术指导高彤要求,于《唱筹量沙》结尾点题,班师还朝、不加赘述。【西皮流水】前后共计三段,多认为最佳者,数"在做出决定前,加入了'出世'与'入世'的心理斗争。出于对民族与历史的责任感,置身家性命于不顾,真实感人,再掀高潮,弥补了原剧至此平淡的缺憾"②。"三眼"仍步原调值,但"有"改为"感张恩替我死"。一字之差,意犹未尽。正如马连良《总纲》首页哭友李亦青一样,珠泪难尽……

由于《换官杀驿》约定俗成,张恩缺少对陶二潜的反应,"王大人"未置换回"恩主爷","与徐羡之同党"等,也难免和部分积习鱼贯而下;京剧演出因文场唢呐换气关系,昆曲曲牌减少了"管教"二字,但从京剧演唱角度未出"大字"规矩。又因纪念演出性质,为充实阵容,张恩由两人连演。此三者河北梆子因无先例,亦无此顾虑;笔者又从《汇编》与童祥苓、张学津版资料递补个别字眼,能与京剧各擅胜场。河北梆子本与纪马本场名虽有差异,但均为七场。为适应当代剧幅,较香港特辑的十九场、马崇仁整理本压缩的十六场更为大刀阔斧。因京剧仍作"把国报",故以《张恩杀驿》命名;梆子徐羡之巧言反口与临终悔悟则是"春秋大义"的另一重寓意:史笔严于斧钺,自我救赎以劝善。同出笔者之手,如北京人民艺术剧院场记王甦总结:"梆子版本更加悲愤浓烈;京剧则比较通畅明快"。其对文本的概括认知,实获我心。

---

① 《中国戏曲音乐集成》河北卷编辑部:《戏曲音乐论文选编(第1辑)》,《中国戏曲音乐集成》河北卷编辑部1986年版。
② 丁嘉鹏:《谈〈春秋笔〉的改编》,《中国京剧》2021年第6期。

（三）反思"团圆"，线索取舍

武生表演艺术家叶金援早年曾参与此剧演出，观后对"尊重经典的前提下，保留精华、浓缩提炼，加强了戏剧节奏，人物关系更加明晰，剧情发展更为清楚，故事更为激烈、起伏跌宕"①的成果表示认可。因对马先生提及的女扮男装情节印象深刻，笔者本欲促成演出本实现；而丁秉镲"王夫人持书卷上的建议"早被吴、马采纳。若王氏夫妇均筹粮，巾帼不让须眉自发、自告、自投，人物仍具连贯性；告以换子情由，即可解扣最后的"关子"。囿于人选关系，艺术指导改为程义仍遵旧例回京，提前由水路进发（与保留宋捷版"黄河口"一致），及早返程说明原委，填补了景孤血所提出的"（末场）程义何以不上"的遗憾，客观上不拾传奇、梆子本的牙慧，反未落套，是对既定模式的破局。诸军、名将跃虎旗济济一堂，于阵仗上声势更胜；按照情感逻辑与人物线，张恩已殉难也必构不成"大团圆"。纪马策划人主张不必提及换子，全剧即可结穴。但积习使然，这种审美仍有一定的市场；生、旦及全剧人物站满台，与貌似皆大欢喜的定式，其价值似不在于内容而在于形式。文化阶层观众认同旦角双"气椅"后换袄，为多余的低级趣味、"以辞害意"，但与个别群落仍有异趣。

雅俗共赏的剧作家李渔，总结戏曲当为"龙头、凤尾、猪肚"，终局自是重中之重。因之戏曲对"大团圆"模式态度与处理方法的探究，仍是剧作者探索在路上的重大课题。如荀慧生成名作《丹青引》，剧作上的第一主人公实际早于中轴溺水而亡，最后的"大团圆"亦不完整，故事即不可能再有实质进展，男女主人公如何"插科打诨"，"对儿戏"也缺乏演进脉络，便仓促无味、脱离主线。笔者知该角色虽非善类，但也写其获救，再置身是中以画作、《心经》佛理点睛主题即可。又如《春秋配》原是双"秋"共嫁一"春"，但女主既未出意外有所终止又未结案，"清官私访"与之毫无交集，另起新人新事乏善可陈，便不如以"双熊梦"留《十五贯》方法集中主线，剧作上亦独立成章。

但《春秋笔》与二者不同。翁偶虹转述马连良："一出戏好比一座厅堂，四梁四柱，必须结实整齐；略有倾圮，就会走样。"张、王、夫人、檀帅，无一为配、无一闲笔，

---

① 丁嘉鹏：《谈〈春秋笔〉的改编》，《中国京剧》2021年第6期。

于戏剧逻辑上无可或缺。若非有"扶风五虎"的马氏班社，搬演此戏儿难办到。世俗认知的看点虽俱在张恩，但戏剧内核须与王彦丞共同完成，并非主次关系、可有可无。当代剧院团现状使然，国有制实为群戏的保障，而社会呼唤的所谓"以角儿为中心"，实非主演中心制——既往的"角儿"囊括了编、导、演与服、化、道及音乐设计的职能，未必为今人所全能。为求"一赶二"定例或技术发挥就于演出团体中争牌、争角色，已不可能适应群像戏曲人的时代需求，流派也只能徒具其形、错失其神。宗派的掣肘，将特定版本影像打成桎梏；"饭圈"的污染更是重度腐蚀戏曲行业的生态环境，真切损害着艺术质量。打破戏曲轻文本、史料的"唯录像论"，消弭轻视学术性、思辨性的积弊，在创造性转化和创新性发展中守正创新，或为贯通古今、案头场上，传承、发展的通途。

六、结语春秋

因之，时代大趋势下，戏曲不"变"不"活"，"变"不得法更不得"活"，"变"即是"搞活"之法，马派艺术与马派剧目的演出特点。不必之于传统，时代即蒙上了异类与贬义色彩。以往研究京剧艺术家，"对于思想和理念，鲜有及者"[1]；殊不知马连良即以"戏剧要复古"为职业抱负，向健康完整的戏班传统进行回归；"戏曲含义要取新，不要让他失去戏曲的原义，能辅社教，使他有存在的价值"[2]。戏剧复古，即是对"四功五法""唱念做打"乃至剧目传统的传承；含义取新则是超越时代，借以寻求戏曲本身面对时代更迭的永恒性。这种"虽然是旧剧，也应当有时代性，应合时代的潮流"的意识，始于《串龙珠》，光大于《春秋笔》。在马、吴团队的创作过程中，随剧中人思想的迁移与变化，中国社会现代化进程的加深，也有意无意地开启了戏曲的现代化。单摆浮搁的唱腔或炫技，若无剧作乃至现在戏剧形态依托，自然已无法满足时代发展的必然诉求，"变"自剧作始。所谓"优美高尚，发挥艺术精神，增进戏剧价值，若马连良者，在戏剧界，可谓富于革命性之革新巨擘也"，"虽然是旧剧，也应

---

① 李世强：《马连良艺事年谱》，中国戏剧出版社2012年版。
② 马连良：《演剧杂感》，《实报半月刊》1936年9月22日。

当有时代性，应合时代的潮流"。[①]"顾虑世道人心"，移风易俗。使综合性、立体化的艺术，趋于丰富、完善的人物塑造，既是戏剧改革大潮的必要响应，也是马连良以"变"应万变，因"变"而成其"扶风"所独树之一帜。其剧作、剧目亦当遵其法，自"一变再变"直至"施粉太白、施朱太赤"无可加减，方为无愧于时代的精品。

可喜的是，在成为演出保留剧目的同时，经过整理改编的《春秋笔》亦作为中国京剧基金会传承剧目，由中国戏曲学院2020级京剧系优秀学生杨腾继承、上演。2023年，正值皮黄此剧问世八十五周年之际。知我罪我、其唯春秋，戏曲剧作者一笔贯之，如是而已。

---

① 秀华：《名伶家庭访问记——一代名伶马连良——首倡改良舞台适合时代化》，《华文大阪每日》第2卷第6期，1939年。

影视剧编剧研究

从《沼泽深处的女孩》纠偏再谈电影改编

由奥利维亚·纽曼导演,露西·阿利巴编剧,中国大陆上映于2022年11月25日的电影《沼泽深处的女孩》,改编自传奇作家迪莉娅·欧文斯的第一本小说《蝲蛄吟唱的地方》。原著小说《蝲蛄吟唱的地方》出版仅一年,总销量就已突破300万册,长时间占据《纽约时报》、美国亚马逊、北美独立书店等畅销榜榜首。与作家相比,迪莉娅·欧文斯更知名的身份是生物学家,她曾在非洲从事动物研究多年,并与前夫合著过三本知名的非虚构作品①,讲述他们作为野生动物学家在非洲的经历。另外,欧文斯还身兼《国际野生动物》杂志编辑等职。

《蝲蛄吟唱的地方》是一部非常优秀的长篇小说,它具有很高的文学价值、艺术价值、社会价值,不能简单地因其畅销而将其划归到通俗范畴,恰恰相反,这是天赋型、专家型作家投身文学领域为全世界读者带来的惊喜。这部小说带有鲜明的个人风格,文笔极佳,娓娓道来,情节虽不甚跌宕刺激,却因作者对环境风物的细致描写和独到见解、对女主人公的成功塑造而饱满动人。行文中大量关于自然环境、各种生物的准确描绘,是非迪莉娅·欧文斯这样的有专业背景和实践经历的人所不能及的,而这正是该小说能够脱颖而出的优势所在,即自然主义停留在理论层面或浅层实践容易,以此贯穿全篇指导创作很难,但《蝲蛄吟唱的地方》无疑提供了践行这一理论的典范。

---

① 即《哭泣的喀拉哈里沙漠》《大象的眼睛》《稀树草原的秘密》三部作品。

小说中的女主人公基娅[①]，显然是作家基于现实（如自身或他人从事科学研究、实地考察等经历）再发挥想象的产物，尽管仍属虚构，却合情合理、鲜活可信。基娅的成长，包括谋生和谋爱，特别是她认清现实、绝地反击、成为自己等情节设置，女性主义视角和立场明显，这又与自然界中雌性生物的本能和选择密切相关，与前述自然主义的创作理念浑然天成、相映成趣。"沼泽谋杀案"作为最大悬念，在小说开篇就抛了出来，结尾处经过两次反转，才使得基娅幽深复杂的性格终于浮上水面，也为故事把真相补全。

《沼泽深处的女孩》是改编电影的中文版译名，其英文版片名与原著小说相同，均为《蝲蛄吟唱的地方》（*Where the Crawdads Sing*），且书名直译所谓"蝲蛄吟唱的地方"也确实是指沼泽深处。但值得注意，无论小说还是影片，都只提到"湿地女孩（Marsh girl）"这个对基娅的蔑称（后趋于中性，最终成为基娅的代号，还被泰特刻在墓碑上），却没有出现类似"沼泽女孩（Swamp girl）"的表述，而后者实际是对"黑化"后的女孩最好的概括，十分合乎逻辑，是题中应有之义。因此，本片中文译名并无不妥，只是在与小说及电影文本统合的过程中，会产生一定程度的用词分歧和阐释差异。

电影《沼泽深处的女孩》与小说《蝲蛄吟唱的地方》相比，两者之间存在很大差距，前者无论叙事还是哲思，都和后者相去甚远。

整体而言，这次搬上银幕的改编并不成功：表达不清晰，呈现不单纯。尽管电影保留了原作的自然主义和女性主义，对自然风光和女性反抗都有展示，却都很浅。虽然电影旨在"尊重原著"，基本上采取了"忠实于原著"的改编方式，却只做到了"形似"，远远达不到"神似"，更遑论形神兼备了，颇有"买椟还珠"之感，保留外壳，抛弃内核。

具体来说，电影《沼泽深处的女孩》主要在以下四个方面改编失当。

第一，片中人物普遍刻板，人物关系松散。

主要人物在简单化层面上呈现各自状态，却没能交织成网，除了女主人公之外，

---

① 全名：凯瑟琳·丹妮尔·克拉克。

其他人物基本都以扁平化、脸谱化的方式呈现,缺乏动人之处。尽管小说对诸多人物的塑造都比较具体,通过情节对他们的剖析也很到位,但电影不仅没能深入挖掘这些人物特点(包括存在演员表演比较单一等问题),而且只保留了他们性格最突出的某些方面,就使得人物较为僵化、自说自话。

影片蜻蜓点水般地拍摄小说情节并以此复现人物,使得包括基娅在内的所有主要人物,都难以打动观众,对比之下,较有人性光辉的黑人夫妇又不在此列。值得注意的是,基娅富有层次、多面立体的性格,并非电影额外赋予的,而是完全来自对小说中角色设定的平移,且经过不当改编和媒介转换,女主人公的角色魅力和人物弧光已被大幅削减,即淹没在琐碎、浅显的细节当中。

例如,原作结尾揭秘的另一个关于基娅使用阿曼达·汉密尔顿作为笔名的诗人身份的情节(泰特在基娅身故后整理遗物时,先发现一首署名 A. H. 的诗《萤火虫》,随后才发现贝壳项链)被电影直接舍弃了,替换为通俗易懂却有失水准的片段(泰特翻看日记本时,看到一张蔡斯戴项链的手绘插图,随即在本子掏出的洞里发现了贝壳项链),但这本是一处非常浪漫的、与贝壳项链("沼泽谋杀案"关键物证)紧密相连的、关于基娅复杂性格的精妙脚注;替换之后,在降低了观众理解难度的同时,也减损了女主人公身上特有的诗意和深度。

人物关系方面的问题随之而来,即由于主要人物塑造不当,如彼此独立、刻板单一,人物关系就搭建得十分松散、浮于表面。不难发现,电影人物之间没能形成良好的戏剧关系,特别是没能形成良好的对抗性关系,即女主人公缺乏强有力的对立面。虽然基娅始终处于社会边缘,童年时被家人遗弃、恋爱时被一再辜负、当下又被指控为"沼泽谋杀案"的犯罪嫌疑人,但其童年阴影和恋爱问题实际上都由其本人自行解决,甚至只需要身心成长,困难便逐一退场;而基娅被逮捕、羁押、审判的过程,改编力度不够、核心没有写透,特别是对小说重要情节的不当删减,导致作为电影主线的刑事案件虎头蛇尾,终令观众一头雾水。

第二,影片结构失衡,叙事时空排布失当,叙事节奏不甚合理。

电影《沼泽深处的女孩》主要围绕三个叙事时空(悬疑凶案、悲戚童年、两段恋爱)展开,但每一个都没用好,三者比例不佳,致使整体结构失调。

改编将重点聚焦于女主人公基娅的两段恋爱关系，使之成为影片的主体，占据全片超过一半的时间，实际上削弱了电影的表达（即思想性）。且碍于文字篇幅和影像时长，即便电影尽可能多地还原了小说的恋爱情节，却因详略处理不当，本应重点呈现的内容未能充分展开，特别是一些关键细节和重要过渡的缺失，增加了观影障碍；而对非重点内容过度呈现，又导致叙事破碎问题严重，看似点到为止，实则浅尝辄止，没能拍出原著的动人和深邃之处。即过多着墨于基娅与两任男友（泰特和蔡斯均被塑造得性格扁平，而小说中泰特的复杂程度则仅次于基娅）的感情纠葛，深度却停留在对小说情节的低效复原层面。另外，影片对本身就比较复杂的沼泽谋杀案展现不足，由于电影改编删掉了法庭戏的若干关键回合，不仅直接削弱了小说中的情节高潮，降低了精彩程度，而且对该案件的逻辑性、合理性造成了严重的负面影响。

叙事节奏存在问题，前松后紧非常明显。电影主体部分（直到基娅被无罪释放）较为冗长，虽然事件繁多，但是用力平均、重点分散，整体节奏平缓。与之相反的是，电影结尾处，试图对小说最后三章（第五十五章《野草野花》、第五十六章《夜鹭》、第五十七章《萤火虫》）进行近乎"一比一"的等比例拍摄还原，但这种迅速密集揭开所有答案的方式，显然不适合直接移植给电影，由于尾段节奏陡然加快，与电影主体部分很不协调，就像产生了排异反应般地摧毁观影体验。

第三，电影情节简单化、碎片化问题突出。

《沼泽深处的女孩》采用的改编方式基本属于忠实型，具体体现为大量照搬原著小说的叙事和描写，力求尽可能多地重现小说中的情节，但由于未作合理筛选，导致影片呈现非常杂乱，仿佛陷入事无巨细的深渊，且多处过渡、转折比较生硬，改编缺乏技巧，尚属机械还原。

例如，小说最后一章，就写到泰特收拾遗物时发现基娅儿时装进小瓶子里的被父亲烧掉的母亲来信的纸灰，以及一瓶裸粉色指甲油等关于她一生的零零碎碎，与前文完美呼应；而电影改编后，只展现了小基娅将灰烬装进瓶子以及那瓶指甲油，并无后续情节与之呼应，即便收集灰烬这一情节尚且可反映女儿的情感寄托，但指甲油等细节，对于非小说读者的观众而言，就没什么必要保留了。

第四，阐释主题未能用好沼泽等关键意象。

综观全片，沼泽的象征意义，没能充分用好，特别是没能拍出其黏稠的、阴森的、危险的、随时吞噬掉一切的感觉。影片对包括动植物在内的自然环境的表现，也没能更好地融入剧情，远远不如小说中那样运用得炉火纯青。尤其是对雌萤火虫这一并不通俗的昆虫意象缺乏必要的说明，没能给出完整的解释，电影将它简化处理，用寥寥台词、旁白和基娅手绘挂图特写镜头带过，十分可惜，因为这是揭示基娅行为和选择最好的喻体。然而上述意象，又都与更好地阐释电影主题息息相关。

我们必须承认，尽管从专业角度来看，这部电影的改编明显失当，但它却依然能被多数观众接受，且并不会产生过多负面评价，甚至很多观众还会由此萌生阅读原著小说的想法，也一定会有小说读者欣喜于某些重现情节（如基娅与泰特在飘满金黄色落叶的美国梧桐树下一吻定情等）和复刻细节（如羽毛、贝壳等）出现在银幕上。

究其原因，笔者认为，某种意义上，《蝲蛄吟唱的地方》是"强设定"小说，而非"强情节"小说。这就意味着，哪怕电影改编确实存在"照猫画虎""买椟还珠"等问题，也能靠着原著与众不同的背景、环境、人物等设定大体扳回原定路线，而不至于直接脱轨。当电影《沼泽深处的女孩》基本只做删减省略、几乎未做增加修改的时候，它所呈现的就是"低配版"原著小说，虽不优秀，亦不偏颇。

电影改编从来不只忠实原著一种选择，哪怕确实做出这种选择，也是"将小说语言转化为电影语言"①，即必须通过媒介转换，来平衡小说篇幅与电影时长，做出相应的改动与取舍。电影本身，堪称时间的艺术，时长对其限制是非常深刻且严苛的，哪怕出于"木乃伊情结"无比追求对原著小说中特定内容的固定与封存，也必须对已有素材进行包含创新与想象的"雕刻时光"。这是任何操刀改编者都无法回避的。

但毫无疑问，我们对优秀文学作品，特别是对《蝲蛄吟唱的地方》这样不可多得的现象级畅销作品的改编，抱有更高期待。因此，针对上述问题，笔者提出几点

---

① ［法］安德烈·巴赞：《电影是什么？》，李浚帆译，华中科技大学出版社2019年版，第74页。

基于原著小说和现有影片的关于提升改编质量的构想，以便为后续类似的情况提供参考。

现将提升《蝲蛄吟唱的地方》电影改编质量的若干具体构想，列举如下。

第一，设计有力度且有助于形成戏剧性、提升对抗性的公诉方检察官。

根据现有影片，我们不难发现，原著小说被删减掉的几个回合，主要为蔡斯母亲提供的图画、两个附近居民后半夜划船疑似看到另一艘船上的基娅、基娅化装乘车等，就能够体现出公诉方本是有备而来。那么在修复相应情节的基础上，应进一步强化该人物对基娅人生形成的巨大阻力，还可以大胆改编为，检察官非常确定就是基娅谋杀了蔡斯，这样也通过建立强大的对立面，增强了人物之间的冲突性和对抗性。甚至可以进一步大胆改编为，几十年后（已过沼泽谋杀案的法定追诉期限，且蔡斯母亲早已去世），基娅主动把项链寄给行将就木的老检察官，不仅具有一定的挑衅性质，而且增强了故事的戏剧张力。

第二，重新筛选众多人物，侧重表现几位主要人物（如基娅、泰特、检察官、蔡斯、黑人夫妇、老律师等），所涉情节要详略得当、互相交织，以归拢他们各自的性格和行为。

通过改编更好地塑造人物，并围绕主要人物有效搭建人物关系，而非各自独立成篇。例如，基娅凭借"沼泽女孩"这样因被抛弃而远离尘嚣的独特身份，颇具"儒以文乱法，侠以武犯禁"的挑战者风采，她不断对抗来自现代人类社会对她本人及其言行的凝视、评价和审判。因此，能够体现自然法则与社会规则冲突的、能够隐喻觉醒女性冲破男权屏障的人物关系，都应被纳入到改编中来。

第三，整合三个叙事时空，须调整各自占比。

首先，主线（悬疑凶案）和支线（悲戚童年和两段恋爱）可以平分秋色，但支线必须对碎片化零散的情节进行删减和重塑，相应地，主线尽可能做到重点突出、跌宕起伏。这是因为，主要围绕沼泽谋杀案展开的现在时空，更适合作为主线剧情，其可将女主人公基娅的另外两个人生阶段（童年和青年）串联起来并自成狂澜，若如目前般只用作穿针引线则会丧失大量悬念，使改编趋于平淡、缺乏亮点。其次，支线剧情包含的三部分内容，即童年基娅被家人抛弃、青年基娅分别与泰特和蔡斯的两段恋爱关系,也需要调整占比,特别是对两段恋爱进行删减,只保留精髓即可。

第四,深入挖掘关键情节。

例如,须提升法庭戏质量,特别是强化庭审对抗戏,这是电影改编必须解决的重场戏叙事问题。众所周知,"疑罪从无原则"是现代法治的一颗明珠,早在1957年上映的经典影片《十二怒汉》就非常完整地对陪审团博弈进行了全程展现,电影《沼泽深处的女孩》结尾则省略了这一过程,直接给出了法官宣判陪审团一致认为女主人公无罪的结论。也有一些翻拍影片(如俄罗斯《十二怒汉:大审判》、中国《十二公民》等)和类似题材影片(如《费城故事》《女生规则》等),贡献了非常精彩的辩论戏和法庭戏。但显然《沼泽深处的女孩》的法庭戏,没能拍出原著小说对案件更为精彩、翔实的带有倾向性的引导,即沼泽谋杀案既骗过了除蔡斯母亲和公诉方检察官之外的所有在场人员,又骗过了读者(观众)。片中因删减不当而结论轻率的庭审,就给观众带来了不少困惑,随之而来的结尾又节奏陡然加快、迅速翻转,无疑加剧了观众的困惑。因此,在成功塑造检察官形象的基础上,打磨庭审环节,写出优质法庭戏,对完善改编大有裨益。

再如,重新梳理基娅和泰特感情发展的心理变化和关系曲线,将其作为感情线的重点进行改编;与此同时,对基娅和蔡斯的情感纠葛做出删减。因为相较于后者的泥泞关系,前者更具表达和重塑的空间,且其对自然和人性的挖掘,也更为深刻、更有特色,而非两段关系都均匀讲述、未能深入,恰如蜻蜓点水般地潦草收尾。此外,其他情节,亦应以符合原著精神为核心,做出相应取舍与变动。

第五,大幅调整电影叙事节奏。

影片结尾无须面面俱到,要根据主体剧情的修改随之调整,杜绝形式化地还原原著,而是要在充分领会原著精髓的基础上,选择更加符合电影叙事逻辑和规律的改编方案。通过改编,尽量降低现有版本电影结尾与主体的割裂感。

第六,强化沼泽这一核心意象的象征性,进行更深入的拍摄设计和主题探索,并暗示观众"沼泽—基娅—女性"三者之间存在"一体共生"的关系。

原著小说虽然将湿地和沼泽加以区分,分别象征着女主人公基娅两个不同的人生阶段,且影片开头通过旁白重述了这段原文,但电影要简化同类影像,合并相似场景,进而将其加强。因此,沼泽作为核心意象,不宜全部采用田园牧歌式为主的和谐美好的影像风格;而应强调其象征着基娅所代表的最原始的女性力量,充满自然智慧,突出其神秘、深邃、坚韧,孕育生命又潜滋暗长等奇观特点。

故而,合理的改编可以顺势做出如下设计:陪审团那些居住在沼泽附近的人们,正是被这种力量吸纳、被始终存疑的伪装感化,终究决定与基娅结成临时的共同体,来对抗男权社会和现代法制,彰显出沼泽吞没一切(包括真相)的天然威力。一开始他们站在基娅的对立面,但经由庭审,对"沼泽女孩"经历的被排斥、被边缘化、被妖魔化等压迫与不公产生了同情,哪怕明知很可能就是女孩所为,却依然选择投她无罪。

第七,改变萤火虫等其他意象的呈现方式。

以雌萤火虫为例,目前过于含蓄,非原著小说读者很难领会其中精妙之处,故应予以强调。譬如,可以增加在夜间野外发现昆虫实体的相关特写镜头和必要说明,并巧妙地与基娅本人建立有效链接,这有利于丰富视听、揭示主题。

除昆虫外,片中还有一些动植物细节需要进行专业的、合理的取舍。例如,因电影时长有限,就无需在不做任何铺垫的情况下,只提一句"大红",即小说中多处提及的基娅给鸥群首领雄性海鸥取的名字,等等。诸如此类,仅仅为了忠实原著小说,而在影片改编中刻意机械复制的碎片化细节,其实没有必要保留。

根据笔者上述对电影《沼泽深处的女孩》改编进行的剖析和建议,还可以得出以下启示与总结。

影视改编是优秀文学作品走向大众视野、获得持久生命力的重要桥梁,也是衡量编剧专业水平的重要标尺。成功的改编本质上就是二度创作,兼具电影自身的艺术价值和对其原著小说的滋养及推广,必然不只是"尊重原著""还原原著""忠于原著"那么简单,而是必须根据具体的作品和要求,进行相应的不同程度的"改写"和"编织"。

即使在观众看来,改编电影确实与原著小说高度一致,哪怕相似度无限接近于百分之百,也和改编过程(如对故事和符号的跨媒介转换技术等)密切相关,不能忽视编剧和整个团队对此做出的不渝努力。更何况,正可谓"一千个人眼中,有一千个哈姆雷特",根本不存在所有人都认可的全息还原。

因此,电影改编重在表达,呈现虽不可或缺,但仍须坚定地服务于表达。显而易见,当思想表达不够清晰明确的时候,影像呈现势必随之散乱、缺乏重点。

不难发现,像《沼泽深处的女孩》这样,单纯追求形式相似,通常处于改编的初级阶段,除非电影重置的思想远高于原著小说,否则很容易成为中规中矩的平庸之作;而如果达到了实质相似,就有兼具形式相似和选择形式不同两种路径,前者往往是小说读者最认可的一种改编,后者则很有可能发展成一个全新的故事;至于形式和实质都与原作大相径庭的改编,除了刻意为之的反讽喜剧等类型,实际已经大大削弱了二者之间的关联了。

综上,成功的电影改编确实不拘一格、多种多样,但如果缺乏强有力的表达,即便再强调尊重原著,最终呈现也极易成为一盘散沙;而呈现唯有紧紧围绕改编者所确定的表达,并以此作为统辖,才能锦上添花,若能灵活运用、有所创新的话,亦有机会"条条大路通罗马"。

回眸2022：现实主义电视剧的"共同体叙事"刍议①

自1958年反映当时人民群众忆苦思甜的电视直播剧《一口菜饼子》伊始，作为"题材论"与"方法论"重中之重的现实主义荧屏创作光照中国电视剧进程已有六十五载。在中国电视剧方阵中，现实主义创作始终与国家发展、社会进步、时代风尚、人民生活的脉搏息息相关，是一种集体记忆、行为与期盼的荧屏化再现，也是一种充盈着"共同体叙事"的影像化投射。如果说，此前的现实主义荧屏创作在求"真"和求"美"的思辨性中已下意识地从创作美学到接受美学都积累了大量"共同体叙事"的经验，那么2022年无疑是现实主义电视剧"共同体叙事"走向成熟的丰碑之年。创作的日臻成熟是时代使然。

一、时代命题：从"概念界定"到"功能发挥"的共同体叙事

2022年是党的二十大胜利召开的重要历史时刻。根植于时代文化土壤，这一年度优质的现实主义力作彰显了蓬勃的生命力。这些力作立足时代，取材现实，服务人民，自觉以"共同体叙事"在社会大众间产生了审美共鸣的效应，起到了凝心聚力的作用。这是一种艺术自觉，更是一种文化自觉。当然，这一切还须从"共同体叙事"的概念界定谈起。

---

① 本文系国家社科基金艺术学重大项目"中国文艺评论的理论基础和前沿问题研究"（项目编号21ZD02）阶段性成果。

（一）"共同体叙事"的概念界定

"共同体叙事"在创作美学上主要在于文本建构，是对某一历史阶段面临共同处境、肩负共同使命、具有共同期待的人物群像展开描摹，借助人物行动构成有机互动的人物谱系与戏剧冲突，并在一种休戚与共的题旨观照下，经由艺术提炼与加工，增强人物群像历史凝聚力的叙事话语；"共同体叙事"在接受美学上主要在于共情效应，是创作者与接受者、接受者之间以文本为媒介形成的"情绪共情"与"认知共情"的复合，在互联网交互环境中，接受者通过发射弹幕、平台群组讨论、社交平台短视频二次创作等方式参与评价和文本建构，形成衍生化、再生产的"故事世界"，从而强化了接受者与创作者、文本、衍生产品的关联性，进而促进创作与接受的共同体叙事。

譬如，从1990年产生万人空巷轰动效应的《渴望》到2022年春节掀起收视热潮的《人世间》，两部时隔三十二年的作品在人物塑造、情节编织、冲突设计、制作技术、审美倾向等方面都有巨大差异，但作为"家国一体化"叙事的现实主义力作，二者在"共同体叙事"上具有诸多共性。

从创作美学来观照两部作品的"共同体叙事"，二者都遵循了民间化、共情化的中国故事叙事传统。《渴望》与《人世间》围绕几代人悠悠岁月中人世间的悲欢离合，以点带面地勾勒出时代大潮中的普通人群像。《渴望》以善良女工刘慧芳与宋大成、王沪生的人生纠葛，收养孩子的人生经历为主线，《人世间》以东北普通工人周志刚一家三代人的命运沉浮为线索，两部作品深刻描摹普通人之间的恩怨悲欢的同时，并未囿于个体矛盾本身，而是跳出个体间的戏剧冲突，从更宏阔的时代大潮中将无数普通人凝聚为共同体，抒写了一代人在岁月沧桑中的共同经历，传递出人们渴望真诚、美好生活的共同愿景。

从接受美学来观照两部作品的"共同体叙事"，二者在不同时代都能准确把握观众的心理脉搏，通过作品实现"家国一体"的共情效应。这种共情效应经由感性层面的"情绪共情"，引起接受者超越文本的思索，从而实现理性层面的"认知共情"，继而在一定时期的大众传播议程设置中形成"情绪共情"与"认知共情"复合式的同频共振。《渴望》追求传统戏曲那种大悲大喜、大善大恶的极致化叙事美学，延续了"良家女子负心汉""失子惊疯"等中国传统故事模式，这也是对中国人注重伦理道德评判、血脉代代相传的精神投射。《人世间》虽然不是将人物善恶推向极致，也没有过于强调生死离别的悲惨命运，那些看似"絮絮叨叨、琐琐碎碎"的日常化桥段充盈着亲切平和，契合一家人在春节期间"合家欢"式的接受方式，故事叙事在娓娓道来中以世俗化、民间化的方式引起人们在各类社交平台上的探讨和短视频的二次创作，促使《人世间》在接受领域产生叠加效应，这与传统广播电视时代《渴望》播出后"举国皆哀刘慧芳，举国皆骂王沪生，万众皆叹宋大成"的情感共振如出一辙，并引发了学界、业界、大众在荧屏历史中寻觅集体记忆与情感共鸣。

（二）"共同体叙事"的功能发挥

"共同体叙事"是现实主义荧屏创作发挥文艺社会功能的重要话语路径。"共同体叙事"对人物群像在时代大背景下的谱系化塑造所形成的时代聚合力穿透荧屏，使得这种叙事话语既是一种社会情感的"粘合剂"，也是一种社会力量的"聚合场"，起到了凝心聚力的精神功效。儒家很早提出过"兴观群怨"的文艺社会功能，"共同体叙事"正是在"兴"的审美感发下引出"观""群""怨"的多重社会功能。

一是"兴"，即文艺以审美方式动人心魄、宜人性情的本体功能。之所以将审美感"兴"置于"观""群""怨"之前，就是突出了文艺作品首要的、本体的属性与功能。文艺创作所有社会功能的发挥都需要以"兴"为前提。比如，《大山的女儿》(2022)以全国优秀共产党员、"时代楷模"黄文秀为原型，向观众讲述了她在基层扶贫中无私奉献、感人至深的事迹。该剧"没有刻意营造和沿袭以往宏大的样板式的英模叙事风格，反而将切口不断收缩，聚焦百姓关于吃饭、收入、教育、养老的实事，从生活入手、从小事入手、从细节入手，以情感为纽带解决最真实、最质朴的乡村脱贫攻坚的基础民生问题。黄文秀发自内心地把村民当成家人，把百姓的事当成自己的事，去影响人、感化人，情感的积聚也为接下来的叙事找到了合适的突破口"[1]。

二是"观"，即文艺观照客体世界、体察世情百态的功能。现实主义电视剧的成败关键就在于是否根植宏阔的社会现实世界，一旦丧失了现实之基，作品就成了"空

---

[1] 司长强、刘长伟：《用温暖与奋进书写"时代楷模"——电视剧〈大山的女儿〉叙事特色》，《电视研究》2022年第9期。

中楼阁"，人物也成了"真空"形象，遑论与观众产生"共情效应"。《人世间》(2022)以周家三兄妹为故事核心，用细腻的笔触刻画"光字片"平民社区里立体生动的人物群像，用真实的笔触勾勒跨越近五十年的一部平民史诗。该剧"以家庭这一社会最小单位为切入口，聚焦周家的发展故事，借子女成长中的个体矛盾与人生轨迹透视社会转型时期之下工人、老一辈干部、知识分子等不同群体的曲折命运经历，真实反映现实社会的深刻跃迁，揭示特定年代下平民百姓的共识性思想价值与道德观念"①。以微观的"家"链接宏观的"国"，家国情怀的书写与民族认同的构建助推该剧托举起一幅绚丽多姿的现实主义浮雕。

三是"群"，即文艺凝聚人心、汇聚力量的意识组织功能。"共同体叙事"通过审美化之"兴"与现实化之"观"，指向社会审美组织功能，从而由文本中人物谱系的社会凝聚力激发创作端与接受端的共情效应。《春风又绿江南岸》(2022)讲述了耿直的环保局副局长严东雷在出任江南县书记后一心为民，立下军令状，做好江南县的环境保护、精准扶贫、扫黑除恶等工作，把春风带往江南县，让春风吹绿江南岸的故事。该剧不以干群关系入手，而是着力展现干部与干部间的发展观、政绩观上的分歧，将镜头聚焦县级、乡镇级以及村级的基层干部群体。剧中严东雷借环保整治带动江南县的政治生态整治，摆正"为民服务、以民为本"的初心，展现"县—乡—村"三层级干部凝心聚力、众志成城地引领江南县实现绿色、环保、可持续发展。这是对现实生活的审美化提炼，并经由荧屏实现了创作与接受的情感共振，通过大众传播形成社会大众的情感"合力"。

四是"怨"，即文艺的宣泄情绪、净化思想的功能。"共同体叙事"借助强烈的戏剧冲突将黑白善恶的道德评判交由观众，使之获得真实情感在虚构故事中的宣泄，从而获得思想境界的升华。《县委大院》(2022)借陈述式的白描手法使光明县的经济、粮食、环境、民生等发展领域的治理进程得到真实的展现。作品力求真实地书写县域基层工作情况，剧中一面是经济发展，一面是环境保护，在一种二律背反的两难境地中，人物的选择各不相同，观众对待剧中人物的情感与评价也不尽相同。在剧

---

① 杜莹杰、刘一连：《电视剧〈人世间〉艺术书写策略探析》，《当代电视》2022年第7期。

烈的戏剧冲突中，观众跟随剧中人物的引领，沉浸于故事世界，分立于不同立场，产生情绪的波动，并伴随着剧中人物的心路历程，自己的情感也在荧屏世界得到充分宣泄，在宣泄之余又进行思考、体悟，从而实现精神的升华。

"共同体叙事"社会功能的进一步发挥还须着力于对优质文本的创作经验提炼。一部作品是"形"与"神"的复合体，形神兼备者方为上品。在叙事作品的有形部分中，人物是一切叙事要素的由来。由一切有形的要素相互作用，最终升腾出的，是一种无形而又能够作用于人的精神世界的"神韵"，或曰审美品格。这也是笔者选择了"有形"之核的"人物塑造"与"无形"之韵的"审美创造"之双重视角刍议现实主义"共同体叙事"的缘由。

二、"有形"之核：从"个体言说"到"群像绘制"的人物共同体

荧屏叙事诉诸编、导、演、服、化、道、摄、录、美、音各个部门，是各部门对创作资源协同优化配置的结果，而作为叙事艺术，其核心仍在于人物与情节。二者之间相互依托，但人物塑造依然是问题的主导面与根本点。"人物中心论"与"情节中心论"的博弈在网台联动的电视剧传播视阈下愈演愈烈。网络传播尤其是移动互联网的电视剧传播通常以"强情节叙事"抬升点击率，以至于在固化情节模式中的人物形象存在"去典型化"和"去发展化"症结。"去典型化"主要表现为创作者在共性提炼和个性表征的顾此失彼，这属于现实主义方法论在共时维度的失误；"去发展化"则主要表现为人物精神嬗变的不足或心路历程表达的失真，这属于现实主义方法论在历时维度的缺位。诚然，不论文学、戏剧、电影、电视剧，还是网络文艺中的各种叙事变体，人物永远是叙事艺术的灵魂，人物精神世界的丰盈程度在很大程度上决定了作品"美学的历史的"高度。2022年许多现实主义电视剧的人物塑造在从"个体"塑造到"群像"构造的过程中确保了典型性和发展性，在现实主义人物塑造的共时与历时之经纬交织中，托举起一个个具有共同记忆和个性色彩的人物灵魂，绘制出一道道根植现实生活又通往审美星空的人物弧光。

（一）个体形象：典型塑造与人物弧光

从宏大叙事的人物塑造而言，2022年初恰逢冬奥会盛大开幕，作为献礼的年度开局大戏《超越》彰显了强大的中国体育精神。《超越》之"超越"一方面在于体育竞技上的勇攀高峰，剧中郑凯新、吴庆红、陈冕、江宏、陈敬业等短道速滑运动员勇于拼搏、超越对手、开创纪录，在训练和比赛中经历了重重险阻。他们克服困难、取得胜利过程也是中国体育人在世界体坛不断进取、不断收获、不断超越的一幅缩影，具有典型性。另一方面，"超越"在于人物包含精神境界在内的全方位的提升。"从抢夺营养品获得队友的认可，到接受教练吴庆红以好食材借喻好天赋的教诲，到江宏十八岁生日会被集体氛围打动，再到危难之际陈敬业等人的出手相救，郑凯新最终完成了从身份加入到身心归属的进阶，在多情境的累积中真正成为短道队的一员。"[1]这是在典型环境中发展的人，是"历史的人"与"人的历史"之有机复合体。

现实主义的镜头不仅观照宏大叙事，也聚焦微观的百姓日常。优质的现实主义作品在对日常生活近乎工笔的精微化描摹中，往往力透纸背，既能"入乎其内"，又可"出乎其外"，为众多个体命运交织形成时代的大写意做足了准备。钱锺书先生在《谈艺录》中对文艺作品美学品位界定了基本层次——事之法天，即求真。《少年派2》（2022）不同于许多以往校园版"灰姑娘"、都市丽人"升职记"的青春化叙事，该作品中的人物塑造遵循了"事之法天"，摆脱了许多青春剧中非现实的"真空"式人物。该剧以大学毕业在即的四名青年人林妙妙、钱三一、邓小琪、江天昊在青春道路上的憧憬、彷徨、挫折、奋起为叙事主线，林妙妙的父母林大为、王胜男夫妇重新择业、创业之"重走青春路"的人生探索为叙事副线，双线交织，完成了典型化、发展化的"不平凡的平凡人"塑造。"事之法天"这个层面的"求真"绝非自然主义的摹写，而是通过对现象共性与角色个性相融合，实现典型塑造。譬如，该剧女性形象塑造就十分富有时代的典型特征。王胜男这一形象人如其名，巾帼不让须眉，曾因丈夫林大为换工作没有与自己商议而毅然离婚，在子女教育问题上相较于林大为则处于主导地位，这是当代女性权利意识提升在家庭观上的映射。

---

① 武丹丹：《〈超越〉对我国体育题材电视剧多维向度的拓展》，《当代电视》2022年第4期。

根据钱锺书先生的观点，在"事之法天"的基础上，审美创造应当追求"定之胜天"，即对"事之法天"呈现出的现象百态展开道德是非评判以求善。这是在满足受众需求、获得情绪共鸣的同时对大众的一种精神引领，这是"共同体叙事"在接受美学领域需要抵达的共情彼岸。电视剧《大考》（2022）就是一部以2020年疫情期间高考为"小切口"，再现人民集体记忆、彰显大国雄浑气魄的现实主义精神与浪漫主义情怀结合的荧屏佳作，作品实现了荧屏内外、创作与接受的"共同体"审美叙事效果。剧中县一中校长王本中之妻作为医护人员于2003年的"非典"抗疫中牺牲。王本中之妻在剧中是一种"缺席"的"在场"，始终对女儿王倩有着一种冥冥之中、潜移默化的精神感召力。继承母亲衣钵的王倩起初不愿作为同事的男友前往疫区，在与男友的一番争论和自己的一番挣扎后，她选择与男友共赴疫区。当她在疫区经历了与死神赛跑的奋战，受到深刻的灵魂触动后，毅然决然地赶往当地重症区继续作战。在王倩母亲奉献精神的感召下，在共赴武汉白衣同袍的彼此激励下，在万众一心抗疫精神的普照下，必然会涌现更多思想上获得成长与升华的"王倩"们。在个体人生际遇之或然律与特殊性背后，是人物命运与历史趋势之或然律与必然性、特殊性与普遍性的高度统一，这就是典型形象内在的辩证统一。王倩的塑造，既有典型性，也有发展性，也体现了其母在精神引领中的"定之胜天"。

（二）群像塑造：人物谱系与共同使命

个体的描摹往往受制于群像的塑造，这源于社会前进的动力在于群体合力而非一己之力。正因为人的社会化生存受制于历史，所以，典型"人物"要寓于典型"环境"之中，典型"个体"的有机互动生成典型"群像"。只有"群像"塑造成功，才能形成"共同体叙事"。《少年派2》直面现实人生的种种困境，以多个青年形象绘成人物谱系。该剧第一集就出现了当代一些青年人面临的两大困境——"焦虑"与"内卷"。作品开篇，身处异国他乡、长期焦虑而身患抑郁症的钱三一绝望地走向湖水深处，幸得燕虞迪拼命将其救出。另一边则是通过戏剧冲突的设计来凸显青年人大学毕业后竞争激烈的"内卷"现象：林妙妙临近毕业时既没有参加考研，又丢掉了留在电视台的工作机会；江天昊再次创业失败，只能转让餐馆；一心渴望在大城市开创艺术事业的邓小琪面试失败，只能听从母亲安排而回到江州老家。这些冲突的设计并非空中楼阁，而是对现实中许多青年人精神焦虑问题、社会竞争压力等真实现象的荧屏"缩影"，因此更容易引起广大青少年的关注与共鸣。

"共同体叙事"的人物谱系作为一个有机联动的整体，在人物关系上的对立性恰恰是人物弧光形成的动力，在一种发展式、典型化的塑造中，人物谱系也成为一个动态的有机系统。《大考》中描摹出子女与父母、师生之间、同学之间在疫情高考之路上的重重矛盾关系，而矛盾中的对立性在这场超越高考本身的全民"大考"中消解在共同体的同一性之中。在作品旨归的统御下，多条叙事线索交错发展，铸起了一幅在广阔社会背景的疫情中工农商学兵各行各业中华儿女砥砺前行的时代浮雕。《大考》之"大"，就在于全剧借高考的"缩影"，映射下人们在前所未有之疫情困境中的艰难拼搏与彼此慰藉，从而书写了这场全民"大考"中众志成城的热血诗篇，升腾出荧屏内外中华民族精神共振的"力"与"美"。全剧以群像构建出故事世界中的具有共同使命、共同期待、共同奋进的共同性关系纽带，从而构建出有机的、发展的、联动的人物谱系，进而生成了"家国一体化"的共同体叙事，实现了以荧屏为媒介的创作与接受的共情效应。

三、"无形"之韵：从"创作美学"到"接受美学"的审美共同体

由人物心灵世界外化的戏剧行动所折射出的是无形的意蕴、品格和美学精神。这种"无形"之韵犹如作品的灵魂。现实主义电视剧"共同体叙事"作为中国荧屏叙事的一种独特的叙事话语，在美学追求上应当珍视中国化的叙事美学资源，传承中华美学精神，这涉及创作端审美意象、审美范畴的选择与提炼，还涉及创作端与接受端的共情共鸣，从而结成审美共同体。

（一）隐喻化意象的共情效应

中国美学的核心在于审美意象。荧屏创作的视觉意象生成理应遵循中华美学精神，当然这也是中国荧屏叙事的美学基因所在。优秀的作品总能够以现实主义之

力对中华美学意象实现创造性的荧屏转化，从而凝聚人心，汇聚力量，实现"共同体叙事"的应有社会功能。

一是物件意象与现象的意象化。在某种规定情境下，一些物件或现象能够激发剧中人物的情感共鸣，强化人物之间的情绪关联度，并激发创作者与观众的共情效应，实现超越物本身或现象本身的美学升华。在《少年派2》中，邓小琪排演的《浮士德》作为世界戏剧史上的经典之作，讲述了浮士德在理性冲动与感性冲动交锋下探索人生意义与社会理想的传奇故事。戏剧中浮士德的人生探索正是对剧中四个青年人和林大为夫妇等芸芸众生上下求索的哲理化隐喻，戏中戏的设置增添了人生如戏、戏如人生的虚实相生之美。林大为与王胜男为身患绝症的刘工和其他患者举办文艺活动，这本身体现出了中国传统文化中"老吾老以及人之老"的优秀品格，也折射出了人物身上敬畏生命、美善相济的人格光芒。文艺作品中的医院往往是一方特殊的叙事空间，这里上演的生离死别更能激起人物对于生命价值的深度思考。剧中刘工为画展准备的"四季"正是对人生一世、草木一秋的审美化隐喻。刘工没有完成画作便溘然长逝，王胜男深受触动，决定继续为患者们举办文艺活动，激发他们治疗的信心与生命的活力。在"四季"画展策划中，剧中人物的思想获得了净化，屏幕前受众也得到了启迪。这便是一种人生的成长，而屏幕内外的审美共振完成了一次关于生命与成长的美学托举。

二是实体空间的意象化。一些诸如"道路""桥梁""阶梯"等空间物质构造在某种规定情境下能够直接升华为承载人物情感和美学意蕴的时空场。《大考》中医疗队即将出发时两个空间的"楼梯"形成了彼此呼应的意象。王倩所在出征仪式的台阶与其父亲王本中所在教学大楼的阶梯是"大考"中医护工作、教育工作需要攀登的那座隐形的"高峰"，而父女间无言的牵挂和各自的坚守令一种"苟利国家生死以，岂因祸福避趋之"的家国情怀跃然荧屏，两个楼梯场景的镜头转换折射出一种互文式镜语的崇高之美。此外，当洪灾席卷金和县而影响了考生交通时，风雨交加中的战士们所铺设的浮桥成为又一重要的空间意象。"桥"在物理空间上的连接作用投射于艺术世界，往往成为人生重大转折、开启人生新篇的符号化象征。剧中此处的桥，情景交融，虚实相生，可谓意涵丰盈。正是于这场"大考"中，全社会各行各业日夜奋战，在风雨中为民族的未来托举起了这座通向光明和希望的"浮桥"。《大考》临近尾声，当考生们意气风发地走出考场后，满怀感恩地向武警官兵、医护人员、教师、家长鞠躬，大景别的运动镜头在考场外全景式地调度，绘制出的正是全社会面临"大考"时众志成城、凝心聚力的一幅"缩影"。

三是概念化意象。一些意象属于约定俗成的概念化隐喻，如中国的梅兰竹菊就是对人物品性的一种艺术象征。还有江河湖海也具有"人化的自然"烙印，近年来"现象级"作品《大江大河》系列（2018、2020）中的"江河"就是对改革开放以来工农商学兵典型人物奋勇启航、乘风破浪的一种写照，也是人生岁月长河的一种象征。"大江大河"还是一种贯穿荧屏内外的情感之流，是改革大潮中各行各业共同奋进的大写意。类似地，原名《大运之河》的《运河边的人们》（2022）以当代大运河为剧作背景，以"书写古老运河的新时代故事"为定位。该剧将故事视野放置于当下，围绕东江市的大运河河道污染治理与生态环境保护、历史文化传承与世界非遗申报、文旅融合发展与共同富裕推进等方面展开叙事。一方面，该剧采用历时性叙事顺序，以东江市沿岸人民的生活为线索，讲述大运河随时间长河的跃迁而发生的改变，勾勒出大运河两岸于治理前后时期的对比以及彰显新时代治理之下所焕发出的新生机。另一方面，所谓"一条大运河，半部中华史"，可见大运河作为中华民族历史中的一项标志性工程，其所蕴涵的中华民族的精神、气魄、胆识、力量也由这条意象化的大河直抵观众的精神世界。

（二）中国式崇高的共情效应

如果说审美意象还是相对具象的、个别的审美塑造，那么一部作品呈现出的整体精神气韵则属于审美范畴，作为大国荧屏叙事，我们应当追求与之匹配的审美范畴，方能彰显大国精神、大国气派、大国力量。在众多审美范畴中，"崇高"由于其"无限性"特征，更能体现出一种万众一心、众志成城、凝心聚力的大国之美。《超越》中的体育健儿在训练和比赛中冲破重重险阻是一种崇高之美。借助康德从哲学视角对"崇高"关于主客体关系的界定，《超越》借助奥运之旅折射出的是中华民族不畏艰险、勇于攀登的崇高之美。这种美感，正是多难兴邦的中华民族（主体）在历史的峥嵘岁月面对重重险阻（客体）时所体现出的民族品格、民族精神与民族气节之美学升华。

"共同体叙事"的文本建构需要化"真"为"美"，化"善"为"美"，以审美路径通往接受者精神世界。由"感兴"之"情绪共情"方能抵达"认知共情"，这种精神之"真"与"善"在荧屏抒写中化为崇高美。"崇高"虽然是西方审美范畴，但是与中国的"刚性美"异曲同工。清代文学家姚鼐于《复鲁絜非书》对刚性美形容道："其得于阳与刚之美者，则其文如霆，如电，如长风之出谷，如崇山峻崖，如决大川，如奔骐骥"，这可以看作是中国式的崇高刚毅之美。《警察荣誉》（2022）"积极拥抱青年语态，以社会背景差异性极大的四位青年实习警员入手，而这四位实习警员的迥异背景设置则反映出该剧对于现实社会中青年群体生存状况的一种透视与关切，也为当下社会的真实风貌作细致描摹"[①]。该剧在塑造时代英雄方面，没有套用传统的英雄化叙事模板，而是扎根现实生活，坚守现实主义，选取源自民警真实采访所得的案件素材，大量采用强烈纪实性色彩的长镜头与执法记录仪镜头，以纪实感与真实感拉近荧屏内外的心理距离，推动着平民英雄塑造的美学创新，塑造出中国式英雄的群像。此外，《警察荣誉》不以强烈冲突和悬念制胜，摆脱了以曲折离奇、惊险刺激的破案情节与"万能"甚至"超能"警探形象的模式，而是真实地呈现基层派出所的日常工作与生活。那些看似琐碎平凡的细节，恰恰给予观众以现实生活平和、真实、温暖的质感。这种由现实之"真"积淀而成的作品具备一种坚实的美感，使得全剧在平和与坚实之中洋溢着中国警察们的阳刚之美。

与西方"崇高"和"优美"的关系相较，中国美学的刚性美与柔性美不是割裂、对立的，而是相反相成、彼此转化的，所谓"一阴一阳之谓道"即如此。中国式的崇高在女性塑造中体现为刚柔并济的人格光芒。《幸福到万家》（2022）讲述了一位普通农妇何幸福嫁入万家庄，历经事业、爱情等的多重考验而逐渐成长为一代乡村企业家，在带领万家庄的村民乡亲共同致富，将万家庄打造为"最美乡村"，推动万家庄乡村振兴的故事。剧中的主人公何幸福不同于寻常农妇，因妹妹在大婚当天被万

---

① 刘丽菲：《年轻语态·平民英雄·时代命题——论"非典型"公安题材剧〈警察荣誉〉的多重创新》，《电视研究》2022年第11期。

家庄书记之子万传家以闹婚之名而实施侮辱,她以"秋菊打官司"式的执着精神向公婆、乡亲、书记以及封建陋习作坚决的抗争,最终也以村告示明令禁止闹婚而胜利告终。进城后的何幸福在勤杂工作之余努力学习法律知识,考下驾照,最终以自身的踏实肯干、善良淳朴获得律所三位合作人的认可,成功实现由勤杂工"升迁"为前台的目标。如此刚强、不服输的何幸福同样也有着自身女性柔和、温情的一面,事业的拼搏固然重要,但家庭的美满更是拼搏本身的目的。由何幸福到"何幸福们",中国式的崇高阐发出当代女性的刚柔并济之美,刻画出乡村振兴中女性力量崛起中的群像图谱。

(三) 交互式审美的共情效应

网络媒介传播的迅速崛起与媒介传播力的极大提升不断增强受众的媒介事件参与度。网络弹幕、社交群组、二创视频等网络媒介互动形式逐渐衍生并繁荣发展。无论是赞扬抑或批评,无疑都是网络交互性的体现,同时也对后续鉴赏者产生了不同程度的心理暗示。这种"参与式"的故事世界建构本身即是一种联结创作端与接受端以及受众之间的"桥梁"。借由媒介的"桥梁",观众与剧中角色方能结成一种"情感共同体"。这种接受美学领域的网络交互式审美共情效应至少包括以下三种常见情形。

一是网络弹幕的交互。用户于视频接受过程中可根据个人感悟与好恶发布弹幕,这使得网络观剧生成了一个弹幕川流不息的"云端客厅"。弹幕的"阅读痕迹"为后续受众带来了网络独特的传播环境,使得传统无弹幕传播过程产生了微妙的变化,接受的过程混杂了先前用户的审美体验。前人与后人、创作者与接受者在历时性维度上获得审美情感共鸣,并结成该故事世界里的"审美共同体"。《爱拼会赢》(2022)里海生一行人初到市场贩卖干海货时遭遇地头蛇雷大脚的欺压,雷大脚提出"以市场价折半"的收购价格购买海生等人干海货的要求。雷大脚的无理要求遭到拒绝后,竟私下限制其他商铺与顾客购买海生干海货,导致海生等人陷入绝境。故事行至此处,受众不禁发出"欺行霸市""地头蛇"等弹幕。弹幕赋予了受众发表道德评判的权利,也是受众情绪的一种宣泄路径。剧中海生不惧强权、顽强抗争,即使身处困境但仍旧坚守赤子之心，将意外捡到的钱财交还给失主。正是由于这一善举，失主为其伸张正义。海生等人找到了合适的买家并以市场价格进行出售。对于这一事件的小圆满结局，观众同样也发出"好人有好报""精神满足比物质满足更重要"等弹幕。在一些转折、高潮的关键情节点，往往出现层出不穷的弹幕"大军"，形成"云端客厅"的一种类似于影院观众的情绪共振效果。

二是社交群组的交互。相较于弹幕的交互，微博、豆瓣、贴吧等社交平台的趣缘小组的交互则更具针对性与稳固性。社交群组内用户可于观剧体验后发布留言帖，抒发个人感悟，后续用户则可针对该帖进行回复评论抒发己见，这一形式则避免了弹幕的无序与无针对性问题。此外，留言帖不同于流动的弹幕，不存在自动消失与固定情节处才可被发现可见的问题，因而更具时间上的稳固性。用户观剧后来到社交群组寻求情感的共鸣，以发帖、评论、回帖等形式获得彼此认同并构成情感链接，构成情感维度同频共振的"审美共同体"。《我们这十年·唐宫夜宴篇》（2022）讲述了"河南卫视2021年春晚同名舞蹈节目背后的创作艰辛，以郑州市歌舞团舞蹈编导与表演者的女性视角入手，深刻展现面临理想与现实间的鸿沟，普通创业者如何坚守理想初心并听从内心呼唤而勇破困境，借助虚拟现实技术的力量推动中华优秀传统文化的创造性转化"[①]。该剧播出后引发众多女性创业者的共鸣，豆瓣平台中一位女性网友感慨"为舞蹈，跳了十年！终于从B角跳到了A角，身边人都放弃了只有她还在坚守舞蹈。但随年龄的增长，生孩子就成了她的难题。生了以后可能就再也跳不动了，不生又怕将来后悔"，而在该留言帖之下也有许多女性网友的同感留言，比如"我觉得热爱舞蹈除了自己跳舞，还可以通过做很多其他事来实现，比如教孩子跳舞，等等，我希望小艳能继续自己的热爱并且生活的幸福"。用户的个人情感借由社交群组的发帖而获得抒发与宣泄。此外，其他用户也凭借回复评论表达对原帖主的认可，双方共同为《我们这十年·唐宫夜宴篇》中小艳的执着逐梦的故事所感动，也为小艳所面临的残酷现实与艰难处境所担忧。所谓"人以群分"，社交群组中的观剧用户于心理、情感层面获得情感共鸣，由此实现"审美共同体"的构建与延续。

---

① 姚睿、何金源：《〈我们这十年〉：混声合唱书写时代精神》，《中国电视》2022年第12期。

三是短视频再创作的交互。如果说网络弹幕、社交群组形式是基于用户观剧体验下的情感抒发，那么二创视频则意味着用户的主体意识在网络媒介获得极大激发，受众希望参与故事建构的意愿更为强烈。再创作下的视听产物也兼具着网络弹幕与社交群组的评论功能，使其交互形式更为多元化。《幸福到万家》一经播出便广受好评，引来了众多影视解说类短视频制作者和该剧忠实粉丝二次剪辑的风潮，二创制作者以自身视角对原作进行"复述"或"重构"。B 站平台中的"黄花梨罐头"账号博主就《幸福到万家》全剧进行了二十期的短视频解说，采用"原声＋配音"的形式，即先播映部分原剧片段，再加入主观配音内容，或是对后续即将播映原剧片段先进行简要概括，辅助观众理解与接受。在该剧第一集的"闹婚事件"中，该账号博主则犀利评价"要不咋说王家人老实到窝囊呢，哥俩到了门口怎么也进不去这扇门，还好这个时候幸福赶了过来"，同时配以何幸福一脚踹开房门、营救妹妹的画面。此时的弹幕评论大多是如"哈哈哈哈哈这一脚踹得好""还是赵丽颖厉害一脚踹开门"等对博主犀利语言和爽感剧情的喝彩。这种基于影视的再创作短视频集合了网络弹幕与社交群组的评论功能，将原剧创作者、二创制作者以及原剧与解说视频的受众等多方的态度、观点、情绪、思想凝聚于一点，形成审美共同体的矛盾统一体，锻造成集结各方情绪、态度、观点的审美情感"枢纽站"与"能量场"。

四、结语

我们立足今天，回望历史，是为了明天。毛泽东同志于 1942 年 5 月在延安文艺座谈会上指出："人民生活中本来存在着文学艺术原料的矿藏，这是自然形态的东西，是粗糙的东西，但也是最生动、最丰富、最基本的东西；在这点上说，它们使一切文学艺术相形见绌，它们是一切文学艺术的取之不尽、用之不竭的唯一的源泉。"[①] 2022 年正是《在延安文艺座谈会上的讲话》发表八十周年，扎根现实、扎根人民，既是使命，也是情怀。2022 年的荧屏画卷，以现实主义笔触致敬历史，展望未来，

---

① 毛泽东：《毛泽东选集（第三卷）》，人民出版社 1991 年版，第 860 页。

绘制出了典型形象与人物弧光，谱写人物群像与共同使命，塑造了中华美学意象，传承了中华美学精神，托举起了中国式崇高之美。中国电视剧人要让多彩的艺术蓓蕾盛放于人民生活的土壤之上，要用强大的精神合力共筑中华文化共有精神家园。在这一历史进程中，现实主义电视剧"共同体叙事"必将大有可为，新征程上的中国荧屏必将更加斑斓壮丽。

当下中国新主流电影中的人物塑造研究

高　睿

近些年,中国新主流电影越来越多地占据了院线市场份额,并不断在艺术性、商业性的融合上进行着探索和创新。当下的新主流电影紧随时代发展和传播媒介的变化,逐步拓展电影的主题范畴与内涵意义,出现了许多叫好叫座的影视作品。院线市场的变化应运而生的是创作市场的挑战,如何超越经典、推陈出新,成为当下影视创作者必须去思考的问题。

和过去的主流影片相比,新主流"新"在哪里?首先是"主流"内涵意义的外延。新主流影片的主题阐释更为多元化,留给创作者的表达空间更为宽松。当下的新主流影片不再拘泥于歌颂伟大英雄和历史巨变,而是在弘扬核心价值观前提下的包容并蓄、多元创新,为全面、深入展示新时代中国社会发展和人民生活提供了重要的窗口。其次是新技术、新科技的投入,让叙事手段更为灵活多变,视听效果得到全方位提升,同时丰富了主题表达的广度与深度,刷新了电影艺术的主流审美。另外,新主流电影中的人物塑造也是区别于过去主流影片的一大特色。从革命战争年代"高大全式"的人物形象,到苦大仇深的奋斗者、奉献者形象,到极具个人英雄主义的"战狼式"人物,再到当下具有个性色彩和反思精神的小人物。新主流影片对于人物塑造的不断突破,是创作者创造性领悟新主流内质精神的产物,也是其能够不断在艺术性、商业性上获得成功的根本保证。纵观当下新主流电影中的人物塑造,主要有以下三个特质。

一、人物的情感属性大于社会属性

从"实现中国梦""讲好中国故事"主题提出以降，大时代小人物的故事框架逐渐成为故事叙事主流。然而小人物的人性定位却一直未走出舍生取义、舍己为人的英雄情结窠臼。近些年，随着"温暖现实主义"观念的出现，影视人物的塑造逐渐打破了悲情英雄的设定，不断触及更真实和隐秘的人物内质情感，赋予了人物深层次的情感属性。

以时代楷模王继才为原型创作的影片《守岛人》在人物塑造上，着力避免了将榜样人物"圣坛化"，而是透过人物内在情感的铺陈，让人物更接地气、更具说服力。电影上映后，王继才的传奇事迹感动了观众，掀起了对默默奉献式英雄的社会性关注，这是影片所具备的社会意义，而让影片赢得好口碑的，则是其塑造了真实可信的王继才形象。影片的核心情境王继才夫妇几十年如一日为祖国守护无人岛的人生选择，被提炼为"你守着岛，我守着你"的情感选择。影片始终以王继才夫妻的情感线作为主要情节线索。王继才被迫留在岛上时，心念妻子王仕花和女儿小宝，妻子为了王继才下岛四下奔走。当家人团聚的希望一次次落空后，王仕花做了一个惊人的决定，她放弃了安稳的生活，要去岛上守护丈夫。王仕花上岛是因为对丈夫深切的爱，而王继才上岛的初衷是要在父亲面前做一个堂堂正正的男子汉，也要圆自己的"军人梦"。没有人天生就是英雄，不管是王继才还是王仕花，他们都是带着"私心"上了岛，而正是这份"私心"，让他们成了真实的存在。王继才用贝壳为女儿做了一串一串的项链，他最爱吃母亲包的包子，每天盼着人武部部长接自己下岛回家，每当舰队驶过，他就兴奋得像个孩子。影片用这些生活细节，再现了守岛人的艰辛，也流露出他们内心涌动的热爱。王继才不是无所畏惧的，面对妻子难产、父亲病逝、女儿辍学，他有一万个理由要下岛回家，而支撑他留下来的，除了守卫祖国领土的责任感，更多的是妻子的陪伴与支持，是渔民的信任与感激，是作为岛主的荣誉与自豪。影片着力刻画的，正是这些更为个人化的情感体验，个人化带来的是个性与独特性，是跟随特定人物与人物关系迸发的火花。王继才欣赏文艺又坚韧的妻子，才能在两人吃一份泡面的艰苦生活中一起读书、相濡以沫。王仕花认定了耿直善良的王继才,才有了三人两狗、日复一日的升旗仪式。艰难生活中的仪式感和文艺感,是创作者带给观众的审美体验,摆脱了说教式的歌功颂德,将一个有缺点、有遗憾、有无奈、有感情的鲜活人物呈现出来,这才是普通人也可以成为英雄的传神表达,也更能获得观众的共鸣与共情。

以实现中国梦为主题的励志影片《奇迹·笨小孩》,以"笨小孩"景浩的个人成功隐喻了城市的发展变迁和时代的机遇与挑战。景浩的人物形象起点是一个非常典型的苦孩子:年少辍学的孤儿,独自负担生病的妹妹。然而影片并没有让人物成长进入"苦孩子模式"的一般套路,而是另辟蹊径地走上了温暖现实主义道路。景浩兄妹贫病交加却始终保有一道希望,虽然失去双亲却并不是举目无亲。景浩有想法、有技术、有魄力,更有决心为妹妹治病,在他身边还有一群彼此依赖、彼此信任、彼此支持的朋友,这是他惨淡人生里的绚丽彩虹。不卖惨、不诉苦的《奇迹·笨小孩》让生活的打击与不测成为温暖的前奏。景浩的成功之路充满磨难与波折,阻力是多维度的,来自对手、社会和自然界,但是影片没有聚焦和放大人物在绝境中的痛苦,而是浓墨重彩地表现人物的顽强、团队的力量和情感的温度。影片为景浩量身定制了"奇迹小队",将孤独的主人公置身于集体之中,"对一个人影响最深、最能激发他的内心活动的,就是他同其他人物的交往。而且,在剧本中,一个事件发生了,大都是通过影响人物的关系的变化,才对各种人物发生作用,使他们产生特有的动作"①。"奇迹小队"的出现让主人公看到了成功的可能性,也构建起了失败的危机,全方位、多角度地展示了主人公的性格特质和内心矛盾。同时,"奇迹小队"的每一位成员都和主人公一样来自社会底层,每个人都面临着人生难题,他们是一个"边缘人"的集体。景浩的成功离不开"奇迹小队",而这些边缘人也都因为"奇迹小队"获得了生活下去的动力和希望。互相成就、互相拖累、互相映照、互相理解,影片通过主人公与集体的多重对位关系,写出了社会边缘人的困境思索与奋斗哲学,也提出了个人与集体的深刻命题。不同于《守岛人》中的守岛小队的亲情纽带,不同于《人生大事》中丧葬小队的对立统一,也不同于《万里归途》中的领导与拯救者

---

① 谭霈生:《论戏剧性》,北京大学出版社2009年版,第131页。

的人物定位，景浩与"奇迹小队"呈现出了镜像式的集体关系。"奇迹小队"中的每个人物都是相对独立的个体，集体意识和集体链接松散无序，作为核心的主人公并不是集体的黏合剂，有时更像一个局外人。连接他们的，与其说是一个共同的目标，不如说是一种共同的身份——他们都是被社会抛弃的人，他们在主流社会没有生存之地。于是，在这个集体中，他们透过他人反观自我，拯救他人也与自我和解，作品的反思性便透过这样的一种荒诞又温情的群体关系呈现出来。影片的结尾，这群"边缘人"实现了他们的中国梦，这是影片主题的表达。更为重要的是，他们虽然早已"分道扬镳"，却永远是一个集体，这是人物情感的表达。

以阿尔茨海默症为切口展示老年生活的温情大片《妈妈！》是导演杨荔钠"女性三部曲"的最终篇。影片对生活进行白描式地再现，展示了阿尔兹海默症对于人类，尤其是女性的巨大摧残，通过几代人轮回式的母女传承，提出了对于女性主义、母女关系以及养老问题的个性化思索。影片在人物塑造中，巧妙地利用了错位关系，让人物身份进行了反向重制，使人物摆脱了关怀题材影片人物的刻板印象，避免人物成为主题的画像，而是从情感的纬度讲述故事、亲历病痛。人物关系的错位是表现母女关系中经常会运用的一种叙事手法，在影片《你好，李焕英》中，母女关系错位为闺蜜关系，给观众带来了新奇的体验。《妈妈！》中的人物关系错位则是一种反向重制。因为阿尔茨海默症，原来中年的女儿照顾年迈的母亲，错位为健康的母亲照料患病的女儿，人物从原始角色身份中出走，却正好回归到了一般性社会关系之中。正是出于人物的独特性，母亲照顾女儿的老套路呈现出新奇有趣的新体验。人物的关系错位消解了代际间的矛盾，重制身份引发回忆与反思，人物似乎回到了关系的起点，试图重新去构建与找寻一种新的母女关系。在这样的一段旅程中，病痛只是作为一种外界手段，我们真正为之牵引的是人物的情感世界。表冷实暖的母女关系，是对现实亲子关系的一种提炼与再现，用抵触代替矛盾冲突的情感克制，不仅符合人物的身份状态，也营造出了中国式的家庭氛围和亲子紧张关系。影片中的母女情感复杂而深刻，文艺、个性的家庭关系隐藏着触及灵魂的深刻问题。她们是一对母女，也是两个女性，女儿对父亲的"出卖"成为这种复杂关系的隐秘伤痕。关于父亲的怨与悔，关于彼此的爱和怜，让她们平静的日常充满着别样的情趣。影片采取了浪漫主义的表现手法，粉饰了现实的病痛之苦和前史中对父亲的复杂情感，在着力刻画与展现母女情感的过程中，流露出对生活的思考：生活的痛苦从来都是生活必需的一部分，唯有鼓起勇气、用爱迎接才是人生的重要命题。

2023年贺岁档科幻大片《流浪地球2》凭借卓绝视觉效果、密集的概念输出、缜密的逻辑体系赢得了好口碑、好票房。与《流浪地球》相比，《流浪地球2》在主人公的人物塑造上有了质的飞跃，人物的情感挣扎、行动危机让科幻人物普通化、大众化，人物的时代性与现代性得以彰显。主人公刘培强的塑造突出了英雄人物的感性与无奈，妻子、孩子的家庭设定赋予人物更多的情感属性与家庭责任，是软肋也是铠甲，人物行动的动机完全从个人情感出发，最终以英雄壮举完结。人物的冲动、热血、不甘、奉献来自情感价值的选择，并在个人与集体的情感对抗中，进行升维思索，最终达到个人与集体、社会，甚至全人类的合而统一，这是符合现代观众审美意趣的英雄人物塑造。影片二号人物图恒宇的人物塑造相比之下更为复杂而深刻。人物的层次性与悬念感并存，个人情感的极致丰富让人物陷入亦正亦邪的角色定位。人物作为主体行动的对立面存在，成为行动主线的潜在威胁，却因为人物凝聚的情感属性与生命思索，让他备受观众的关注与喜爱。人物受困于情感漩涡，成为他与观众共情的坚实纽带，引领观众对影片提出的"宇宙与人类"的深刻命题进行思索。和主人公一样，图恒宇也在个人情感与人类命运的挣扎中找到了平衡点，用自己的方式完成了英雄形象的最终塑造。

新主流影片肩负着社会责任，更承载着艺术使命。文艺作品的根本职责是参与文化的重新构建，进行人格与素质的重建，以此达到对人的全面人格和素质的培养。忽视人物的情感关怀一味追求社会意义，让人物成为概念主题的画像，从根本上背离了时代精神，违背了艺术创作的一般规律，何谈弘扬主流价值观。

二、杂糅式的人物内心游戏

新主流电影受制于主题意义的表达，在故事情节与人物命运的安排上往往会趋向同质化：英雄人物的舍生取义，小人物的艰苦奋斗，平凡生活的真情挚爱，等等。

如何跳脱这种套路式情节,着眼点在于人物塑造。电影的外部情节是否吸引人,其决定因素在于内部情节,即人物的内心游戏。"观众关注银幕上的一个角色,通常是主角,这个角色通过经历一个外部游戏的冒险,从而解决他们自身在心理或情感上存在的问题。"① 人物心理的个性成长、人物关系的复杂多变,是作品生命力和创造力的集中体现,是医治雷同的一剂良药。成功的新主流影片无一不在人物内心游戏上进行着大胆的尝试,复合化、杂糅式的人物内心游戏成为人物打动观众、传达主题的有效途径。

杂糅式的人物内心游戏让人物形象更加立体丰满,凸显了人物的复杂性,也让影片主题的表达更加多元和深刻。影片《万里归途》杂糅了怪物型、逃离型、睡美人型、进化型、保持不变型五种内心游戏类型。主人公宗大伟的核心需求是组织撤侨,带领同胞离开努米亚,而他行动的最大阻力便是不断制造争端的努米亚叛军。故事的情节主线是一个典型的怪物型,宗大伟必须战胜怪物(叛军首领),才能实现自己的需求,这个需求的行动方向是逃离战乱、回到祖国,这又将人物内心游戏带入逃离型。怪物型的内心游戏暗示着人物需要克服内在隐秘的缺陷,而逃离型又隐喻人物一直在回避的、不愿意接纳的自我。和怪物叛军首领相对的,是宗大伟的怯懦和私心,具体表现为宗大伟和叛军首领的赌枪事件。宗大伟一直逃避的,则是在事业和家庭之间徘徊游移的内心。整个影片的人物塑造从这两个独特性入手,建构起宗大伟矛盾、纠结的人物形象。他是一个传奇外交官,危难中救过同胞,外交行动屡获成功,但影片却没有用英雄主义的笔法来塑造他,而是首先将他塑造成一个归心似箭、性格暴戾,甚至有点不负责任的外交官。他的外交手段是贿赂、欺骗、套近乎,对待撤侨行动略显敷衍和不耐烦。由此,人物开启了第三种内心游戏类型——睡美人型。"浑浑噩噩"的宗大伟在目睹章宁之死、瓦迪尔之死、白婳誓死守护同胞和养女的悲剧与温情后,内心的责任感与使命感彻底觉醒,促使他完成了自我的选择与塑造,他不再逃避,决心肩负起自己的使命,不负同胞的信任与期待。纵观宗大伟整个人物的成长线和影片的主要情节线,其内心游戏更偏向于有变化的保持不变型。他

---

① ［美］弗兰克:《编剧的内心游戏》,李志坚译,人民邮电出版社2014年版,第18页。

的专业能力、心理素质、职业判断始终在线，影片的主要矛盾、误会和情感重心也始终围绕此展开，最后引领宗大伟和同胞们走出绝望、踏上回国之路的，正是他的专业精神和职业操守。放弃对"大英雄"家国情怀的直接歌颂，直击"小人物"内心的纠结与骚动，这是《万里归途》人物塑造的成功之处。

用死亡话题来讲述生命意义的影片《人生大事》是典型的伙伴型人物成长模式，通过双主角的双向治愈完成对主题的探索与表达。这一类型影片中的人物内心游戏多为进化型和睡美人型的结合，身处人生低谷、看似冷血无情的主人公，在受到伙伴的感化后，开启进化之路，获得最后的成功。在《人生大事》中，莫三妹和武小文的伙伴组合是不同寻常的，他们一个轻视死亡，一个反抗死亡，却最终要面对生活的难题，既是物以类聚，又是一物降一物，是反叛对反叛的负负得正，也是悟空对哪吒的电光火石。影片用被压在五指山下的悟空和被亲族当作异类的哪吒来类比隐喻莫三妹和武小文的处境，又用年龄的反差感建构了独特的父女关系。两人的性格有相似也有互补，两人面对的"死亡"难题有雷同也有差异，正是这样一种互斥互吸的强情感关系，让睡美人型的人物觉醒显得异常热烈而充沛。影片用浪漫的笔调展示了人物对死亡的理解，武小文口中"种星星的人"和莫三妹点燃的骨灰烟花，让整个影片充满了浪漫的反思，也体现了人物反叛精神的根植，这让人物进化型的内心游戏保持了一份独有的特色。然而影片并没有就此停住，而是通过失败与重生型和逃离型的内心游戏，深化人物关系的塑造，对人物的情感选择进行反思。对他人的不信任，根源于对自我的怀疑。武小文母亲的突然回归，引发了莫三妹深层次的自我怀疑。莫三妹不确定自己和武小文的情感纽带是否坚不可摧，他选择逃离这段父女情，从根本上是他对自我价值的否定。莫三妹最终等来了武小文的回归，两人的关系获得了重生，莫三妹的自我价值也随之获得了肯定。影片用大团圆式的结局，完成了莫三妹人生意义的全部进化。

影片《妈妈！》中人物内心游戏看上去相对简单，实际却更加复杂。人物内心游戏同时经历着退化型和进化型的双重撕扯。在人物生理形象上，不管是八十五岁的母亲，还是身患阿尔茨海默症的女儿，无疑都是退化型的代表。在人物的情感塑造上，因为生理上的退化，实现了彼此情感关系的进化。爱不挂在嘴边，却在关键时刻不曾缺席，母亲永远是呵护孩子的"母狼"，哪怕垂垂老去，也会为孩子做最后一搏。在这种退化与进化共存发展中，还在潜意识中隐藏着绿野仙踪型的内心游戏。这是心智健全时的女儿所刻意遗忘的，又在退化过程中用美好的回忆粉饰了的父女关系。女儿对父亲的愧疚情绪深植内心，只能靠绿野仙踪式的逃避与自我和解。然而这一类型的内心游戏注定走向失败，"主角们失望地发现他们并没有来到天堂。他们仍然面对挑战，这些挑战是他们在现实世界从来都不会遇到的。他们意识到，困难并不是因为自己所处的环境，而是人的生活中无法避免的一部分"[①]。正因为这种挣脱不掉的痛苦，母亲与女儿在父亲的问题上得以和解，母女关系在影片结尾时朝着单纯化、个体化的方向发展，在爱的前提下，平等独立的女性关系取代了纠缠复杂的母女关系，建构出更为独特的人物关系。

人物内心的复杂和纠缠，让人物的形象鲜活而饱满，也让人物的主题意义和反思精神更加凸显。这是当下新主流电影的人物叙事特色，也是创作者对现代社会人性思索的艺术呈现。

三、以人物为核心的叙事策略

新主流影片的价值传承和主题传达是其重要的创作目的，以人物为核心的叙事策略，则是其必须坚守的艺术追求和审美原则。不可否认，新主流影片的"价值观始终是构成人物关系的核心要素"，"电影叙事的社会功能，则是蕴含着价值的衡量准则"。[②]

现象级影片《你好，李焕英》独特的叙事方式，创造性地让穿越叙事主流化。在歌颂伟大母爱的作品中，穿越时空的叙事机制不仅不显突兀，反而成为打动人心的关键，成为彰显主题的重要手段。影片叙事策略的选择是典型的"以人为本"、以人物为核心的结果。贾晓玲的穿越是一个偶然性行为，却有其深刻的必然性根源。在母亲临终前，贾晓玲内心深处强烈的愧疚和爱，触发了现实层面的穿越。现实时空

---

① ［美］弗兰克:《编剧的内心游戏》,李志坚译,人民邮电出版社2014年版,第44页。
② 孙承健:《〈流浪地球2〉:超经验视觉的表达策略及其系列片探索》,《电影艺术》2023年第2期。

无法逆转的局面,人物情感无法延续的寄托,只能通过穿越的假定时空完成。影片为贾晓玲建构了一个假定情境,这是出于人物的深层动机:如果重来一次就好了,而动机则源于贾晓玲对母亲深切的爱,于是整个影片成为贾晓玲内心情绪的一次外化。"不同的人物在同样的、相似的情境中会有不同的动作;同时,同一个人物在不同的情境中也会有不同的动作……由于情境制约着人物的动作,为了塑造丰满的、有血有肉的人物形象,就需要为人物安排不同的情境,使人物性格中的各因素充分展现出来。"[1]穿越情境的建构和重生式的叙事方式,实现了主人公内心的强烈动机:要做一个让母亲快乐的人,弥补现实世界中对母亲的亏欠。通过这种独特的叙事方式,观众跟随人物见证了女儿和母亲作为朋友的另一种面向,展现了母女关系的另一种可能。人物在情境中呈现出多层面的立体形象,既是母亲又是闺蜜,既是女儿又是组局者,既关注当下又面向未来。母亲和女儿见证了彼此从未了解的另一面,这是人物关系向内深入的契机,是人物彼此理解、与现实和解的钥匙。影片结尾处的反转,凸显了"母爱至上"的主题,这是人物关系的别样升华,赋予传统主题和价值观新的审美效果。

《满江红》作为一部贺岁喜剧,主要人物形象的塑造相对简单直接,哪怕是犹疑不决、直到最后一刻才亮出身份牌的孙均,在人物的复杂性与丰富性上也稍显欠缺。人物形象依赖于例证性动作的夸张演绎,情感的纠结与宣泄基于传统的"已许国,难再许卿"的"两难全式"矛盾。喜剧类型定位简单化了人物性格和人物情感,但本片叙事的核心依旧围绕着一个重要人物——岳飞。岳飞及其遗作《满江红·写怀》成为影片的互文本体,整个故事的叙事策略是层层抽丝剥茧,引出全军复颂《满江红·写怀》,让岳飞精神永世传扬。整部影片不见岳飞但处处凝聚着岳飞的精神和气节,以小兵张大为代表的岳家军,作为一个集体,成为叙事行动的主要承载者。在层层反转的叙事逻辑面前,张大、瑶琴、马夫、丁三旺,包括孙均,每个人物个人的行动线是简单的、短暂的、不完整的,他们作为"岳家军刺杀队"这个集体人物上的重要一环,与秦桧及其党羽斗智斗勇,共同完成了"岳家军复仇"的人物行动,这便

---

① 谭需生:《论戏剧性》,北京大学出版社2009年版,第141页。

是"用死的视角来筹划生"①。这个"集体人物"的塑造以岳飞精神为核心,以小人物为依托,以秦桧党羽为对立参照,这种二元对立统一的人物构置,赋予了这位集体人物深层次的反思性与时代性。"剧本杀式"悬疑反转叙事的内核,是岳家军的"刺杀"行动,是复仇求真的人物动机,是正义与非正义的较量。影片的互文性不仅体现在岳飞的叙事核心地位之上,更体现在人物命运的选择之上。"待从头、收拾旧山河,朝天阙"的决心与气魄,正是以张大、孙均为代表的岳家军们的行动写照,是岳飞不灭的精神气节。导演在结尾处采用宏大叙事的笔法,将岳飞遗志与"岳家军刺杀队"的悲壮行动进行了视听融合,这便是作品叙事中所呈现出的价值选择和社会意义。

战争题材影片《长津湖》是近些年最具代表性和话题性的新主流影片。就叙事策略而言,影片采取了较为传统的线性叙事,以真实战役为时间线索进行情节构置。在经典叙事架构下,影片遵循了以人物为核心的叙事策略,以新兵伍万里的视角切入军旅生活,见证残酷战争。该片的叙事核心是伍家兄弟,既有兄弟情的展现,也有兄弟之间相异性的发掘。在战争大背景的渲染下,兄弟间崇拜、守护、矛盾、信任的多元情感并没有独立成为叙述重心,而是在兄弟关系之下,嵌入了更有深意的战友关系,兄弟谱系从家族延续到了部队。伍百里、伍千里、伍万里三兄弟代表了家族间的血脉传承,以雷公、梅生、伍千里、伍万里为代表的三代七连战士则是军人使命的传承。兄弟在影片中成为一种象征,从伍家三兄弟到英雄七连,进而扩大到华夏儿女亲如兄弟。这种叙事策略将具体人物和人物关系进行了富有深意的类比和隐喻,与重大主题融会贯通,让人物的塑造平添了厚重感和历史感。另一方面,影片又通过以小见大的叙事方式,拉近主人公与观众的情感关系。伍千里在战场上浴血奋战,心中最大的愿望是战争结束后回家乡盖一座好房子。伍万里的参军动机更为直白,"共产党给家里分了土地,但是现在有人要把它抢回去,这个不能答应"。颇具小农思想的愿望和行动动机让英雄人物多了几分烟火气,也从本质上对战争、对英雄进行了朴素而深刻的阐释。对大主题作形而下的朴素解读,将主人公作去英雄化的

---

① 范志忠、金玲吉:《〈满江红〉:历史语境的焦虑与救赎文本》,《当代电影》2023年第2期。

情感塑造,正是这样的策略,让《长津湖》在大主题与小人物叙事中获得了成功。

把人物放在叙事的起点,并贯穿于叙事的全过程,是电影叙事戏剧性的根本要求。影视创作中的"以人为本",究其根本是把握人物行动的动机。促使人物行动起来、走出舒适圈、进入颠倒世界、完成行动需求的,是挫折与磨难,是不堪承受的错位与缺失,这是影视人物永恒的动机。没有妹妹病情的紧迫性,《奇迹·笨小孩》中的景浩永远只是一个手机修理工、满足于温饱的城市边缘人。没有父亲的质疑和情人的背叛,《人生大事》里的莫三妹根本不会去思考人生的意义,更不会接纳同病相怜的武小文。没有对母亲深厚的爱和遗憾,《你好,李焕英》中的贾晓玲便不会启动穿越机制,和母亲在另一重时空中相遇、相知,完成未尽的心愿,获得情感的救赎。永恒的动机折磨着主人公们,也最终成就了主人公们,并同主人公们的奋斗轨迹与命运选择一起,构成了中国精神的影视化注解。

四、结语

新主流电影成为当下乃至今后中国电影最核心的发展方向。这是历史和时代的选择,也取决于电影艺术的特质属性。电影学者托马斯·沙兹提出:"不论它的商业动机和美学要求是什么,电影的主要魅力和社会文化功能基本上是属于意识形态的,电影实际上在协助公众去界定那迅速演变的社会现实并找到它的意义。"①以弘扬核心价值观为基石的新主流电影,必须将社会价值作为重要载体,打破常规视野、创新叙事模式,始终把人物塑造置于核心地位,深入探索人性隐秘,反思生命意义,赋予重大主题更多人文关怀与情感思索。

---

① [美]托马斯·沙兹:《旧好莱坞/新好莱坞:仪式、艺术与工业》,周传基等译,中国广播电视出版社1992年版,第1—2页。

戏剧文化研究

科幻题材网络剧的类型融合、想象力建构与文化内涵[①]

马楷博　宋法刚

近年来,随着《流浪地球》《疯狂的外星人》《独行月球》等国产科幻电影的巨大影响力,科幻题材成为影视行业的新蓝海。伴随着"科幻十条"等政策的推进和中国网络剧市场的兴盛,科幻网络剧在国内的关注度与日俱增,诸如《高科技少女喵》(2014)、《颤抖吧,阿部!》(2017)、《同学两亿岁》(2018)、《从地球出发》(2020)、《开端》(2022)……科幻网络剧基于其独特的类型特质,通过对甜宠、探险、悬疑等不同的剧作类型进行融合,极大地探索了网络剧的类型边界;近年来中国影视工业能力的提升,亦为科幻网络剧的想象力建构提供了充足的条件,使其形成了特有的类型特质;同时,科幻网络剧通过对人文精神的追求,守卫民族的精神边界,构建起了独特的文化内涵。

一、"想象力叙事"中的科幻网络剧

(一) 跨类型的想象力呈现

"想象力消费"由陈旭光教授提出,是电影工业美学概念的方法论,意指将科幻、

---

① 本文为国家社科基金后期资助项目"21世纪中国电影价值观研究"(编号:21FYSB006)阶段性研究成果,并获"泰山学者工程专项经费资助"。

魔幻、玄幻等幻想类影视作品,置于消费社会的大环境下进行运作与观察。^①该理论的提出既为中国科幻影视产业研究打入了一支强心剂,也指出了在工业体系完善的情况下,影视行业的想象力消费升级是中国影视发展的必然趋势。相较于现实题材影视而言,科幻题材影视作品的摄制亟须提升想象力场景、道具与服装等硬件条件,且对影视工业体系的依赖度极高。可以说,科幻影视作品的进步反映着国家影视工业水平的成熟,反之,影视工业的成熟同样也催生着更加富有表现力的想象力影视作品,二者间呈现相辅相成、相互促进的关系。

伴随着近年来中国影视工业能力的不断提升,科幻题材网络剧成果逐渐丰富,2014年至2022年间涌现出四十余部科幻网络剧。张智华教授曾对科幻网络剧做出定义:"网络科幻剧是网络剧的类型之一,主要是由网络公司制作,表现科幻内容、塑造科幻形象,积极探讨人类命运与地球未来,具有一定的科学精神与幻想特征,在网络平台播出。"^②从中不难看出,除播出平台和制作方为网络平台外,关注科幻内容,探讨人类未来是科幻网络剧定义的关键。然而"科幻"一词本身并不像"青春""悬疑"等具备一定的故事倾向或情感倾向,"科幻"多为故事世界观设定和主题表达的趋向,科幻网络剧在建立故事时,需要从其他电视剧类型中汲取多样的故事元素。故而科幻类型天生具有类型融合的趋势。对于我国的科幻网络剧而言,往往通过对甜宠、探险、悬疑、古装等网络剧类型进行融合,从而完善自身叙事,实现科幻表达。

（二）科幻网络剧类型辨析

科幻题材网络剧作为科幻影视的组成部分,首先需要对其类型特质加以界定。"把类型当做更加广泛的文化建构来理解……它们是灵活、变动的概念……不再寻找一个固定的答案'X',取而代之的是一系列影响元素构成的流动概念,它在不断转换且易于变化。"^③探查类型背后共同的文化意义与社会背景,更加有助于理解科幻类型。在类型的众多特性之中,首要的便是商品属性,科幻类型同样如此,它是一

---

　① 陈旭光:《类型拓展、"工业美学"分层与"想象力消费"的广阔空间——论〈流浪地球〉的"电影工业美学"兼与〈疯狂外星人〉比较》,《民族艺术研究》2019年第3期。
　② 张智华、布京:《论中国网络科幻剧发展》,《艺术教育》2019年第7期。
　③ 〔英〕凯斯·M.约翰斯顿:《科幻电影导论》,夏彤译,世界图书出版社2016年版,第9页。

种售卖给大众的文化商品而并非严谨的教材,那么必然需要符合大众的生活认知与审美趣味。试想,若科幻电影中气势磅礴的火山喷发也同现实只发出玻璃碎裂的声效,惊心动魄的飞船激战也因宇宙的真空便寂静无声,那科幻作品的表现力必然大打折扣。

科技发展至今,其研究门类和研究深度之广,早已不会产生亚里士多德式的全才科学家,遑论普罗大众对于现代科技的完整认知。因此,不论是科幻小说、科幻电影或科幻剧,科学只是前提,但绝不是全部。正如陈旭光教授所言,科幻作品的首要任务是构建"想象力极强的世界观或科幻性、幻想型的假定性情境……有助于观众的'信以为真'或'以假作真'"[①]。对当代人类而言,科技是驱使文明发展进步的"第一生产力",人在享受科技所带来的福利的同时,亦对科技对人的异化及技术失控风险而惴惴不安。安德鲁·芬博格认为,现代文明逐渐显示出与大众不相容的特性,发展中的技术无情地取代着人力,工业社会的成员一旦被简化为机器人,他们就不再拥有成为能动公民所需的教育和性格条件。[②]此外,核战阴影、病毒威胁、环境恶化,同样让人对未来怀有恐惧,诸多科幻作品反映了人们的诸多焦虑情绪。海德格尔把这种没有具体来由的恐惧称之为"畏",是一种人类对生存本身不确定性的"操心",也是人类在面对死亡这一终极问题之时所产生的焦虑之情。[③]"向死存在"的"畏",便是人类面对死亡的焦虑之感,这同样属于人类的基本欲望,是一种生存的欲望,也可以称之为"死亡焦虑"。海德格尔所说的面对死亡的焦虑,即人们能动走向死亡的焦虑,在科幻作品中体现为将生存的焦虑与科技发展的未来相联系。对于这种现状,聂欣如认为,这种焦虑体现在科幻电影中,便是将"生存焦虑"通过科技文化进行包装,形成一个个"科技景观",它便是科幻电影的基本类型元素,而"生存焦虑"则永远是这些故事的主题核心。[④]由此我们可以判断,科幻作品主要是由人类生存焦虑主导的,具有科幻奇观表现的文艺作品样式。

在想象力消费视野下,我们可以对科幻网络剧类型的定义进行如下补充:凡是

① 陈旭光:《中国科幻电影需要什么样的"想象力"——论"想象力消费"视域下的〈沙丘〉》,《世界电影》2022年第1期。
② [美]安德鲁·芬博格:《技术批判理论》,韩连庆、曹观法译,北京大学出版社2005年版,第17页。
③ 陈嘉映:《海德格尔哲学概论》,商务印书馆2014年版,第90页。
④ 聂欣如:《类型电影原理教程》,复旦大学出版社2020年版,第174页。

涉及由某种人类已经掌握的科学技术（如人工智能、核能、生物技术等）或因人类观测水平的提升导致已经处于公共议题的科学现象（如引力波、外星人、时空旅行等）所构建的科技景观，反映了科学幻想这一"想象力消费"的影视作品，由网络公司制作在网络平台播出的，都可以纳入科幻网络剧的讨论范畴之中。尽管这些作品同样存在着冒险、爱情、悬疑、古装等类型元素，但对于科技发明与科学发现所产生的思索已经孕育于这些作品之中，这使得我们可以从科幻网络剧的角度对这些作品进行探讨。

（三）科幻网络剧发展原因

1. 国家崛起造就内在认同

科幻文化的发展程度与一个国家的社会发展状况紧密相关，中国科幻题材在过去长期落后，其原因除了影视技术的代差，还在于过去中国社会的整体经济发展水平落后于欧美，天然缺失科幻生发的社会土壤与文化基础。美国长期领先的科技水平，如原子弹、计算机、太空技术等造就了美国人的科技自信，《星际迷航》《星球大战》等科幻系列更助燃了美国青少年投身科学事业的热情。同时代的中国正处于艰难创业的时期，社会发展水平远低于美国，故而科幻文艺始终处于发展低潮。

然而，当前网生代青年作为国产科幻剧的主要观看群体，其成长阶段正伴随着中国科技的飞速发展时期，"中国天眼"射电望远镜、"天河"超算系统、神州系列飞船等成果令世界瞩目。相较于20世纪中国的落后状态，当下的网生代观众面对着日新月异的技术环境，有足够的科技自信去理解科幻的技术架构，对于科幻题材能够生成内在认同。故而网生代观众对科幻有着更强的心理期待与接受能力。

2. 青年文化催动生发土壤

相较于其他的网络剧类型，科幻网络剧对当下的青年亚文化有着更好的融合度。首先是对网文、漫画等青年IP进行影视转换。借助网络剧的改编大潮，科幻剧的IP改编得到重视，如《开端》改编自网络作家祈祷君的网络小说，而《凸变英雄BABA》和《端脑》改编自国产网络漫画，《天意》则改编自科幻作家钱莉芳的银河奖获奖小说。国产科幻IP的丰富资源为国产科幻剧提供了丰富的故事宝藏。

其次是对青年亚文化符号的运用。大卫·钱尼在《碎片化的文化与亚文化》一文中指出,打破青年亚文化和主流文化之间的界限的重要方式是将图像作为一个可以拼贴的语料库,再进行场景化的使用。各类文化符号不再受限于原本的含义,而是成了一种创造意义群落的叙事蒙太奇。得益于类型边界的流动性,科幻网络剧拥有极强的"融梗"能力,可以将多种文化符号和图像合理地收纳进自身的表现范围中。在科幻网络剧《开端》中,取材自好莱坞科幻电影与日本动漫中的各式人物造型和语言"梗"接连登场,观众通过辨认文本中出现的文化符号与自身的文化群落产生认同,进而产生阅读快感。

3. 政策激励助力行业关注

2016年,国务院办公厅印发了《全民科学素质行动计划纲要实施方案(2016—2020年)》,意在进行科技教育普及,从而提升全民科学文化素质,尽管这项政策没有直接对科幻影视市场进行扶持,但是从侧面鼓励了科幻文艺的传播,推动了科幻市场的进一步繁荣。2016年亦成为国产科幻网络剧的高产之年,出现了《执念师2》《超少年密码》等多部质量较高的国产科幻网络剧。

2020年,随着《流浪地球》《疯狂的外星人》等科幻电影产生的巨大影响力,有关部门对科幻题材影视作品的潜力愈发重视。2020年8月,国家电影局、中国科协印发《关于促进科幻电影发展的若干意见》[①],该意见提出了对科幻电影进行财政资金、创作生产、人才培养等对科幻创作进行加强扶持的措施。为国内的科幻影视市场带来了更为强劲的推动力,科幻题材成为影视行业的新蓝海。

4. 影视工业推动类型成熟

在科幻网络剧的发展过程中,伴随着中国电影工业市场化机制的不断发展,影视平台的成长与网络剧类型的发展,推动着科幻网络剧的创作不断走向成熟。2013年,以《屌丝男士》为代表的迷你网络剧(又称"段子剧")推动网络剧产业井喷式发展,"段子剧"形式催生出早期的科幻题材网络剧;2014年,由爱奇艺与万合天宜联合出品的科幻短剧《高科技少女喵》,讲述了宅男博士柯男结识机器人女仆喵妹,

---

① 《国家电影局、中国科协印发〈关于促进科幻电影发展的若干意见〉》,载国家电影局网站https://www.chinafilm.gov.cn/xwzx/ywxx/202008/t20200807_1153.html,2020年8月7日。

打败梦魇魔王的故事，其中包含着对于人工智能技术的反思，这也是我国第一部真正意义上的科幻网络剧。

伴随着我国网络剧市场的蓬勃发展，科幻网络剧逐渐摆脱叙事浅显的段子剧，开始转向原创剧集与IP改编剧，形成了特有的成长轨迹。在2016年至2019年短短三年内，中国的网络剧市场诞生了近三十部科幻网络剧。其中既有《执念师》《天才J》《蛋黄人》等精彩的原创科幻剧集，亦有由IP小说、热门漫画改编而来的IP改编剧，其中改编自网络作家疯丢子小说《颤抖吧，ET！》的科幻古装喜剧《颤抖吧，阿部！》播放量超过26.6亿次，改编自祈祷君同名小说的科幻悬疑剧《开端》播放量一月之内超20亿次，成为2022年开年现象级作品。科幻网络剧逐渐延伸出科幻青春、科幻探险、科幻悬疑、科幻古装四个大的类型。在科幻世界观的加持下，对原有的类型叙事进行了拓宽，主角们或是在与其他文明的接触中交流情感，或是利用科技的力量穿越空间拯救危机，抑或是穿越时间回到过去改写历史，显示出别样的类型特色。

除上述类型探索外，科幻网络剧还对于网络剧的多样化形式进行了拓展。如《从地球出发》进行了剧综结合的创新，在制作模式上，《从地球出发》通过江苏卫视、爱奇艺、字节跳动三方"网台端"联合创作的模式，打通了网台端传播的途径；创作形式方面，《从地球出发》首次使用了科幻单元剧的形式，即每集讲述独立的科幻故事，并邀请科学家与科技达人对本集的科技知识点进行科普，为观众提供"寓教于乐"的观看价值。此外，互动剧等影游结合的网络剧形式同样进行了大量的探索，2019年腾讯视频推出的科幻互动剧《因迈斯乐园》，通过观众主动选择角色行动影响剧情走向的方式，对科幻剧叙事进行了大胆的探索。

二、当代科幻网络剧"想象力建构"特质

（一）视听语言："寻常"向"奇观"的转换

相较于现实题材影视剧，科幻网络剧因注重对想象力叙事的描绘，故而在视听表达上有丰富的表现空间。饶曙光认为："电影高科技不仅仅是技术层面的问题，它

直接关系到电影创作的思维和电影文化的前进。"① 只有在视听方面满足观众的审美需求,科幻网络剧所建构的"异世界"才能与观众亲历的现实世界做出区分,使"异世界"的规则与逻辑被观众所认可,从而沉浸到科幻的想象力叙事之中。

1. 典型化的色彩设计

戴锦华指出,作为电影视觉语言元素的色彩,不仅指自彩色胶片问世以来影像的自然属性,而且指影像色彩自然所必然携带的表意、修辞功能。② 在技术爆炸的时代背景下,人类对科技的审美风格与社会想象亦不断流转,这些转变折射在科幻网络剧的色彩设计之中,通过色彩的分配与设置,对观众的情绪加以引导,并对叙事进行补充。

在科幻网络剧中,创作者惯常使用冷色调来凸显科技感,其中以银色、白色、灰色为主。20世纪以来,随着电视媒体的发展,各国的实验室、研发中心以及军事基地经由电视向大众展示,而这些场景中银、白、灰色调的大量使用使大众将"冷色调"与"高科技"进行了内化绑定。因此,科幻网络剧通过在建筑、交通工具、服装、室内装潢等场景和物品上冷色调的运用,构建符合大众认知的科技感设定。国产科幻剧《从地球出发》中,防御太阳射线与大气寒潮的基地皆以白灰色为主色,体现出简洁、立体的质感;而室内的场景诸如实验室、飞船内景、航天局等都用以蓝和白为主的色调,呈现出一种安静、肃穆的氛围;剧中诸如飞船的交通工具外景以灰色和银色为主,体现出了未来感的同时,也借鉴当下航天器的配色;而宇航员的宇航服和太空服大多选取了以灰、蓝、白为主的色调,让角色体现出科技质感。

2. 科技感的奇观建构

有研究者认为,在电影史发端之初,卢米埃尔的纪实与梅里爱的奇观是两种风格,两者犬牙交错且并行不悖,共同奠定为电影本体的特性,而奇观显然具有更强的"电影性"。③ 科幻类型作为人类的想象力呈现,致力于描绘出不同于现实社会的"异世界",而科技奇观作为异世界的物质载体,起着描述世界观的作用,从而支撑

① 饶曙光:《主流电影体系建构与中国电影可持续发展》,《电影新作》2013年第1期。
② 戴锦华:《电影批评》,北京大学出版社2015年版,第9页。
③ 虞吉:《电影的奇观本性——重审梅里爱与美国科幻电影的理论启示》,《电影艺术》1997年第6期。

观众在影片中对于异世界想象的认同感。在科幻网络剧中,科技奇观体现在建筑风格、交通工具、日常设备、人物造型等多个方面,科幻网络剧力求在现实建筑的基础上加以改造,或进行夸张,如《执念师》中高耸入云的长杆状银色摩天楼,《天意》和《颤抖吧,阿部!》中的外星飞船;《从地球出发》内中国宇航员的太空服,皆显现出具备科技质感的视觉表达。

科幻剧中的奇观除了体验价值外,还具有使观众自我反思的价值。未来景观成为剧中角色生活的常态,剧中角色眼中的"奇观"反而是观众眼中的"常态"。如科幻剧《执念师2》中,因环境破坏造成世界性干旱,植物反而成为这个世界的"奇观",在这里奇观成为对当下世界的认同和对未来发展的警示。这是处于想象空间中对于当下自我的凝视,从而让观众反思日常事物的意义。在审美语境中,影像奇观的所指简要明晰:由电影视听影像所建构的超越日常审美经验的审美体验和审美感受。[①]这些奇观的建构一方面确定了科幻网络剧的影像风格,另一方面为科幻网络剧建构起了与其世界观适配的世界图景,从而支撑起宏大的想象力叙事,让观众沉浸于科幻剧所建构的故事之中。

（二）空间构建:"现实"与"幻想"的交融

马赛尔·马尔丹认为,影视空间既是基于现实主义重新创造的真实的具体空间,也是一种绝对独有的美学空间,是被综合与凝练的美学真实。[②]创作者用空间的构建设置信息,而观众通过观看而接收到信息,从而达成空间叙事。科幻影视剧因其题材的特殊性,空间的设计蕴含着大量的信息与暗示,我们可以将其分为元世界、异质空间、过渡空间三个部分。

1. 熟识的元世界

加斯东·巴什拉认为,家宅等原型意象都具有母性,它可以唤起人类的中心意识,在观众感知这一空间意象时,便会联想起自己童年时的居所,体会到圆满与庇护。[③]在科幻网络剧中,"元世界"便代指"家"的意象,它往往由一系列的物品与色

---

① 虞吉:《电影的奇观本性——重审梅里爱与美国科幻电影的理论启示》,《电影艺术》1997年第6期。
② [法]马赛尔·马尔丹:《电影语言》,何振淦译,中国电影出版社2006年版,第205页。
③ [法]加斯东·巴什拉:《空间的诗学》,张逸婧译,上海译文出版社2009年版,第17页。

彩构成，这里的"家"所指的不仅仅是主人公所居住的生活之"家"，同样指向主人公的公司，或是所在的社区，主人公对"元世界"的物理规则、地形地貌、生物类群及社会样貌皆为熟识状态。诸如《同学两亿岁》中女主角宣墨堆叠着毛绒玩具的卧室，或是《开端》中卢迪为男女主角提供的秘密基地，都为主人公与观众塑造了安定空间。《执念师》中，因故事维度跨越了数个平行时空与广袤星际，故而主人公的元世界主要体现为居住的现实城市空间，人群、街道、居民楼乃至物理常识都符合主人公与观众的日常认知经验。每当主人公从其他空间返回元世界时，都有类似"回家"的体验。元世界使观众在代入主人公视角的同时，也能够对主人公的生活环境加以认同，并区分主人公探险时所经历的异质空间。

普罗普在《故事形态学》中把故事的惯有开头归纳为"一位家庭成员离家外出"[①]。科幻网络剧中的元世界正如英雄出发前的客厅，往往作为主角开始行动的动作契机。在元世界的原有平衡被打破后，主人公方能够受到推动，从而进行下一步的行动。在部分的科幻网络剧中，主人公因为非地球人的身份，导致其颠倒了"惯有的元世界"与"异质空间"的位置，这使得主人公可以通过"异质空间"的外部视角审视元世界，从而对以当下社会为原型的"元世界"进行独有的审思。

2. 未知的异质空间

福柯曾提出"异质空间"概念，即后现代社会中的空间形态与前现代空间形态的差别在于空间散落为众多的"基地"，它们之间充满了差异性、断裂性、不连续性和异质性，并且不断产生着矛盾和对抗。"异质空间"就是建立在"基地"基础上的特殊的空间形态，包含了有别于主流社会秩序的社会关系。[②]在科幻网络剧的空间建构中，除了对"元世界"的建构，同样存在着大量关于"异质空间"的书写。福柯认为，后现代语境视角下的异质空间在社会文化内涵的生成和建构中呈现出幻想性、异质性、虚构性、偏离性、时间性等特征。[③]国产科幻网络剧的创作者们进行了诸多的描绘，它们或是表现为璀璨的外星文明的美好"乌托邦"，或是描摹了人类社会

① ［俄］弗拉基米尔·雅科夫列维奇·普罗普：《故事形态学》，贾放译，中华书局2006年版，第24页。
② 张一玮：《福柯"异质空间"概念对当代电影批评的意义》，《唐山师范学院学报》2007年第6期。
③ 杨成：《"乌托邦"与"恶托邦"的二重奏——好莱坞生态科幻电影中的异质空间书写》，《当代电影》2017年第11期。

黑暗未来的邪恶"乌托邦"，或是想象出平行时空地球空间的别样"异托邦"。

科幻网络剧尽管不直接描摹现实社会，但同样通过叙事的隐喻表达对于现实社会的批判与反思。创作者们利用种种空间表意符号，对异质空间进行隐喻式的设计，从而与代表当下社会样貌的元世界形成暗中对照。乔治·莱考夫和马克·约翰逊提出"概念隐喻"，认为"我们赖以思维和行动的一般概念系统，从根本上讲是隐喻式的"。空间表意符号与叙事结构相结合，凸显出浓郁的概念隐喻色彩。[1]无论是乌托邦、异托邦或恶托邦，科幻网络剧中构建各式异质空间的意义在于，主体身处被遮蔽的社会规则与文化习惯中，难以对这种规则与文化本身进行反思。然而正如福柯的镜中之辩，"当认识主体面对一个由异质空间所构成的镜像时，他者的异质性就会映衬出主体所处的秩序的存在，并有可能推动文本对自身身处并习以为常的秩序进行置疑和颠覆"[2]。由此，科幻剧通过空间与叙事的隐喻，主体得以从"他者"的外形中窥见自身，并对所处的境遇进行更深层次的反思。

3. 神秘的过渡空间

"过渡空间"概念最早指建筑内外或建筑内部之间的联结部分。在电影学中，电影的过渡空间是一种非此处亦非彼处的结构，是一种在二者间的类别。过渡空间正是叙事和人物转折的仪式化空间。[3]在科幻网络剧中，过渡空间是元世界与异质空间联结处，可以增添故事的叙事维度，推动人物的成长与转变。

首先，过渡空间是促使故事与人物发生转折的仪式化场所。约瑟夫·坎贝尔指出，任何一个英雄人物都要负责任地、有意地出发完成他的英雄行为。[4]在英雄人物决定前往未知之地进行冒险时，所要踏入的过渡空间便是他由"普通人"质变为"英雄"的转化之门。法国民俗学家阿诺尔德·范热内普在讨论地域过渡时，曾对两个空间的交接处——门（亦可以为其他标志物或中间地带）有所阐释，他认为："对于普通住宅，门是外部世界与家内世界间之界线；对于寺庙，它是平凡与神圣世界间之界线。'跨越这个门界'就是将自己与新世界结合在一起。"[5]在科幻网络剧

---

① 姜照君、万思铭：《庆余年：空间叙事的文化表征》，《中国电视》2020年第11期。
② 张一玮：《福柯："异质空间"概念对当代电影批评的意义》，《唐山师范学院学报》2007年第6期。
③ 缪贝：《电影的过渡空间》，《北京电影学院学报》2016年第4期。
④ ［美］约瑟夫·坎贝尔：《神话的力量》，朱侃如译，浙江人民出版社2013年版，第167页。
⑤ ［法］阿诺尔德·范热内普：《过渡礼仪》，张举文译，商务印书馆2010年版，第17页。

中,角色成长过渡空间往往体现为特定的场所。在《开端》中,男女主人公为了查明公交爆炸案的真相,数十次经由公交车这一空间展开对不同社会空间的探查,完成了自我成长,并最终在公交车上实现了破解真相,打破循环的使命。肖鹤云与李诗情完成了从"自我"向"超我"的过渡。剧中公交车所构成的过渡空间,正是他们完成过渡仪式的阈限空间。

马塞尔·马尔丹认为,在表现电影空间时,除了通过服化道等要素再现空间的地域化之外,也需要表示或指出空间的转移,他指出"电影特别能帮助我们克服空间,在一瞬间将我们运到地球的任何角落"。①因为科幻题材的特殊性,元世界与异质空间可能有星际间的空间跨度,也可能有千万年的时间跨度,甚至跨越到平行世界,这些都是日常的生活经验较难联结的空间。如《从地球出发》中的时光机器,便将角色与观众带入到不同的时间场域之中。在科幻网络剧中,过渡空间可以如同大门或者走廊一般联结元世界与异质空间,搭建起元世界与异质空间联结的桥梁,同时给叙事以缓冲和突转的可能。

萨特认为,当一种文化处于全自在且没有他者文化进行参照与比较时,它很难被人所意识;当他人的文化成为"我的观看对象"时,往往是以类似"奇观"的面目加以呈现;当"我"以他者文化的视角检视自身时,便能够发现自身文化的"奇观"性。由此,元空间、异质空间、过渡空间三种空间类型,它们共同为科幻网络剧构建了具有视觉识别度的类型社区。科幻网络剧中类型空间的塑造,除了三种空间概念提到的作用之外,同样有着建构科技奇观、增添叙事维度的作用。

三、当代科幻剧文化内涵

(一) 中国科幻网络剧的历史构建

在全球化概念蓬勃发展的当代,各国的影视产业都肩负着塑造国族认同、维系本民族"想象的共同体"这一文化功能。近年来,影视生产的国族性被愈发重视。

---

① 〔法〕马塞尔·马尔丹:《电影语言》,何振淦译,中国电影出版社2006年版,第207页。

在提升国家软实力的呼吁中，在国家边界依旧坚挺存在时，影视剧的国家与民族属性仍然是在全球电影行业制作中不可忽略的一个维度，"而东西方观众在消费和接受不同样式的电视剧时，也产生了不同的爱好倾向"①。通过对科幻网络剧的梳理我们可以发现，科幻影视表现出一种难以被取代的产业价值——国族性。美国科幻剧基于其文化资源和创作习惯，少有历史视点，而中国网络科幻剧的国族性，则通过对历史的想象性叙述和对影视符号的文化编码显现出来，反映出中国人特有的历史观与价值观。

在我国的科幻网络剧中，对于历史的书写一直都是重要的表达内容。在科幻剧《天才J》中表现为主角由魏晋至今的家族传承；而《颤抖吧，阿部！》的故事背景则位于隋唐时期，人物的行为甚至干涉到历史的原本进程；《天意》则基于秦朝覆灭后楚汉相争的历史，描绘了一个人类文明被外星统治者暗中控制的阴谋，最终通过韩信、张良等历史人物的反击，方才使人类文明得以保存。

中国网络科幻剧大量借用历史环境与历史事件的创作习惯，不仅源于我国古装剧风潮，更来自我国的历史文化传统。厚重的历史故事、传奇的英雄人物都是中华民族文化中重要组成部分，同样在人们心中有着深厚的根基。伴随着近年来国家经济实力的提升，国族意识复兴，而对于历史事件的回溯是中国科幻剧发掘自身民族性的重要方式，因为科幻题材不仅仅意味着展示科技奇观，更重要的是阐释蕴含在故事中的情感诉求与思想表达。好莱坞科幻剧强调个人利益与自由主义至上的冒险精神，这种浅显易懂的"普世价值"内化于好莱坞的作品之中，是美国推销文化产品的有力精神武器。因此，发掘科幻文化中中国精神的表达，是中国科幻网络剧当下的首要任务。2019年的科幻电影《流浪地球》中所蕴含的"人类共同体"意识，便借科幻故事阐释出中华民族独特的精神价值——"在面对世界性的巨大灾难时，人类需要空前的大团结、大格局、大想象即人类命运共同体意识，唯有如此才可能拯救人类文明的'诺亚方舟'"②。电影中体现的安土重迁、人定胜天、集体主义、天下大同等精神，都为国产科幻网络剧的精神追溯提供了优秀参照。

---

① 张国涛：《电视剧本体美学研究：连续性视角》，北京大学出版社2013年版，第261页。
② 饶曙光：《〈流浪地球〉与"共同体美学"》，《中国新闻出版广电报》2019年第2期。

（二）科幻网络剧的未来指向

科幻既是对未来的畅想，同样也在某种程度上指向了未来人类科技的发展方向。有学者提出"未来定义权"的概念，指出"科幻文化牵引着科学技术发展的方向，为现实世界提供批判与反思，并日益成为青少年群体文化消费与文化参与的重要入口"[①]。如《星际迷航》对发明即时翻译器与平板电脑产生了巨大的影响；核潜艇的发明受到科幻小说《海底两万里》的启发；而20世纪80年代美苏战略对峙时期，美国将本土的战略导弹防御计划命名为"星球大战计划"。通过对科幻文化的建构树立起大众的文化认同，同时给大众提供了对未来预期的可能性。对于我国的科幻市场发展而言，既是机遇，同样也是挑战。

科幻是社会生活中尚未实现的可能性，正是因为创作者提出了这种可能性的存在，观众才能了解到这种可能性的存在，并有了实现这种可能性的愿望。从科幻史的发展经验来看，哪个民族能讲好科幻故事，哪个民族就能掌握描述与引导未来社会形态的话语权。换言之，拥有讲好"科幻"故事能力的国家与民族，便能更好地掌握对时代发展方向的解释权。中国科幻网络剧有必要成为中国科幻体系的有机组成，从而书写"中国未来"。

四、结语

当前，科幻题材网络剧已然成为国内电视剧生产的重点类型之一，伴随着影视工业体系的成熟和行业对于"想象力消费"的重视，科幻已然成为国家文化形象的重要组成部分。科幻网络剧饱含着人类对于未来的期待与幻想，而科幻的国族性使其在国家竞争日趋非战争化的大环境下，可以作为国家技术与国家软实力最直接、最形象的代言，它直接涉及国与国的关系，并对未来战争的形态构成了或隐或现的联系。科幻影视剧愈发能够体现出一个国家的民族情结、影视工业体量与国家文化形象。在后疫情时代，面对全球性的情感创伤，人们愈发需要科幻故事所构建的乌托邦为之抚平伤痛或构建理想。这是时代赐予中国科幻的历史机遇。

---

① 张铮、吴福仲、林天强：《"未来定义权"视域下的中国科幻：理论建构与实现路径》，《南京社会科学》2021年第1期。

独白与自白：纽约剧场中的女性声音

孔繁尘

如同时光机停留在2019年，欧美剧场历经两年的停滞，终于在2022年的秋冬，开始重新向前走了。共同经历过大流行对于剧场行业的沉重影响，当下的戏剧创作也不可避免地留下了新冠时代的烙印。戏剧创作者们开始尝试在戏剧形态上，为自己寻找新的生存出路。

在社交隔离和疫情的不可控因素下，为了保持社交距离，也为了减少创作和演出团队过于庞大所带来的风险，独角戏成了大流行期间创作者们青睐的表达形式。这种创作风潮一直延续到了现在。

不同于众多设置了精巧戏剧冲突和多样舞台手段的戏剧作品，独角戏需要一个演员在舞台上独自完成一个小时到一个半小时左右的表演，缺少对白的张力和更容易构成戏剧冲突的形式，表演者以全知视角叙述事件、表达观点、引起争论，这样的舞台形态除了对表演者提出了更高的要求，同时对关注的题材和创作者想要表达的观点都提出了更高的要求。早年的独角戏创作更像脱胎于脱口秀的一种类型喜剧，通过讽刺和黑色幽默讲述片段式的故事，从而表达观点。如今，面对这个日渐断裂的世界，人们开始面对越来越多不可调和的争论，讽刺喜剧已经不满足于创作者的表达，越来越多更加严肃的问题和表现形式出现在独角戏的创作中。相比观众席中的笑声，大流行后的独角戏舞台上，创作者更乐于通过作品引发观众的思考，甚至激怒观众。

相比制造冲突、设置悬念，独白的表演形式更长于在讲述故事的同时剖析人物心理，突出个体内心状态，因此这类剧目多以社会事件或暴力犯罪后隐晦的心理影响为主要内容。这类独角戏，将创作的关注点从一般的故事讲述转向对于人物内心的深度剖析。美国戏剧舞台大量关注身份问题，而独角戏的表达方式，恰恰给了那些主流语境下的特殊身份更多独立表达的空间，他们的声音不再湮没在"他者"代言的语境中，独立的表达赋予他们更多的身份空间。

在2019年的外百老汇舞台上，菲比·沃勒-布里奇（Phoebe Waller-Bridge）自编自演的作品《伦敦生活》（*Fleabag*）横空出世，以女性创作、女性作为主要表达者、关注女性问题的独角戏受到了欧美剧场的格外关注，布里奇的惊艳也给了更多的女性创作者以表达的勇气和可能性。越来越多的女性创作者，开始尝试通过独角戏的形式，正视自己的身份，表达自己的困境，发出来自女性的声音。历经三年的沉淀，随着独角戏这种表现形式受到大量实践，如今纽约剧场的女性独角戏，在表达形态、关注议题，以及舞台呈现上，相比2019年都呈现出更为成熟和多元的样貌。2022年纽约剧场中的女性独角戏，表现形式和话题都颇为严肃，在传统戏剧作品中时常隐姓埋名，以妻子、母亲等依附性身份出现的女性角色在独角戏的语境下开始拥有属于自己的更重要的社会身份，和深入社会体系层面的质疑和表达。独角戏的方式给了表演者更多独立表达的空间，相比之下，其创作的内容和讨论的议题也就更加尖锐而赤裸。

一、女性独角戏对性别议题的深度探究

基于这样的创作前提和选材方式，逐渐走向严肃议题的女性独角戏首先为原先一向热门的性别议题找到了新的表达出口。这类创作主要涉及情感关系、家庭结构以及性同意等尖锐的问题，通过女性表演者对自我内心的层层剖析，将生活困境抽丝剥茧地展现在观众面前，独立表达也赋予了女性表演者更多的自我意识在其中。

英国国家剧院制作的《初步举证》（*Prima Facie*）从伦敦转战纽约，这部作品包揽无数奖项，成为2022年欧美剧场讨论的焦点。它直写女性所面临的性侵困境，亲

密关系中的性侵害被欧美剧场关注多年，并不是新鲜的话题。但《初步举证》将其上升至司法的高度，从性侵诉讼的定罪困境反思男性权力下的司法体系，其特殊的关注视角、独角戏的形式和朱迪·科默（Jodie Comer）的出色表演还是令这个戏受到了更多关注。

朱迪·科默在这部独角戏中扮演的泰莎·恩斯勒（Tessa Ensler）是一个来自利物浦工人阶级家庭的年轻律师，她从剑桥大学法学院的角逐中脱颖而出，成为一名专门处理性侵犯案件的大律师。直到她与一位同事约会后被对方强奸，她自己作为强奸受害者站在证人席。在经历了长达两年的前审判阶段，泰莎意识到法律制度的缺陷，在这一制度中，英国强奸案的审判需要经历漫长的拖延，举证责任一直落在受害女性身上，受害者需要提供清晰、详细的证据，以确保定罪。这样的事件不断发生，却只有1.3%的强奸案被起诉了，定罪率则更低。更重要的是，这样的强奸者常常是她们与之发生过自愿性行为的人。强奸发生后，主人公做出了所有被强奸女性典型的记录反应——清理身体、删除短信、怀疑自己——她通过亲身经历理解了法庭上证据不足的直接原因。

《初步举证》通过科默的表演完整并残忍地将女性受到性侵的全过程真实而赤裸地展现在舞台上。它像一部一分为二的戏剧，以强奸作为转折点，将表演的特质分成了性暴力行为之前和之后的部分。科默的表演不断深化这种分化，将泰莎的自信魅力灵动扭曲成受创的、焦躁不安的恐慌。强奸这件事使她的人生发生了不可逆转的动摇。不同于一般女性，仅仅需要承受强奸这件事本身所带来的伤害，从她早期的意气风发到经历令人作呕的时刻，泰莎突然发现自己被从她生活了这么久的确定性系统中驱逐了出来，在举证等待审判的过程中，她面对了对英国司法制度的质疑和否定，而这恰恰是她在此之前所深信不疑并为之骄傲的。最终她做了大量的演讲，通过对这个系统的凶猛的最后抵抗，来表达自己的质疑和不满。

这种自我反省的两部分结构，如同剧作者在整个作品中设置的一个回声网络。在泰莎受到性侵之后，先前的对话和场景设计重新出现，如同一种回声，被赋予了新的意义。在前一半剧作中，泰莎在证人席上审问性侵犯受害者珍娜，而这些声音在她站在证人席时重新出现。在只有一个人的舞台上，一张摆在聚光灯中的空椅子代表珍娜，而泰莎作为律师在椅子周围居高临下地踱步，从受害者的举证中找出漏洞。利用独角戏的结构，这里的科默既表演辩护律师，又表演受害者，而在舞台呈现中，珍娜在这里没有发言权，受害者沉默着，在具有话语权的泰莎眼中，性侵的事件是被假设的，她轻蔑地将珍娜视为"所谓的受害者"。在泰莎自己经历性侵并无意识地销毁证据时，这些审问重新出现。随着她角色的转变，她的世界观也开始转变：性暴力不再是一个抽象的概念，而是一种痛苦的生活经历。在袭击强奸发生的那夜，泰莎颤抖着叩问自己那些她曾经诘问珍娜的问题。当泰莎成为自己在法庭上的证人时，相同的舞台布局重新出现。椅子在聚光灯中，仍旧只有科默一个人的声音，既作为辩护律师，又作为证人，辩方失去了表达的声音，只有声音颤抖的泰莎越来越绝望地回答着具有冒犯性的问题，回忆着痛苦的瞬间。这种文本或舞台上的镜像表达，强调了法律制度在惩罚性侵犯方面的能力是多么不足。即使是像泰莎一样了解整个机制的运作方式的人，仍然对这个残酷的、重男轻女的法律体系毫无反驳之力，这个体系将任何由创伤引起的不一致的证词视为谎言，定罪变得困难重重。

在独角戏的结构中，这种镜像的舞台表达淋漓尽致地展现了这个运作机制中的权利不平等。在大多数相关题材的戏剧作品通过性侵害的事件前后受害者的不同形象，集中展现性暴力事件本身的伤害时，《初步举证》通过独角戏形式下镜像的表达，展现出了两种权力之间的对立。在强奸发生前，泰莎代表了权威和法律体系下的主流声音，在这个评判体系中，她机敏而客观，代表了这个运作机制中的男权话语；而在强奸发生后，她发现了这个体系下的另一面，她们脆弱而痛苦，在制度面前手无缚鸡之力，撤掉了假发和袍子之下的虚假权利，她最终回到了法律制度下作为一个女性的实际地位之中。

从2017年的《同意》(Consent)中的争执和沉默，到如今《初步举证》中女性从司法层面对自我行为的剖析，独角戏的形式增添了自我反思的能力，科默前后呼应的表演为镜像对照增添了更强的冲击力，而在形式之下，是西方剧场对于性暴力的反思和探究，完成了从道德层面向法理层面前进的重要一步。

相比《初步举证》作为百老汇剧院中的剧目给予性别议题以更深度的特殊的思

考,表演思想更符合主流的语境和价值观,外百老汇的剧目面对同样的主题,则呈现出更加多样的争议性和话题性。

同样围绕性侵的主题,《杰克是个好人》(Jack was Kind)用更简单的表演方式,从截然不同的角度提出了一个更有争议性的主旨:如果配偶做了可怕的事,妻子会站在他们这边吗? 在这个七十分钟的独角戏里,主人公玛丽(Mary)独自问询了自己这个问题。

虽然主人公到全剧的最后才承认她看似客观叙述的这个名叫杰克的美国高级法官就是她的丈夫,她的对白是对自己丈夫的辩护,但事实上这个关系毫无悬念可言,剧作者也并没有想要在这种悬念设置上做文章。杰克在十年前受到指控,在他还是一个高中生的时候对另一个女孩进行了性侵。通过电视转播观众看到,杰克并没有被定罪。玛丽的独白并没有给出更多特别的事实,当观众等待一些反转性的关键证据的时候,玛丽的陈述证明杰克的确做了那些公众已知的事情。她叙述中的杰克,更像是玛丽眼中她对丈夫杰克的案件做出的反应。在她的叙述中,杰克是虔诚的天主教徒,受人尊敬的律师,优秀的丈夫、爱人,总而言之,他是个好人,他将她视若珍宝。相比玛丽的原生家庭:刻薄的父亲、冷漠的母亲,以及小时候强迫和她发生性关系的哥哥,杰克让她觉得幸福。杰克填补了她身上的空白,以至于当青春期的女儿质问她怎么能坐视不管时,她犹豫不决,无法产生她女儿认为应当存在的愤怒。她悄悄为丈夫录制辩护视频,招致更多公众的愤怒。

这个故事和《初步举证》中对于性侵案件的态度形成对照,《杰克是个好人》选取了另一视角的切入点,表达了一种更加有争议的情感。相比科默富有张力而前后反差对照的表演,《杰克是个好人》中崔西·索恩(Tracy Thorne)的表演几乎是静态的。她坐在靠窗房间的一张木桌前,穿着一件略微褪色的条纹上衣,从外表的失魂落魄展现出一个正在失去生活欲望的疲惫女人。她面对着放在三脚架上的手机,准备为自己录影。这意味着,她不仅仅是在对着观众讲述,这是一段将流向整个公众舆论的声音。到了这个独角戏的最后,观众回看到这段影像最终走向公众的模样。但事实上,她哭着说"我不会再为我的话道歉了",她并不在乎这段声音,究竟是仅仅传达给一个剧场的观众,还是流向整个公众舆论,她的表达并没有做出相应的改变,她不在乎任何外界的回应。

这是一个家庭主题的独白,在玛丽身上有传统意义上妻子所应该承担的形象,无论她知道或怀疑丈夫做了什么,在法庭上,按照传统,妻子可以免于指证丈夫。这位妻子通过自身的"创伤"来捍卫自己的爱人,但这个独白依旧传达出了具有缺陷的价值观。她由于个人情感,来合理化各种违背逻辑和法律的行为。如果玛丽自私地拒绝谴责她的丈夫,她可能会成为一个更具煽动性的角色。但事实上,她同样是杰克性侵这个事件本身的受害者。最终,当她不由自主地从自己的内心和耳边的其他人那里寻找答案时,她谈到了她和杰克对孩子们的影响,以及她和杰克的父母对他们的影响。她开始反思自己如何在这些最糟糕的性格塑造中生存下来。但在整个独白中,她都没有将自己眼前的小世界以外的东西联系起来,相比主流剧场中《初步举证》的宏大命题和社会责任,《杰克是个好人》更关注的是可外化的内心情感,而并非道德或者法律层面上的任何评判。

性同意始终是性别议题中一个备受关注的话题,处于性同意关系中的她们不仅仅是单独的个体,她们是所有女性的共同体。无论是被性侵者、性侵者的家属,还是看似置身事外的每一个幸存者,她们都是男性权力体系下的受害者,每一个她们都在不断经历着来自性侵本身的伤害,以及来自社会体系的二次伤害。从当今的舞台作品中,女性的声音直指这个体系本身,伤害本质的真实面目被层层揭露。

二、女性对社会自我身份的反思

与此同时,没有一个人的社会身份是单一的,她们在作为女性的同时,还存在着更多的社会身份,在将自身的性别问题放置在风口浪尖之余,女性独角戏的创作也开始涉猎更多身份议题,她们作为独立个体,开始直面种族、暴力、司法、医疗等不同维度的社会问题,以自身的话语做出具有女性特质,又更为有力和深刻的反思。

和性同意问题类似,种族问题是美国主流社会所关注的另一个重要议题。相比越来越多的黑人戏剧,戏剧创作者们更愿意以自己的方式,将种族问题的讨论置于自己的艺术作品中。女性独白的形式则给戏剧本身注入了双重身份困境的问题,和来自女性个体抗争的力量。相比将种族文化融入戏剧形式本身的常见手法，独白的戏剧形态使表现方式和内容更加疏离，为所讨论的议题带来了冷静思考其背后核心问题的可能性。但这种看起来更加沉重和晦涩的表达方式，也对剧作者和观众都提出了更高的要求。剧作者需要具有层层剥离情节直面内核的力量，而与观众之间也需要建立起更深厚的信任。

改编自阿德里安娜·肯尼迪（Adrienne Kennedy）小说的戏剧作品《俄亥俄谋杀案》（*Ohio State Murders*）于2022年首度在百老汇上演。叙述者苏珊娜·亚历山大（Suzanne Alexander）是一位广受赞誉的作家，而故事的叙述，以她回到母校俄亥俄州立大学的讲座为背景，一边回顾她的女儿被谋杀的案件，一边回应她作品中集中关注的暴力问题。她的演讲回顾了她年轻时在这座大学城亲身经历的种族暴力事件，而这个半个世纪之前的故事，将性别、种族、暴力等诸多问题交织在一起呈现在当今的舞台上。舞台内外在时间和空间上产生了互文，层层嵌套的故事带着观众直面种族暴力的本质。

在讲述的故事里，苏珊娜还是俄亥俄州立大学英语系的一名黑人女生，她在英语系读书的年代，在种族隔离的校园里，黑人学生被禁止学习英国文学。然而她对托马斯·哈代的《德伯家的苔丝》抱有浓厚的热情，她的天赋和热爱引起了白人教授的注意，他们发生了短暂的情感关系，这段关系给她带来了一对双胞胎女儿。她被学校开除，留在大学城和看护婴儿的阿姨生活在一起。直到谋杀案发生，她的一对女儿被绑架后淹死。她被拴在了这里，执着地想要弄清究竟是什么杀死了她的女儿。

虽然故事以一个案件展开，但凶手的悬念并非戏剧的重点，在戏剧的前五分钟，这个谜底就已经被随意地暗示了出来。在苏珊娜漫长的叙事中，个体情感体验和思考却是贯穿这个七十五分钟的独白始终的重点。它勾勒出种族隔离时期的20世纪50年代，作为一个黑人女生，所面对的来自种族的恐惧和个体的挣扎，这两者互为因果。她通过讲述俄亥俄州的社会环境的险恶，勾勒出一张限制黑人学生行走的隔离地图，而谋杀案之谜的核心就是种族主义。与其说苏珊娜多年的写作专注于反思暴力本身，不如说是对种族主义中的暴力，乃至整个种族主义的反思。在这个案件中，种族主义的问题迅速被暴力案件本身所掩盖，但苏珊娜敏锐地抓住了这个事实。正如苏珊娜的台词中所说："一个城市应该有一个神圣的地理位置，它绝不是随意的，而是严格按照社会所坚持的教义进行规划的。"换句话说，苏珊娜所经历的排斥和暴力并非种族主义社会下的偶然，而是它的目标。

该剧以叙事重构的方式讲述，以亚历山大复述她的个人创伤的戏中戏的形式展开。由于情节设置于一个公开演讲中，亚历山大在整个表达的过程中努力掩饰自己的悲伤和愤怒。她用傻笑、扭手和其他小动作来掩盖她的痛苦。但是随着情绪层叠至最后四分钟的爆发，亚历山大的感受，并没有在时间流逝中得到消解。它在时间和一个又一个事件中叠加。似乎她花了这么多年，一直在努力试图去理解这件事本身。

这并不是一部严格意义上的独角戏，事实上，舞台上一共出现了五位演员。但它实际仍旧遵从了独角戏的戏剧结构，托尼奖表演奖大满贯得主奥德拉·麦克唐纳（Audra McDonald）扮演事件的讲述者——一名叫苏珊娜·亚历山大的中年作家——和故事中的她自己。虽然故事中的人物最终由多位演员扮演，但他们几乎没有对白，他们在作为作家的苏珊娜的讲述的片段中进出，如同舞台背景一般。他们之间保持着绝对疏离，由苏珊娜叙述他们的互动，似乎是为了阻止传统场景中人物互动所带来的轻松氛围，这些所有的过往都被压抑在苏珊娜带有情绪和思索的讲述中，宛如通过她带有宣泄意味的讲述编织出一个巨大的带有破碎回忆的网。这个放置在公开演讲中的形式帮助主人公排除了所有潜在情节的干扰，尖锐地直面她对案件本身的深度思考。

相比《俄亥俄谋杀案》在百老汇剧场中掷地有声的宏大主题，独角戏的小制作更加适应小剧场的戏剧制作规模，在小成本运作的创作模式中，这里的作品对自我身份的关注则多显微观，但在话题和形式上则进行了更为大胆的尝试，它们审视自我的方式千奇百怪，表现内容和方式都更具实验色彩。这些剧目讲述猎奇的故事，有些故事甚至不够完整，但创作者尝试以不那么主流的方式探究一些新的话题。

《桑德拉》（Sandra）是剧作家戴维·卡尔（David Cale）的新剧，相比一个普通的女性独白的独角戏，它更像一个在舞台上演的惊悚片。女演员玛丽安·奈沙特

（Marjan Neshat）身穿着一条铁锈色连衣裙，在其中扮演所有的角色，展现的主要叙述者形象是一个名叫桑德拉·琼斯（Sandra Jones）的四十多岁的女人，她在布鲁克林拥有一家咖啡馆。故事叙述的主要情节以女主角前往墨西哥去寻找自己失踪的伴侣伊桑（Ethan）——一个才华横溢但不被人欣赏的钢琴家——为背景展开。她在寻找伊桑下落时，与咖啡馆的一些顾客偶遇，同时也陷入了和年轻人卢卡（Luca）的爱情。桑德拉在墨西哥发现了这些人的秘密和真相。正如伊桑离开前所说，"如果我消失了，你可能也会从你的生活中消失"。曾经的桑德拉从伊桑的缺席中消失，最终建立了自己。这个只有八十分钟的独角戏虽然展现出悬疑惊悚片的气质，情节古怪而猎奇，但正如大多数独角戏一般，悬念设置和谜底揭开并非戏剧内容的重点，情节向着观众可以预料的方向发展。在讲述的最后，正如剧本所设置的，伊桑的去向或者卢卡的秘密已经不再重要。相反，奈沙特的讲述使得观众对桑德拉的故事深信不疑，她自身定义的变化吸引了观众更多的注意力，应和了整个戏剧的主题：一个女性在亲密关系中重新寻找和定义自己。舞台上只有一把椅子，奈沙特大部分时间都坐在这里，扮演参与进故事情节的所有角色，她鲜少运用肢体语言，而是通过语言的转换轻松切换人物关系，从南方口音到意大利语，前一分钟还像个本地人，后一分钟就像个外国人一样念着西班牙语。但相比这些在她身体中进进出出的人物，坐在椅子上的她更沉浸于用桑德拉的视角讲述故事，她身上时时处处体现着桑德拉生活的孤独。她对自己的身份有足够的确信，她有一间以自己名字命名的咖啡馆。但她感到飘忽不定，她的身份似乎只在和他人的关系中才能被定义。奈沙特表演给了桑德拉一种稳定的力量，她通过可信的讲述，为桑德拉在焦虑和温暖中寻找到平衡，她建立起的复杂形象使这个猎奇的故事变得可信。

《凯特》（KATE）则是同名喜剧演员凯特·贝兰特（Kate Berlant）自编自演的同名实验戏剧作品，剧场中凯特是一个有隐藏性创伤过往的演员，而在其中，凯特扮演了年轻时想成为演员的自己。凯特的表演从观众进入剧场前就开始了，这座坐落在东村角落里的剧院内外到处都是凯特的标志。她本人则坐在票房旁边的长椅上，长椅上写着她的名字，而她腿上的标牌上写着"忽略我"。当凯特最终上台时，她向观众展示了自己年轻时想要成为演员的历史。她还是个有远大梦想和令人不安的秘密的小镇女孩，在童年卧室的摄像机前开始表演，整个表演过程中，贝兰特转向镜头，她身后一个舞台大小的屏幕上出现了她的黑白面孔，她在舞台上扮演着她母亲坚持认为她天生无法成为的屏幕演员。从小镇到纽约，她对抗所有反对者的斥责。在整个表演过程中，剧场里的灯时不时会亮起来，凯特脱离"角色"，打断表演，直接向观众讲述事件的进展，或者与舞台经理讨论特定声音提示或技术效果的时机。表演反复被打断再重新开始，一个自我陶醉的演员带着自己幻想中的梦想，反复试图让表演走上正轨，她对一切都很认真，但也不认真。她告诉观众，这时候他们可以自由地做出自己喜欢的反应，没有必要扮演善良的观众。在舞台上，凯特有意模糊了凯特这个令人难以忍受的角色和凯特本人之间的界限，她邀请观众一起嘲笑她平庸的努力和肤浅的梦想，真诚又懒惰地直面自己最大的缺点。正如许多剧评人所说，她的表演就像"一个现代的贝克特，是生活的荒谬本身"。

相比之下，妮雅·卡洛威（Nia Calloway）的作品《家庭：仪式派对》（Homebody: A Ritual Party）就更加大胆。卡洛威是一位跨界艺术家，她横跨戏剧、诗歌、音乐、舞蹈和艺术疗愈领域。她的作品通过书面文字和身体动作的结合，旨在为观众创造疗愈和反思的空间，她的作品以求重新定位围绕女性，尤其是黑人女性身体的集体感知。由于她的艺术视角，这个作品超越了戏剧的边界，而综合了诗歌、舞蹈、音乐、仪式等多种艺术形态，重新审视将身体称为家的意义。舞台装置呈现出一个派对结束后的房间，卡洛威在房间中，一边清理舞台上的物品，一边观察家对她作为一个黑人女性的模糊意义。正如画外音中她的诗歌所说，"清洁角落，洗去恐惧"，她在清洁房间的时候也在不断审视自己对其的恐惧，利用舞台上不同物品和艺术方式碎片化的表达，她探究来自祖先的创伤和来自自己身体，通过内在和外在不同因素的干扰审视家的意义，"家是你可能不得不逃避的地方"。

这几个作品表达的内容和形式截然不同，创作者以不同的方式审视自己，通过亲密关系、通过梦想、通过家庭，戏剧形式似乎也成了接受自身的过程本身，她们在审视自己过程中也在审视着周遭环境和社会关系。猎奇的故事或戏剧形式掩盖不了个体的真实和共鸣，当女性不再是戏剧舞台上被固化被定义的一种形象，她们在自己的声音中也拥有了绚丽多彩又千人千面的独特自身。

三、独角戏舞台中的女性声音

这些独角戏表现方式各不相同，有些是个体角色的独自叙述，有些进行了多个角色扮演，有些人物发生了角色变化，有些打破了传统戏剧的形式，有些甚至突破了艺术门类的边界；它们的表现主题也各不相同，百老汇剧场中回响着面对主流议题来自女性创作者的呐喊，而散布在城市各个角落的小剧场中，则充斥着女性艺术家们多元而独立的声音。它们都通过不同角度，借用独角戏的形式，完成了对于自我或社会议题的深度挖掘。

无论主流语境中的深度命题，还是小剧场里更具争议性的讨论；无论专注审视自己的性别特质，还是从不同角度关注自身身份；无论传统剧场中的严肃独白，还是不同形式的艺术尝试，在2022年冬天纽约的戏剧舞台上，女性独角戏都以自己的方式发出了形形色色的女性各自的声音。独角戏的形态往往削弱了剧情的悬念性，因此创作多在心理剖析和深层思考下做文章。女性独角戏除了议题本身，更将女性从家庭伦理中"母亲""妻子""女儿"这样的角色中剥离出来，她们拥有了自己的名字，拥有了独自的身份和对其的自我认同，作为独立的讲述者，直面自己的困境和选择，讲述的过程，也往往是其审视自我和审视世界的过程。

曾经的文学和戏剧作品中，只有两类女性形象：妖女和圣女。圣女们千人一面，宛如文艺复兴前宗教画上的呆板样子，了无生气；妖女们必遭万人唾骂，为一场社会性的猎巫狂欢提供对象和谈资，下场可怖。但同样没有人追究她们是否生来如此，又为何变成这个样子。似乎树碑立传是三生有幸，任人摆布才是理所当然。在半个多世纪前的《彗星美人》（*All About Eve*）中，剧作家居高临下地说："我永远也搞不明白这个奇怪的过程，一个有声音的身体突然之间有了自己的想法。只是确切来说什么时候一个女演员会觉得她说的是她的台词，表达的是她的想法？"在我们一贯认知中的文学或者戏剧作品中，会出现的只有男性的剧作家对着光辉璀璨的女演员说出相同的句子，似乎必须要强调出这种权力关系的不平衡才能使戏剧冲突变得更加触目惊心，当它成为文艺作品"源于生活而高于生活"的必需品之后，女性角色则成了剧作家手中"将女性身体作为宣传工具"的艺术化表达。

随着大量女性独角戏的涌现，女性创作者和女性表演者一道，为世界带来了各式各样的女性形象，她们未必完美，但她们拥有了来自自己的声音。女性角色不再是戏剧表达的附属，同时性别也不再作为个体表达的阻碍，相反，女性身份成为一种力量，它通过性别的独特视角，直面自身问题和困惑。通过作为女性的经验，探寻社会结构中那些被忽视的问题，以基于自身性别角色的方式，提出了女性的深层思考，为戏剧舞台上的主流议题提出了新的独特探索。女性演员不再是被禁锢在聚光灯下接受社会规训和凝视的身体，通过"色艺双绝"的语境建构出的刻板印象，她们不仅可以贡献出色的表演、上佳的容貌，更可以在舞台上肆意地审视自己、审视社会，为社会议题提供来自自身身份的独特思考，为戏剧舞台带来更多艺术形式的可能性。女演员逐渐不再是被物化的"有声音的身体"，"是时候让钢琴意识到写出协奏曲的不是它了"，她们也是创作者，甚至成为创作本身，女性剧作者和女演员一起，她们讲述自己的故事，说出自己的台词，选择自己的艺术手段和表现方式，呈现自己的思考，最终殊途同归，在戏剧舞台上留下来自女性的力量。

钢琴或许永远不能自己写出协奏曲，但女性的身体总有一天会发出自己的声音。

论谣曲的基本特征与翻译形式要求

马　超

　　能剧作为日本最具代表性的古典戏剧，距今已有六百多年历史，是室町时代在猿乐（类似中国唐代的散乐①）的基础上经过改革、提高而创造出来的综合性舞台艺术。谣曲即能剧的文字台本，所用文词典雅优美，讲求韵律章节，极具文学性和音乐性，常以叙事诗和抒情诗的形式来表达剧情的发展并刻画人物的性格，可以说谣曲本身就是很具可读性的剧诗。且能剧带有一定的祭祀宗教性质，极具日本文化"幽玄""物哀"之美，是窥探日本文化的重要载体。

　　谣曲本名"谣"，指代能剧的声乐部分，即脱离舞台表演提示词等动作描述性语言后，留下的用于吟唱或述说的部分，其中主要为吟唱部分，因此得名"谣"。至江户时代起才改称为"谣曲"。

　　据明治书院出版的《谣曲大观》收录的谣曲数，目前共存二百四十四篇，笔者自2020年起翻译谣曲，已累计完成近百篇，在翻译实践过程中，意识到谣曲翻译在形式上的严格要求的重要性，包括相关术语如何翻译、文词转化为中文后的格式要求等，都需要在翻译前形成定则，才能达到理解谣曲特征、把握谣曲内涵、实现欣赏谣曲的效果。

　　谣曲作为戏剧文本，在翻译中不可避免与中国传统戏剧，即戏曲产生对照。

---

　　① 平安中叶，散乐改称日本式名字"猿乐"。对此日本学界大致有两种说法。一种说法认为："猿"是"散"的假借字，"猿"和"散"两字的读音相近而转讹，他们从语言学入手，举类似的例证，并在史料中寻找两者混用的记录；另一种认为：那是由于散乐中猕猴之艺十分令人注目，借此命名。

而且谣曲在发展过程中本身即受到来自元曲的影响，这一点已通过七重理惠的《谣曲与元曲》等著作可以得到验证，但何以谣曲，即能乐展现出了与戏曲截然不同的风貌，尚需从历史演进过程中条分缕析，针对文本中出现的字词记法和专用词语等，包括汉籍佛经、汉诗词、经典教义等在内的文本资料，具体辨析中日文化背景下体现出来的不同涵义，进而剖析谣曲中蕴含的思想特征与日本文化心理状态。

本文作为此类探究的导引，结合谣曲文本的中文翻译实践，包括角色行当、日语专有名词、吟唱小段名称、吟唱部分格式要求等，将从形式上先行确立翻译要求并加以具体说明。

一、谣曲的基本特征

能乐是距今六百多年前集大成才逐渐定型的古典戏剧，吸收了当时流行文艺的猿乐与田乐因素，通过观阿弥和世阿弥父子的重新加工基本形成了流传至今的能乐形式。猿乐是在奈良时期由大陆传过去的散乐基础上形成的，田乐则是在祭祀农田神明的田舞基础上发展而来的，自平安时代末期至镰仓时期，两者融合后逐渐加入延年舞、咒师猿乐（翁艺）和曲舞等多元因素，在简单歌舞基础上增强了戏剧性。世阿弥父子则是在室町幕府第三代将军护佑下，通过改造原本浓厚的庶民朴实味道的台词，创造出以歌舞为主体的、充满古典韵味的上层艺术形式。

从以上发展历程来看，"歌舞"这两个关键词是无法避开的存在，可以说能乐或能剧自始至终都是通过"舞蹈"和"音乐"来演绎故事。世阿弥更是在其论著中多次强调这一点，并凝练出"二曲三体"一词来概括能剧的特征，"二曲"即"歌（谣）"和"舞"，"三体"指女体、军体和老体，是谣曲主人公涉及的主要范围。"二曲三体"一词可见于世阿弥的《花镜》《至花道》《二曲三体人形图》《三道》和《猿乐谈义》等著作中，试举例如下：

无论何曲，皆歌之而有感，舞之妙趣生也。（《游乐习道风见》）

游艺之道，一切基于模仿，同时申乐①既为神乐，当说应以歌舞二曲为本体。（《申乐谈义》）

艺术平素练习要义诸条，虽说风格变化多端，然究其入门之道，无外乎二曲三体是也。（中略）吾见当下申乐练习之时，每每不遵二曲三体本道要义，不得入门之法，一味模仿，只学些异相旁门之风，仅是无根艺术，劣质之极，由此成就大家者，更无从谈起。再论，二曲三体之外，无有入门之法，满足于拙劣模仿并以此为乐，只是无根末枝练习罢了。（《至花道》）

可以看出，世阿弥对能乐是基于模仿行为而产生的艺术形式这点是持肯定态度的，但不以此为艺术真谛，并且认为一切基于模仿是劣等艺术，特别强调了"歌舞"才是能乐要义。关于这一点，可概括是写实基础上的艺术美，或是歌舞化的写实艺术。虽然这不能完全表达出能乐的魅力，但直至今日，对能乐的欣赏和评判标准依旧是以"歌舞二曲"为核心。

二、戏曲的基本特征

本文以定下谣曲翻译形式基准要求为目标，故在谈论戏曲基本特征时，主要探究音乐结构，并以此为基础，确定以何种形式对应谣曲吟唱部分的翻译。戏曲音乐结构主要分为两种，一种是以昆剧为代表的曲牌体，一种是以京剧为代表的板腔体，另外也包括多种在民间小调基础上形成的戏曲，相对更口语化更自由。

曲牌体的典型——昆剧原本的名称为"昆曲""昆山腔""昆调"等，可看出命名也与音乐性紧密结合，并且在历史上各曲牌也是在诗词文学基础上发展而来，曲牌逐渐丰富成型后，将若干支不同的曲牌联缀成套，才构成一折戏。曲牌联套结构，由唱赚、诸宫调经过杂剧、南戏的发展与提高，至昆曲才达到成熟的阶段。

板腔体的典型——京剧则是以对称的上下句作为唱腔的基本单位，按照一定的

---

① 申乐，在日语中与"猿乐"发音相似，有一种说法是申乐是猿乐的误传。

变体原则,演变为不同板式。虽然极富变化,但与诸多戏曲一样,其基本音乐结构也是基本固定的,如京剧的皮黄腔调,各梆子剧种的梆子腔调等。

另外,戏曲表演也是在源于生活、高于生活的氛围中发展而来,即与能乐相同,戏曲表演也是基于对生活中的动作模仿,加以润色整理后形成"身段",并在不断抽离出来的"一桌二椅"为代表的舞台布景中固定成型,形成程式化写意性表演范式。能乐中也有与此相似的表演范式,称为"型",如表演哭泣时,用到的"型"为"しおり"(shiori)",即用单手在正前方掩面,若用双手同时掩面则为大悲。又比如走路时双脚需要贴地移步,小步行走,称为"运"或"摺足"。

王国维提出来的"以歌舞演绎故事"虽不能完全概括戏曲特征,但也基本符合戏曲及谣曲的基本特征,都可以称作是"歌舞剧"的典范,同时又呈现出西方"歌舞剧"或近现代"歌舞剧"决然不同的风貌。

三、能乐的角色行当

能乐根据表现内容有多种类型,根据主角(シテ)的身份特征一般归类为"神男女狂鬼"五类,根据演出顺序又可分别将此五类剧目称作"一番目物(初番目物)""二番目物""三番目物""四番目物"和"五番目物"。同时由于"一番目物"多以神为主角,由神灵出场表达天下太平、万民安顺,以及祈福之意。在此之前需要先上演祝祷天下太平的固定剧目《翁》,因此"一番目物"又被称作"胁能物"[①]。"二番目物"多以武将为主角,又多是死后假托灵魂出现,陈述生前战绩或败下阵来而堕入修罗道的故事,因此又被称作"修罗物"。"三番目物"多以曼妙女子为主角,多是女子青春美好爱情或者在爱情中失意而嫉恨的故事,因此又被称作"鬘物"[②]。"四番目物"主角是除其他四类之外的典型,又多以发痴狂癫痫病症之人作为主角,因此又被称作"狂物"或"杂物"。"五番目物"虽以鬼魂作为主角,但多是祛除鬼魅侵

---

① "胁"在日语中是表示"仅次于"的意思,作为角色同样也是仅次于主角"仕手"之意。
② "鬘"指女子头上所理发髻。

扰,祈祷盛世的祝福故事,也是作为结尾剧目,因此又被称作"切能物"①。

可以看出来谣曲的主角根据分类基本可以固定,不会超出此范围,而与"主角"对应的日语为"シテ(shite)",在每出剧目中的出场和其他角色的搭配也具有高度相似性。并且在目前发现的所有版本内,对"シテ"的表记均以此为定型,不会出现汉字的转写或者直接以剧中人物的名字标记。以颇能体现能乐艺术价值的"梦幻能"《高砂》为例,剧中角色搭配基本如下:

前场シテ:老翁(实为相生松精灵)

后场シテ:住吉明神

ツレ(thure):老姬(实为相生松精灵)

ワキ(waki):阿苏神社神主,阿苏友成

ワキツレ(wakithure):阿苏友成随从

アイ(ai):高砂浦男子

"梦幻能"是能乐的典型,这一类剧目的结构也是比较固定的,多是在旅途中僧人出场,来到某地瞻仰名胜古迹,旧人灵魂或旧物精灵出场,与僧人讲述过往经历。此类故事中僧人通常作为"ワキ"出场,与此剧中的阿苏友成相似,而跟随僧人的同伴或随从则作为"ワキツレ"出场,即此剧中的阿苏友成随从。与"シテ"处于同等立场的配角则通常是作为"ツレ"出场,如本剧中的老翁伴侣、老姬。其他在对话中偶尔串场的人物则以"アイ"或"狂言"身份出场,两者区别在于"アイ"更多是搭讪或应和的方式参与对话,而"狂言"参与的对话则多起到连接剧情发展的作用。以上人物的出场及行动线也是有一定形式规定的,具体如下:

第一段　ワキ出场

第二段　前场シテ出场

---

① "切"在日语中是"结束"之意。

第三段　二人对话

第四段　シテ叙述

第五段　シテ中入

第六段　ワキ吟唱待谣

第七段　后场シテ出场

第八段　二人对话

第九段　后场シテ退场

　　从上述结构中可看出，能乐中每出剧目中有且只有一个"シテ"存在，其他各角色行动围绕着シテ展开，ワキ出场后，会询问シテ此地风物人情，引起シテ的兴趣，ツレ则是在旁帮助引导シテ讲述完因缘故事后，シテ暂时下场（此行为称为"中入"），换装后以真实身份重新上场，如《高砂》前场老翁上场后，"中入"后即扮作住吉明神上场。其他角色通常不存在"中入"。这种以シテ为绝对中心人物展开的戏剧结构被称作"シテ绝对至上主义"或"シテ一元主义"[①]，基于此，如果将"シテ"翻译成"主角"或"主人公"等词的话，那么其他角色只能翻译成"配角"，这显然是不妥当的。

　　与此相对，戏曲的每出戏中必存在主角，但主角人数不一定是一人，可能出现双主角或者主角不明确的情况，作为配角人数也无规律可循，同时各配角也没有明确如上述各角色的分配机制。同时，主角与配角的出场形式也没有如谣曲中所示的严格形式，更为自由多变。

　　另外，在戏曲中不管是否主角，严格执行基于人物性别、年龄和身份的"生旦净末丑"行当分类制，在能乐中只对シテ存在"神男女狂鬼"的人物分类，在服装、能面和表演上存在明显区分，但这也只是基于人物身份性别的大致分类，不仅相互间存在交叉，如"女狂"作为主角的剧目较多，而且如传统戏曲文本中直接由行当指代人物的表记法（如"末扮韩秀才上"）在谣曲文本中也是不存在的，因此用戏曲行当

---

① 这两种说法出自三宅杭一所著《謡の基礎技術・謡曲文学講話》（能謡研究叢書第六卷）一书。

分类的表记法来翻译各角色也是不可行的。

目前已经出版的谣曲翻译集，均将文本中的各角色名称直接替换成剧中人物名，虽然与现代戏曲的标记方法是一致的，但基于忠实的翻译原则，笔者更倾向于原始表记方法，将各角色名称固定化。因为日语存在汉字转写功能，因此可以选用最贴近本义，且明确可以转化的汉字作为表记。具体如下：

シテ：仕手

ワキ：胁

ツレ：连

ワキツレ：胁连

アイ：间

子方：子方

立衆：立众

地謡方：地谣方

シテ转写成汉字有两种记法，一种是"仕手"，一种是"为手"，前者更常见，并且"仕"通"事"，仕手有"做事之人"之意，因此选取"仕手"。ワキ转写成汉字即为"胁"，表示"仅次于"之意，与此角色相符。ツレ转写成汉字即为"连"，与中文意相同。アイ转写成汉字可记作"间""合""逢"等，在相关研究论述中通常记作"间"，并具有"连接关系"之意，与此角色相符。"子方"本记作汉字，意为"孩童"一角，在需要时由孩童扮演剧中人物。"立众"本记作汉字，意为"随从"，即多人出场时站于某角色后侧的龙套角色。"地谣方"本记作汉字，意为指集体跪坐于舞台后方，在需要时吟唱"地谣"以推进剧情发展或发表感慨，与川剧"帮腔"类似，是谣曲中极为重要的手法。

四、谣曲各小段排列及命名

谣曲中吟唱部分即为"谣"，是组成谣曲的重要部分，主要由仕手和胁，以及地谣方吟唱。各角色所吟唱的每个段落即称作"小段",每个小段也都有固定名称,并且在每出剧目中的排列形式也有一定规律可循,试举"梦幻能"为例,通常各小段的名称及排列方式如下:

第一段　ワキ出场

　　　　【次第】【名ノリ】(詞)【道行】【着台词】(詞)

第二段　前场シテ出场

　　　　【一セイ】【サシ】【下歌】【上歌】

第三段　二人对话

　　　　【問答ノ詞】【語】【カカル】【初同】【二同】【三同】

第四段　シテ叙述

　　　　【クリ】【サシ】【クセ】

第五段　シテ中入

　　　　【ロンギ】【中入地謡】

第六段　ワキ吟唱待谣

　　　　【待謡】

第七段　后场シテ出场

　　　　【サシ】【一セイ】

第八段　二人对话

　　　　【カカル】【詞】【地謡】

第九段　后场シテ退场

　　　　【ワカ】【キリ地謡】

以上列出的仅是参考例,各剧目所选用的小段形式各异,也存在不符合上述规律的排列组合,但通过分析各小段的运用场景和内容,可大致明确其色彩,从而更好确定其翻译名。其中在各谣曲中运用频率较高且内容丰富的小段如【上歌】,根据《能乐大事典》的解释如下:

能乐小段，以上音为主旋律，（中略）仕手、连、胁、胁连和地谣方等各角色均可吟唱，适用范围广，在谣曲中多运用数次。属于七五调韵文，句数为四句起，多者可达十二句。首句和尾句常重复吟唱二次，首句前也常出现五字组成的半句。（中略）内容上多描述景物或抒情性独白，另外从内容上看【道行】和【待谣】等各小段从技法上来说也可归入【上歌】。

而与此相对，【下歌】的解释如下：

能乐小段，以低音域为主旋律，（中略）由二至四句构成，属于短小段。多自中音始，终于中音或低音域，小部分可达高音域。（中略）吟唱角色多为仕手，在出场后夹在【サシ】和【上歌】之前吟唱的是比较典型的。（中略）后者所接小段很明显是幽雅自然的风格。也有独立吟唱的【下歌】，如《山姥》中的"恨意对夕山"和《关寺小町》中的"忘却些经年月累"等则呈现出凄凉寂寞之态。

通过【上歌】与【下歌】的对比分析可知，此二者的命名基于主旋律的音域高低，同时在使用角色上有一定限制，在形式上对句数和每句字数有一定要求，在内容情感上也体现出一定倾向。与此相对，其他各小段除了后三者要求外，基本对主旋律的音域是没有限定的，如【次第】小段的解释如下：

在出场时使用最频繁，应用范围和使用角色最广泛的小段。仕手、连、子方、胁、胁连等各角色均可使用，或者如仕手与连，连与子方连用此小段也常见。（中略）总体节奏感较平缓，根据角色不同速度和情绪会有较大差异变化，大略是女角吟唱较平缓，僧人和男子依次加快，山伏僧则最快。因此此小段可呈现出柔和或刚强色彩，极富变化。

举例如《高砂》中的"今を始めの・旅衣、今を始めの・旅衣、日も行く末ぞ・久しき"，或《野宫》中的"花に慣れ来し・野宫の、花に慣れ来し・野宫の、秋より後は・いかならん"，可看到句式有两种定型，前者为七・五・重复、

七·四字句，或者七·五·重复、七·五字句。内容上可暗示主题，表达人物行动意志，预测接下来的行为等。

【次第】小段中未见对主旋律音域高低的规定，但多见【次第上歌】提示，因此可判定此搭配较常见。在此需要说明的是，小段使用的七五调或七五字句指的是假名数，并不是转写而成的汉字数，如"今を始めの·旅衣、今を始めの·旅衣、日も行く末ぞ·久しき"一句按照假名写法应当是"いまをはじめの·たびごろも、いまをはじめの·たびごろも、ひもゆくすえぞ·ひさしき"，正符合"七·五·重复、七·四字句"要求。

既然是用于人物出场吟唱，若与合适的曲牌相对应，或许可以用【引子】尝试翻译。但是【引子】曲牌包含多种范例，既有如四·七·七·四·七·七·七·三字句的【满江红】之类的长曲牌，也有如五·五·五·五字句的【生查子】之类的短曲牌，若是严格按照字句数要求的话，只能找到类似的七·六·七·五·五字句的【临江仙】和七·四·四·七·四·四字句的【一剪梅】两个曲牌，而且也不能完全符合原文的要求。而且从感情色彩考虑，曲牌也不一定完全与原文氛围相匹配。

【名ノリ】作为功能极其受限的小段，仅用于人物出场后介绍自己的姓名和身份，以及经历事件的经过由来，出场目的以及宣告欲采取的行动，在传统戏曲中难以找到类似功能的专属曲牌，一般是以人物"自报家门"的形式直接道出，与【名ノリ】小段作为韵文调不同，"自报家门"属于科白（念白），是散文调，并没有字句数等形式上的严格要求。

【道行】是旅途中角色讲述旅途妙趣或经过的专用小段，以七五调为主，句式为"五·七·五·重复，七·五·七·五·七·五·七·五·五·七·七·五·重复"。戏曲中具有相应功能的"行路"曲牌虽有多支，如【八声甘州】、【粉孩儿】、【武陵花】和【朱奴儿】等，但均不是"行路"专用，只是多用于"行路"旅途场合。而且论字句数的形式要求，也是不完全符合的。

另外如【一セイ】、【サシ】和【カカル】等小段所使用的范围更为广泛，表达内容更为多样复杂，已完全不能找到完全相对应的曲牌。综上所述，从实际翻译实践

出发,各个小段名无法直接转译成曲牌名,同时严格遵守字句数形式要求的话,也不能完全与合适的曲牌相对应。那么只能沿用原小段名,采用与角色名汉字转写一样的方式,将各小段的名称决定如下:

次第:次第

名ノリ:名乘

道行:道行

一セイ:一声

サシ:差

下歌:下歌

上歌:上歌

カカル:挂

クリ:缲

クセ:曲

ロンギ:论议

待谣:待谣

ワカ:和歌

キリ:切

クドキ:谆

コトバ(詞):词

語:语

"次第"记作汉字"次第",可直接沿用,意思也与小段相符。

"名ノリ"记作汉字为"名乘"或"名载",两者其实相通,但依研究惯例,记作"名乘"。

"道行"记作汉字,直抒其意,相符。

"一セイ"记作"一声",依研究惯例,也符合其多种场合下可运用之意。

"サシ"可记作指、差、刺等,根据《能乐大事典》的解释,此小段属于七五调韵文,用于描写风物和抒发感慨的抒情性小段,又称作"サシゴエ",汉字表记为"指声",因此可将"サシ"确定表记为"指",也符合"指示"之意。

"カカル"汉字表记为挂、悬、架等,表示连接之意,据《能乐大事典》的解释,此小段在情绪上与"コトバ(詞)"相似,多用在与对方交谈对话时,也是构成"问答"或"掛合"的一部分。"掛合(挂合)"即指对话,因此可按例将"カカル"记作"挂"。

"クリ"汉字记作"缲",表动作时为绕、卷,"クリ"小段本是以"クリ音"高音域为主旋律,是作为"サシ"和"クセ"的导引曲,内容多为取自或模仿汉诗文和佛教典籍,而谣曲中将音域提高至"クリ音"这一吟唱法即为"缲る(くる)",与"クリ"同源,因此将"クリ"记作"缲"是相符的。

"クセ"小段源自于中世流行艺术"曲舞",占据谣曲的中心位置,大多由地谣方吟唱,内容上既有仕手对胁的讲述,也有叙述自己过往经历或陈述旧闻传奇等,虽以七五调为基础,但可以添字或减字,在音乐旋律上是极其丰富的小段。因"曲舞"的读音便是"クセマイ",因此直接取"曲"字读音,将"クセ"记作"曲"是相符的[①]。

"ロンギ"汉字表记为"論義/論議",此小段源自佛家颂经的"声明"中的"論義/論議"[②],是先由各角色与地谣,或各角色之间相互交叉问答,后半部分由地谣方吟唱的小段,因此汉字记作"论义"或"论议"皆可,笔者取后词,更为中性。

"待谣"汉字即本身,多是在后场仕手出场前由胁吟唱的小段,意为等待之意,因此此表记相符。

"ワカ"汉字表记为"和歌",也因本身该小段以五・七・五・七・七字句为正格[③],即和歌(短歌)形式,因此此表记亦相符。

"キリ"小段位于谣曲结尾部分,属于七五调韵文,是对角色结局的交代和总括,汉字表记为"切",与"切能物"之切同意,相符。

"クドキ"汉字表记为"諄き/口説き",源自平曲,是表达哀怨苦闷或仰慕之情

---

① 根据史料记载,"クセマイ"的汉字除表记为"曲舞"外,也有表记为"久世舞"和"节曲舞"的记法,但现行惯例一般为"曲舞"。
② 声明是日语中表示佛家颂经的行为,而论义/论议则指相互问答,进行辩经的行为。
③ 打破正格规制的情况也很多。

的小段，缠绵悠长。汉字表记为"谆"相符。

"コトバ"汉字可表记为"詞/言葉"，多用于人物的独白或相互对话，在文本中因未加节奏附点[①]，与其他小段的吟唱方式不同，不具有音节旋律性，而是用独特的吟诵方式进行演绎，这一点与普通的日常对话也是不同的，根据剧目、流派、角色等不同呈现出不同色彩。可以说"コトバ"与戏曲的科白（念白）具有异曲同工之妙，但又不尽相同。"言葉"一词的意思为"语言"，源自佛教说法，而且根据一般研究书籍惯例，记作"词"更为常见。

"語"即本身汉字表记，是仕手、胁或间、狂言向对方讲述当地神话、传说、历史记闻或自我体验、见闻等，属于"コトバ"的一种，因此记作"语"相符。

五、各小段的内容翻译定型

既然上述提到各小段除"词"和"语"外多以七五调为基础，在翻译中是否遵循七五字句的原则，试举《箙》为例说明如下。

剧中胁最先上场，吟唱的小段为【次第上歌】，内容为"春を心のしるべにて。春を心のしるべにて。憂からぬ旅に出でうよ"。为七·五·重复·七·五字句，虽只三句，但节奏明快，表达了春日到来，心为所动，为解忧愁，踏上旅程之意。笔者基于句意，并在契合当下情绪前提下，试译为"春来心也漾，春来心也漾，解忧旅程轻踏上"。若按原句式要求，必将在此基础上添字并丰富句意，难免有过度表达之嫌。若选用京剧板腔体中常用的十字句或七字句式，又略显正式拘谨，不够活泼，而且通篇使用此句式，显得枯燥呆板。因此借鉴长短句的灵活形式，根据情境需要随时变换句式，或许是更贴近作者本意，更灵动鲜活地传递出当下情绪，不失为一种可选择的翻译方式。

另外，在句式上不得不摆脱七五调的制约，还基于谣曲中多引用汉诗文或佛教经典这一客观原因。如《箙》中仕手上场后，吟唱的【サシ上歌】如下：

---

① 上述各小段在文本上均可看到右侧有墨色附点标记，称为"墨谱"，可掌控节奏，体现出音阶旋律性。

飛花落葉の無常は又。常住不滅の栄をなし。一色一香の縁生は。無非
中道の眼に応ず。人間個々円成の観念。なほ以て至り難し。あら定めなの
身命やな。

可以看到里面出现不少直接以汉字书写的词语和文句,虽然按照假名读音要求
的话,也是符合七五调的基本规律,但这些字句本身即来自汉籍经典,翻译时忠实于
原文即可,若强行按照七五调的句式要求添字则未免有削足适履之嫌。笔者将此小
段翻译如下:

飞花落叶总无常,常住不灭现荣光,一色一香缘生结,无非中道眼中藏。人
间个个圆成满,此事古难偿,身命不定多彷徨。

再如《西行樱》中引用苏轼诗句“春宵一刻值千金,花有清香月有阴”,将之转
化为“春宵一刻価千金。花に清香月に影。春の夜の”,翻译时也无需考虑七五调
限制,直接翻译为原诗即可。

以上例子不胜枚举,对于除“词”和“语”之外的各小段韵文体均是适用的,
不以句式为限,倾向于选用合适的句式组成长短句,并保持压韵的旋律美;而对于
“词”和“语”的翻译则采取与科白(念白)一致的手法,以口语体的形式自由表述,
在此不作赘述。

通过以上分析,笔者结合个人实践,在谣曲的文本翻译形式上设下基准定型,本
着忠实的原则尽量以原本的汉字表记作为定例,彰显谣曲本身独特性,并防止因翻
译直接改写汉字后消弭差异,造成不必要的误解。在内容上基于但不拘泥于七五
调,通过灵活的句式转化达到更好的“信达雅”效果。

中外短剧鉴赏

模仿与创造：照进现实的幻境

——熊佛西《醉了》与莎士比亚《麦克白》对读

翟月琴

　　熊佛西的独幕剧《醉了》（又名《王三》），最初发表于《东方杂志》1928年第25卷第9期，被视为熊佛西最为人称道的剧作。与莎士比亚的《麦克白》相仿，该剧同样以象征手法表现了主人公杀人之后恐慌、迷乱、幻觉的心理状态。通过将两个剧本进行对读，走进家境贫困之无奈、不得不继续从事刽子手差事的王三的心理，更能够理解熊佛西以幻境模仿与创造现实世界的特殊意义。

　　熊佛西《醉了》中的剧情发生于1888年，以神情慌张的王三回到家而拉开序幕。全剧没有交代王三的身份，而是从杀气腾腾的场景入手，强化王妻取盆为王三洗手的动作。透过王三沾满血迹的双手，似乎可以看到麦克白高举着的杀人的血手，"大海里所有的水，能够洗净我手上的血迹吗？不，恐怕我这一手的血，倒是要把一碧无垠的海水染成一片殷红呢"。面对麦克白的恐惧，麦克白夫人曾说："我的手也跟你的同样颜色了，可是我的心却羞于像你那样变成惨白。我听见有人打着南面的门；让我们回到自己房间里去；一点点的水就可以替我们洗除痕迹；不是很容易的事吗？"与麦克白夫人不同，看着王三血迹斑斑的双手，王妻没有丝毫权力欲，从始至终不过是在家热切等候丈夫归来的传统女性罢了。她为丈夫取了水盆，换了衣服，对于丈夫"执掌生死大权"的差事知之甚少，对于赵五的轻薄与施舍不为所动，唯一担心的就是家庭的日常生活来源。

　　熟悉《麦克白》的读者，除了记得反复出现的"洗血手"情节之外，当然还有扣人心弦的"敲门声"。"那打门的声音是从什么地方来的？究竟是怎么一回事，一点点的声音都会吓得我心惊肉跳？"赵五的敲门声，让王三像鬼撞墙一般，眼前出现了幻觉："呀！你们又来了！我请你们不要来吧！你们为什么这样死死的缠着我？我与你们究竟有什么冤仇？"当然，从始至终，欲望与恐惧交织出现的片影，是麦克白夫妇二人不断"杀人"，又不断陷入迷狂和混乱的内在线索。如果说女巫的预言和麦克白夫人的怂恿，或暗示、或催逼，有一些说不清道不明的潜在因素令麦克白冲昏头脑，杀人如麻。那么，熊佛西笔下王三去杀人的动机，却与麦克白的境遇大不相同。驱使王三不得不去杀人的原因，正是他的职业，即刽子手。

既然如此恐惧，为何还要充当刽子手的角色？不妨说麦克白式的心理恐惧，不过是引子。更重要的是，由此引出王三身处的生活境遇。确实，熊佛西《醉了》中"洗血手"和"敲门"的情节，同时也将王三内在心理的恐惧感，与外部现实生活的焦灼感掺杂在一起，产生了交叠互生的效果。作者先是抛出奶奶生病急需钱的话头，将王三夫妻生活的窘迫层层揭开。当我们看到王三甚至连一件换洗的衣服都没有时，便不再沉浸于西方"麦克白"的精神世界，而是返回到本土"王三"的贫穷生活。这大概就是醒着的王三必然要面对的现实。而后，赵五上门索债，讨要欠了三个月的房钱，更是指向二人经济上的窘迫处境。针对此，也有评论者指出，作为刽子手的王三何以贫困至此？难道衙门里给的费用还不够日常生活？王妻解释了王三是老实人，不会索要钱财。也就是说，正常收入是极为微薄的，要通过不当手段尚且可以捞一些油水。

那么，刽子手自然杀人不眨眼，王三又为何这般恐惧？赵五走后，同为刽子手的张七上场，道出了原委。原来早上所杀之人，竟连砍七刀而头不落地。这让王三吓得魂飞魄散。借用王三的话来说，"仿佛看见无数冤魂冤鬼围着我哭哭啼啼"。所谓"冤魂"，是生前遭遇不幸的人，死后在人间游荡申冤。这种说法，无疑与本土的传统思想观念和思维方式不无关系。事实上，王三不过是付诸杀人实践的行动者，而不是发出杀人命令的指使者。可是，王三却因为刽子手的差事而成了刑场上无辜的目击者。视觉冲击，不言而喻。作者熊佛西反复强调王三所说的"冤魂"，从某种意义上也是控诉刽子手背后的社会不公。巧妙地是，作者没有直接抨击社会现实，一是借用刽子手王三之口道出"冤魂"存在的可能，二是描摹赵五一边讨债一边戏弄王妻的丑恶形象，从细节出发点出当时官宦与平民、富人与贫民之间的反差与紧张关系。

显然，熊佛西对王三这样的人物持同情态度。在他看来，刽子手不是残暴统治者的帮凶，而是无路可寻的小人物。刘沧浪曾在《重读〈王三〉杂记》中谈到："在1888年，辛亥的风暴还没有卷起来的年代里，人民的生活到了非常痛苦的境地——没衣穿，没饭吃，房子住不了，生病没钱治，找个事干谋点生计没有路。正因为这样，人们走上了反抗的道路，而且被血腥的统治者屠杀着，然而屠杀镇压不了人民的反抗，'冤魂怨鬼'的'朋友'们在不断地觉醒，不断地起来，举起镰刀，喊叫出内心深处巨大的怨愤激怒——'对，杀人去！'……"在与张七的对话中得知，没有本钱便无法另寻营生方式。当张七说出"我说咱们还是杀人去"时，王三突然放声大哭了。他哭的是无奈，哭的是别无选择。无论多么恐惧，他都得去刑场领取救命钱。

换言之，熊佛西是通过心理表现的手法，书写苦难社会现实下人物无从选择、不知所措的迷乱与幻觉状态。正如他在《论创作》（《益世报（天津版）》，1929年12月3日）中所说的，一方面，没有现实世界的存在，绝无理想世界的发生，"心理学家说先要有刺激，才会有反应。对于艺术家，现实世界是个给予刺激的世界，理想世界是个承受反应的世界"；另一方面，幻境乃是艺术家对这个世界的创造，"抄袭只能运用于现实世界。创造是从现实世界到理想世界的结晶"。在此基础上，现实与理想世界的相互缠绕，而熊佛西要写的就是两个世界产生关联时灵与肉的调和。对于王三而言，刑场上的杀人之举令他神色恍惚，家庭里的困局则使他不得不在精神世界里承受这种刺激。无奈之下，王三以酒壮胆，准备奔赴刑场继续干刽子手的差事。这时，赵五又来讨债。王三醉酒后，险些砍伤赵五。在《麦克白》中，麦克白夫人在酒中放了麻药，让两个侍卫不省人事，以便顺利杀死邓肯。麦克白夫人说"酒把他们醉倒了，却提起了我的勇气；浇熄了他们的气焰，却燃起了我心头的烈火"。这一情节，被熊佛西再次化用。本想以醉酒这种半醉半醒的状态，麻痹潜在的恐惧、焦虑与压抑，反而成了"杀人"行动的催动力。

可见，以刀砍人的行为早已内化为王三的潜在心理，在"醉了"时，更显露出他的无意识状态，而王三砍向赵五的那一刻，又未尝不说明作者的创作意图。同样作为带给王三压迫感的赵五，正是他反抗的具体对象。与被砍头的冤屈者相比，这位丢给王妻两元钱，就可以摆出一副救世主模样的赵五，才应该是刽子手的刀下鬼。砍向虚伪的人道主义者，正是无路可寻的王三借酒力作出的唯一反抗。类似于"梦"的"醉"，如同熊佛西所说的"梦是不满足的象征。梦是弱者的呼声与反抗"。王三在与外部世界对抗时的屡弱与无力。也因此，他只能间接作为帮凶苟活于世，很难站在普通民众一方，直接反抗压迫者的残酷统治。在《醉了》中，熊佛西试图展现的是王三介于现实与理想世界的灵肉挣扎状态，而并非为他寻到一个真正的现实出路。

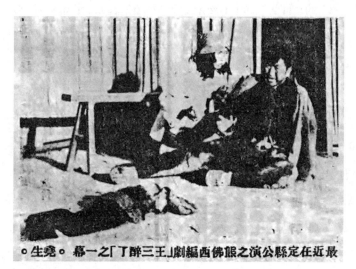

尧生：《最近在定县公演之熊佛西编制"王三醉了"之一幕》，《北洋画报》，1936年第27卷第1344期。

醉了

熊佛西

一间很破陋的屋子。王妻正盼望着王三回来,果然王三就回来了。可是夫妻见面,妻的情态非常热,不知为什么王的情态却非常冷。他的一副面孔叫人看了,仿佛觉得世界末日就要到了似的。看了他一身一手的鲜血斑点,不消说,更是叫人感觉一种杀气。

王　妻　你从哪里回来?

王　三　从哪里回来?你说我从哪里回来!你瞧瞧我这双手,你瞧瞧我这一身,你瞧瞧我这刀上的血!

王　妻　那么我先取盆水来,你洗手。

　　　　〔王妻取了一脸盆水来。王三洗手。

王　妻　其实,你那身衣服亦应该换一换。

王　三　换?拿什么换?唉!我怎么会吃了这碗倒霉饭!

王　妻　不吃又怎么办呢?

王　三　我简直不能瞧我这身衣服,一瞧,我的手脚就发软,我的心就发酸,我的眼就发花,仿佛看见无数冤魂冤鬼围着我哭哭啼啼!

王　妻　那么你就脱去这身衣服罢!

王　三　脱去?脱去了,拿什么来替换?

王　妻　你不是还有一件短夹袄吗?

王　三　短夹袄?短夹袄不是狗儿去年穿到棺材里去了吗?

王　妻　那么……

王　三　唉！

王　妻　那么今早在我妈家里借了一件大褂，本来预备去当钱来替奶奶医病的，现在你就先拿着换上罢。

王　三　奶奶的病怎样了？

王　妻　还是没有转机。

王　三　那么还是拿去当罢！

王　妻　你先换上罢。奶奶的病我再想法。

　　　　［王妻替王三换衣。

王　三　怎么是女人的大褂？

王　妻　是我妈的。别人谁肯借衣服给我们当？

王　三　这我怎能穿？

王　妻　在家里穿穿不要紧。

王　三　出外呢？

王　妻　要再想法子。

　　　　［王三换妥了衣服，王妻将其脱下的衣服与大刀顺手挂在壁上。

王　三　不要挂在这里！

王　妻　那么挂到哪里去？

王　三　砸到后面井里去！

王　妻　那么？

王　三　那么？……

王　妻　你真不想吃这碗饭么？

王　三　难道你还愿意我做一辈子的"刽子手"？难道你愿意你的丈夫一辈子杀人么？你以为我是专门到这世界上来杀人的么？你唯愿我整天整夜的被冤魂冤鬼压着么？

王　妻　你今天干吗这么大的气？我又没得罪你？

王　三　气！哼！

王　妻　你今天在外面受了谁的冤么？

王　三　冤？冤大着啦！唉！（仿佛见鬼似的）你们！你们！我求你们不要跟着我罢！饶了我罢！我向你们谢罪。（跪下）你们觉得你们死得冤枉么？但是——但是这不能怪我呀？我不过是听人使用的一个小差役……上头命令下来了，我怎能不执行呀？我真是想救你们的，心有余实在力不足啊！朋友……朋友……请你们饶了我罢！请……你们饶了我罢，别要整天的跟着我！

　　〔说毕仰地。其妻倒了一杯水给他喝，才慢慢的清醒过来。此时听到后台一阵阵的病者的呻吟，非常凄楚。

　　〔排演时病者虽不出台，但必须有专员负责扮饰。

王　妻　再喝一口水罢？

王　三　这是谁的哭声？

王　妻　你不要管它。

王　三　这是奶奶的声音！我要进去看她！好像她在叫我！你听，这不是……

　　〔此时收房租的赵五在外敲门。

王　妻　谁呀？

赵　五　我呀！

王　妻　你是谁呀？

赵　五　我是来收房钱的！

王　妻　不得了！不得了！收房钱的赵五又来了！

王　三　欠他几个月了？

王　妻　三个半月。

王　三　（仿佛又见鬼似的）呀！你们又来了？我请你们不要来吧！你们为什么这样死死的缠着我？我与你们究竟有什么冤仇？

赵　五　（仍在外面）里面究竟有人没？

　　〔王妻扶着王三入内，复出，慌忙的收拾了大刀和血衣，放在不十分惹人注意的门角边。

赵 五　里面死了人么？怎么还不开门！

王 妻　请进来罢，门没闩的！

　　　　［收房租的赵五上。

王 妻　我说是谁，原来是五爷，您从哪儿来？您请坐罢。

赵 五　王三在家么？

王 妻　没有。您是来取房钱的么？

赵 五　是的。你们的房钱已经欠了三个多月，我们上头已经说坏话了，今天非交清不可，不然不但要逼你们马上搬家，恐怕还得请你们坐牢呢！

王 妻　还是请您通融几天罢。我们实在没有钱。这几天连我们老太太害病都没有请医生！

赵 五　谁叫你们不请医生？

王 妻　我们很想请医生，但是……

赵 五　但是没有钱，对吗？

王 妻　五爷真是晓得我们穷人的苦处。所以房钱还得请您迟延几天。

赵 五　这可不成！欠了三个多月，不能再迟延了！你们不要使我为难罢，我也是帮人收租的，倘若这房子是我的，像你这样的人住，就是不给钱也不要紧。可是我们的东家那可不成！欠了他的房钱，不但要搬家，还得坐牢！

王 妻　还是求你费心向房东老爷说个情面罢？通融这个月，下月决不再通融。

赵 五　(痴望着王妻)其实像你这样的人，就不应该欠人的房钱。你有多大年纪呀？

王 妻　你这话问得太奇怪！

赵 五　我问你有几岁？

王 妻　你为什么要问我的年纪？

赵 五　我不过是随便问问，并没有什么意思。多少？

王 妻　二十四——不，四十二。

赵 五　我看你只有二十四。你要是有几件新衣服穿上倒很不坏。真是一朵鲜花插在污泥里！哈哈哈哈！

王　妻　你笑什么？

赵　五　我不过是随便笑笑罢了，并没有什么另外的意思。哈哈哈哈！

王　妻　请您不要笑了罢，笑得使人怪难受的！

赵　五　好，我不笑了，我问你：王三究竟上哪儿去了？

王　妻　出门去了。

赵　五　他一会儿会回么？

王　妻　恐怕他一时不能回。房钱迟早要给您的，请您不必在这儿等候罢？

赵　五　房钱迟付早付，倒不要紧，不过……

王　妻　不过？

赵　五　不过我想乘王三没有回，在你这里歇一会儿。

王　妻　那么您尽管歇息，不过没有茶给您喝。

赵　五　用不着茶，和你谈谈就很止渴了！房钱请你放心，什么时候有，什么时候给我，万一你们没有钱，我替你们给亦不要紧。

王　妻　这倒不必，只要请您迟延几天，我们就感恩不尽了。

赵　五　这没有什么不可！不过——不过王三究竟上哪儿去了？

王　妻　上衙门去了。

赵　五　上衙门去了？

王　妻　对，上衙门去了。

赵　五　是与人打官司去了么？

王　妻　不，他向来在衙门里当差。

赵　五　做官么？

王　妻　做官。

赵　五　做什么官？

王　妻　做一种官。

赵　五　做哪种官？

王　妻　很大的一种官！

赵　五　你能说得出他的官衔么？

王　妻　这倒说不清。我只知道他在衙门里权柄很大，一切的人命都操在他的手里！

赵　五　一切的人命都操在他的手里？

王　妻　对！都在他的巴掌心里。

赵　五　这倒很奇怪：你的当家的既然在衙门里有这么大的权柄，就应该很有钱，为什么你们还这样的穷，连房钱都付不出呢？

王　妻　这是因为我们当家的不要钱。

赵　五　这也许是你们当家的不会做官？

王　妻　不，他很会做官！

赵　五　既会做官，为什么不会弄钱呢？你瞧，现在哪个做官的没有发财？

王　妻　这是因为我们当家的太老实。

赵　五　做官就不应该老实，老实就不应该做官！我近来很厌烦替人收租钱，很想找个官儿做做，可惜没得门路。你可以向王三说说，看看他还有什么门路么？万一一时找不到合适的差事，我亦可以暂时帮帮他的忙，替他计划计划发财的方法。

王　妻　这真好极了。等我们当家的回来了，我与他商量商量。真是，他真是太老实了！在衙门里做这大的官，还会没有钱过活，说来谁都不信！

赵　五　只怪他太老实，太愚蠢，手腕太不灵，将来你瞧我的！

王　妻　我准相信您会弄钱。因为您替人收了这多年数的租钱，是很富有弄钱的经验！嗳呀，我要进去了，我们老太太醒了！

赵　五　你们老太太真是病了么？

王　妻　可不是吗？天天想请医生来瞧……

赵　五　为什么不请？也是因为没有钱么？我这儿借你两块钱罢。

　　　　　〔交钱给王妻。

王　妻　这就不敢当了！我真觉得您是一个慈善家！

赵　五　我也觉得你是一个很可怜的美人！

        ［里面病人的呻吟此时更急切。

王　妻　对不住,我要进去看老太太了。

赵　五　我一会儿再来。王三回来了,请不要忘了我的事。

        ［赵五下。此刻王三的同事张七上。

张　七　三嫂,三哥回来了没?

王　妻　刚回来。

张　七　在家么?

王　妻　在里面。

张　七　他今天回来的时候很生气罢?

王　妻　可不是吗? 你知道他今天为什么这么生气? 他从来没有像今天这样见神见鬼的。

张　七　这也难怪他要生气! 今天衙门里本来要杀两个人,哪知杀第一个就连砍七刀,头才下来,轮到杀第二个的时候,三哥到底不肯下刀,好像疯了似的跑出了杀场,旁边当时又没有别人敢去代替,所以不得已只好改到今天下午再去结果他。现在他们叫我来请三哥下午再去,叫他不要怕! 其实也没有什么可怕的! 说也奇怪,三哥经手杀了这么些人,他从来不怕,不知他为什么今天这样的害怕?

王　妻　三哥既是这样的害怕,你为什么不代替他干呢?

张　七　我哪儿成? 我只能做三哥的副手,叫我做正手,我就干不了了!

王　妻　这件案子你们分到多少钱?

张　七　据说分到三哥名下有二十块钱,到我名下有十块钱。

王　妻　钱还没有分下来么?

张　七　案子还没了,怎么就可以分钱? 你去劝劝三哥罢,叫他赶快去完了这件案子。倘若他不去,不但这二十块钱分不到手,恐怕差事也难保!

王　妻　他已经说过他宁可做叫化子,再也不愿干"刽子手"了。

张　七　不愿再做刽子手了?

王　妻　对。

张　七　你让他不干么？

王　妻　他不愿干，我也没法儿勉强他干！

张　七　你想不想他干？

王　妻　我虽然不愿他干，可是又不能不想他干。你想，现在我们的房钱欠了三个多月，老太太还病在床上等钱来请医生，米也没有了，冬天也快到了，棉衣还不知道在哪里，你瞧，倘若他认真不干，我们这一家怎样过活？

张　七　假如现在有二十块钱的收入，亦很可以救济一下！

王　妻　可不是吗？

张　七　那么你赶快设法劝劝他罢。

王　妻　我实在没法。你呢？

张　七　我倒有个法子。三哥不是很欢喜喝酒吗？我现在身边还有一瓶白干酒，(由衣袋内取出一瓶酒来)我们来想法劝他喝酒，待他喝得差不多了，再把那把大刀交给他，你看他还怕不怕杀人！

王　妻　怎么你身边常常带着酒？

张　七　没有一个刽子手身边可以离酒的。没有酒，心不横，手没劲，刀不硬！

王　妻　你三哥平日杀人不喝酒么？

张　七　喝的，可是喝的太少。今天那个人其所以连砍七刀头还不落地的缘故，都是因为他没喝醉！现在我们要把他灌醉！把他灌得醉醉醺醺的，叫他心不由主！他现在在里面么？你去请他来，让我来灌他！待他醉了，不由得他的心不横硬起来，不愁他手上的大刀不向人头上砍去！

王　妻　那么我去叫他。他已经来了！

　　　　　[王三上。

王　三　我以为是收房钱的赵五在这儿逼账，吓得我半天不敢出来，不料原来是老七在这儿高谈阔论！

王　妻　赵五本是来过，刚走。

王　三　房钱怎样？

王　妻　他说今天非要不可！停会儿他再来！

张　七　咱们衙门里的饷也许快要发了罢?

王　三　得了罢!我就饿死,再也不指望衙门里的那几块造孽钱!

张　七　三哥,你这话我不很明白?

王　三　这有什么不明白!就是"刽子手"这碗饭,我起誓不吃了!

张　七　三哥要不干了么?

王　三　这哪是人干的活,整天整夜的杀人!世界上可干的事多着啦,为什么要整天整夜的刀不离手,手不离刀的过着屠夫的生活?

张　七　三哥这话对,不是三哥提醒我,我倒糊涂了!咱俩这碗饭简直不是人吃的!从此咱俩再也不吃这碗饭了!三嫂,拿两只大碗来,我要与三哥喝上几碗,痛饮一下!

王　三　真是闷气得很!

张　七　可不是吗?喝上几碗白干,心里定会舒服点!

　　　　[王妻拿上两只饭碗。每人喝了一碗。

王　三　说起来也怪,早晨那个死鬼怎么我连砍七刀,头还不落地?莫非这里头有什么冤屈?

张　七　是三哥心里不愿意,所以头难落地。

　　　　[说话之间,张七又敬了一碗酒给王三,王三一饮而尽。

王　三　我真是不愿干这个杀人的勾当。你不厌烦这个勾当么,老七?

张　七　那能不厌烦?不过是没有法子。你想咱们不干这个把戏,咱们干什么?

　　　　[说话之间,张七又敬了一碗酒给王三,王三又一饮而尽。

王　三　咱们不能做点小买卖么?

张　七　本钱呢?

王　三　借去!

张　七　哪里借去?哼!谈何容易,这年头做买卖!何况你还没有本钱?就是有本钱也不容易!

王　三　那么咱们帮人打杂去?

张　七　帮人打杂去？上哪儿去打杂，请问？

王　三　托人找去！

张　七　谁肯替你找去，这年头？

　　　　［说话之间，彼此又痛饮了一碗。此时王三已有了几分醉意，突然把桌子一拍，两只眼睛一翻。里面病人的呻吟声亦加大。王妻入内。

王　三　那么咱们干吗去？

张　七　你说！

王　三　你说呢！

张　七　我说咱们还是杀人去！

王　三　还是杀人去？

张　七　还是杀人去！

　　　　［王三突然放声大哭。王妻上。

王　妻　这是怎么一回事？

张　七　他已经醉了！他已经醉了！快！他的大刀和血衣呢？

王　妻　都在这里。

张　七　快给他！刚好，杀人的时候又快到了！

　　　　［王妻与张七替王三换上了原来的血衣，把大刀放在他手上。

王　三　你……你们这……这干吗？

张　七　叫你再上杀场！

王　三　干吗？

张　七　杀人去！

王　三　杀人去？

张　七　对，杀人去！

王　三　杀人何必一定要上杀场去？

　　　　［里面病人的呼声越发沉重。

王　三　这是什么声音？

王　妻　奶奶的呼声！

　　　　［接着又是敲门声。

赵　五　王三回来了么？

王　三　这是什么声音？

王　妻　这是收房租的赵五敲门！

　　　　［赵五上。王三一见赵五连叫带做的拿起刀来就要杀,吓得赵五满场
　　　　飞跑。结果王三跌倒,一刀砍在一只板凳脚上,半天不能开口,只微微
　　　　的听见他的喘息声。赵五只是吓得一头的冷汗,好半天才说出一句
　　　　话来。

赵　五　这……这……是怎……怎么一回事？

王　妻　这是因为他喝醉了！

　　　　　　　　　　　　　　　　　　　　　　　　——幕——

　　　　　　　　　　　　　　　　　　　　一九二八年,四月,十一日。

爱·艺术·自我

——【德国】弗朗克·维特金德《男高音歌手》读解

蔡兴水

　　一个无爱的男人，一个活在合同里赚取五十万年薪的歌唱机器，一个摒弃人间爱恋情感的空心人。这是一个外表光鲜、受人膜拜的艺术家！其实，他活得十分可怜无助，没有自由，没有自我，没有闲暇，终日只能成为供人消遣与娱乐的工具。只有真正接触他的人，才得知他的苦衷，才知道他的扭曲和变形。他虽然忝列歌唱家队伍，但做着的却是不美、杀爱、伤人的事情，是与艺术无缘的勾当。全剧写出诸多的矛盾，构筑了艺术家苍白空心的精神世界，鲜活地塑造出其独特的人物形象。

　　本剧在艺术上采取了许多常用的编剧技法。首先是时间的设定发挥了特殊作用。在编剧中以时间的推移来拨动剧情发展，是能够吸引观众注意和兴趣、加剧紧张气氛的手段之一。时间的设定通常有顺时序和倒计时两种。顺时序，随着时间的推进，不断累积矛盾并加剧矛盾激化的强度；倒计时，则是随着时间的日渐缩短，剧情愈加激烈紧张，直到逼近矛盾白热化的顶点，可紧紧吸引观众的兴趣。顺时序的好例子如易卜生的《玩偶之家》，展示了娜拉与丈夫海尔茂从12月24日至26日圣诞节前后特殊时节矛盾的积累到总爆发导致夫妻彻底破裂娜拉最终出走的结果。倒计时的例子，比如契诃夫的《纪念日》，讲述一个银行主任下午四点要做演讲，可是办事员三点才能完成总结报告的撰写。就在剩下的宝贵时间段里，特别需要专注一心，这时偏偏来了一个无聊的话痨子和一个找茬的一根筋女人，闹得写报告的人火急火燎、烦不胜烦。最后上头派的人来了，矛盾暂时转移或告一段落。

　　本剧也属于倒计时的编剧手法，剧作开篇告诉我们主人公奥斯卡要赶上最后一班火车去布鲁塞尔演出，他告诉跟班还剩下四十分钟，他必须抓紧练习不能受到任何打扰，并表示任何人都不见。在接下来的四十分钟里，奥斯卡却一再被打断，而且情形越来越失控。先是发现窗帘后面藏着慕名的虚报年龄的十六岁蠢姑娘，奥斯卡把她打发走了，少掉五分钟。继而，一个大半辈子不与世俗妥协平生只能默默无闻的六十岁老作曲家，一定要占用奥斯卡宝贵的时间听听他弹唱自己精心创作的曲目。奥斯卡与他辩白，说自己只是歌唱家，无法衡量曲目的优劣，但是老人认死理说奥斯卡一周前就答应过要听他弹奏的，却因为天天忙于演唱或与女人周旋而推诿至今。无奈之余，听了老作曲家的演奏又流失了宝贵的时间。时间还在不以奥斯卡的意志为转移地流失，奥斯卡还没有从老作曲家的骚扰中回过神来，已经又有一个叫做海伦的已婚美女破门而入。海伦的到来，她自认为理所当然，而且口口声声说没有奥斯卡她就活不下去了。两人对话后我们获知，海伦也是奥斯卡的痴迷者，她先是借口要奥斯卡帮她试嗓子，却越陷越深，无法自拔地爱上奥斯卡，到了甘愿抛夫弃子不要家庭的地步。她先倾吐苦衷，然后恳求，接着完全不要自尊地要献身给奥斯卡。但奥斯卡无动于衷，因为他只活在不能谈恋爱、不能带女人旅游的合同契约里，让我们看到他的无奈之余的无爱、无我、无心的苍白。以传播美为宗旨的歌唱艺术，由没有爱的人来演绎，达到反讽的效果。以时间设置的结果，不管是顺时序还是倒计时方式，最终都会把剧情的积累发展到顶点求得最强音的爆发。海伦在自怜自艾、毫无自我的各种招数都失效后，其实她已经成为没有生命的躯壳，于是她开枪自杀结束了自己。然而，奥斯卡并没有幡然醒悟，而是毫无悔改和自我怜惜，没有任何觉醒的行为。他起初还在为当一个男人还是做一个信守合同契约的守法者而犹豫，要做个男人就需要坚守在海伦身边，他一开始是想这么做的——守在海伦身边，被警察抓进监狱，宁可违约了。但是当经理、茶房一干人都没有找到警察之后，他觉得自己完全可以脱身了，因为他前面看过自己的手表后知道还有一分零十秒钟。他的嘴脸表明他很快拂去被海伦骚扰而占用的时间的困扰，海伦的死也轻易地被他置之脑后，他嘴里说着："我一定要赶上这班火车，明天晚上好在布鲁塞尔演唱。"他夺门而出，撞翻几把椅子，结束了剧情。这个收尾像一个余波一样泛滥在每个观众的心里,留给每个人思考和回味。

接着谈谈剧作中的人物形象设计。本剧围绕奥斯卡这一主要人物安排陪衬角色,通过他与柯恩小姐、杜灵教授和已婚妇女海伦的交往来揭示他的性格特征及个性特色。柯恩小姐只是一个无脑的少女,她根本还不知道什么是爱,但却随大流追星。好在她碰到的奥斯卡是一个操守并未尽失的男人,没有染指她,还告诫她要注意辨识世间的善恶。这是奥斯卡第一次被干扰,他以成人的方式守住了一个男人的底线,没有让无脑少女受到侵害。这说明奥斯卡是个品质不坏的艺术家,是个爱护少女的成年男人。随着剧情的伸延,奥斯卡被迫接待杜灵教授。杜灵教授把艺术看成是世界上最崇高的东西,他一辈子不肯牺牲艺术向商业利益低头,他愤世嫉俗,郁郁不得志。剧中通过奥斯卡与杜灵教授的碰撞,要探讨几个问题:首先,艺术是束之高阁还是供大众消遣的消费品。其次,通过杜灵的嘴,要唤醒奥斯卡的艺术同情心,杜灵认为奥斯卡已经丧失了情感,整日约会成为供人趋使的工具,唯独缺乏艺术的情感。再次是探讨艺术家的成功与艺术的关系,奥斯卡被杜灵教授羡慕的所谓成功,恰恰是他缺乏的。奥斯卡对杜灵教授说,他虽然看似成功,可是从来没有自由,而杜灵一辈子没有名利缠身然而拥有自由。在杜灵教授眼里,奥斯卡三十多岁就成功了,成为被人景仰的歌唱家,而他已经六十岁,来日无多,如果他再不能有人赏识,恐怕再好的艺术都要被一起带入坟墓了,所以他有些着急,有些伤感,也有些郁闷,能够由被世人推崇的歌唱家来演唱自己平生心血凝聚的作品是他的心愿,所以他顾不上比奥斯卡年长得多,也放弃自尊地低声下气请求他,但是这些都没能唤醒奥斯卡。接下来是奥斯卡与海伦的关系,主要反映艺术家空心的爱情观,也表现奥斯卡在艺术和自我中的相悖关系。海伦很美,美得独特,而且有着幸福的家庭,可是她迷恋奥斯卡到了把他奉为上帝的地步。可奥斯卡只是把她当成和其他女人一样,认为她对他的热恋是社交上玩玩而已,认为她有没有爱情都同样可以享受人生快乐,而且不会因为没有爱情而自绝于世。奥斯卡拒绝海伦,表面上是为了遵循合同,规定他不许结婚、不许带女人旅行,实际上说明了他只是一个缺乏人性、人情的艺术家,他只能"每天夜里做一个傀儡人儿"!海伦虽然意识到看错了奥斯卡,正如她看似清醒时认识到奥斯卡对每个女人都是一样的,她自嘲地说:"我也不过是一百个人中的一个。"可是她依然想以命相搏,挽回奥斯卡的欢心,可是奥斯卡还是不为所动,他不仅没有人性,而且根本没有自我,根本不配得到海伦的炽热的爱。海伦继续屈尊自己,得到的只是奥斯卡更加不堪的对待,嘲笑她那是资产阶级观念,讽刺爱情是卑鄙下流的资产阶级道德,他貌似受制于约束,实则唯独缺乏真诚和真爱。海伦以悲壮的开枪自杀结束自己的生命,也结束了一种不等价的不匹配的爱情。即便如此,我们从奥斯卡最终选择的行为和做出的举止,也难以服膺这个被盛名隆誉加持所累的艺术家。

剧作还运用反复、对比等手法,都为了服务和完成奥斯卡这一人物的塑造,给人强烈印象:他是一个冷血的艺术家,一个没有爱心的男人,一个没有灵性和自我的俗人。

男高音歌手

【德国】弗朗克·维特金德

人物

杰拉尔多——华格纳派的男高音歌唱家,三十六岁

海伦·玛洛娃——美丽的黑发女人,二十五岁

杜灵教授——典型的"被误解的天才",六十岁

伊莎贝尔·柯恩小姐——一个英国的金发女郎,十六岁

穆莱尔——旅馆经理

一个跟班

一个旅馆茶房

一个不知姓名的女人

  [现在。

  [奥地利的一个城市。

  [旅馆里的一个大房间。右方和正中都有门,左方有一扇窗,遮着厚厚的窗帘。右方,一架大钢琴后面,有一个日本式的屏风,遮住壁炉。

  有几个大衣箱,都打开着;屋子里到处是花束;有许多花束堆积在钢琴上。

跟　班　(从邻室里抱来一大包衣服,正要装进一个衣箱,这时有人敲门)进来。

茶　房　有一位夫人问大师可在家吗？

跟　班　他不在。(茶房下。跟班去邻室，又抱了一大包衣服回来。又有人敲门。他把衣服放在椅子上，走向门口)怎么又有人来？(他开了门，有人递给他几大束花，他把花束小心地放在钢琴上，再回头来装衣箱。又有人敲门。他开了门，拿来一大把信件。他看着信封上的姓名、地址，大声念)"密斯特杰拉尔多、麦修杰拉尔多、杰拉尔多爱思夸亚、西袅杰尔多。"①(他把这些信放在一个托盘里，又去装箱)

　　　　[杰拉尔多上。

杰拉尔多　你还没有装好箱子吗？你要拖多久啊？

跟　班　我马上就好啦，先生！

杰拉尔多　快点！我还有事情要做。我来看看。(他到衣箱里找一件什么东西)全能的上帝呀！你懂得怎样折一条裤子吗？(把裤子取出来)这个你就叫做折衣服嘛！你瞧！你毕竟还得要我教一下才行……你这样拿着裤子……从这儿把它提起来……然后扣上纽扣。注意这些扣子，这是要紧的。然后，你把它们拉直……这儿……这儿……从这儿把它们折起来……你看……这样，这条裤子一百年都不会走样。

跟　班　(恭恭敬敬地低下了眼睛)您一定是当过裁缝师傅的，先生。

杰拉尔多　什么！哦，并不完全如此。(他把裤子递给跟班)把这些衣服装好，可要加把劲，快点。现在再来谈车的事。你肯定我们能赶上最后一班车吗？

跟　班　您要按时到达，这是最后一班车了，先生。下一班火车要到十点钟才能到达布鲁塞尔。

杰拉尔多　哦，那么，我们必须赶上这一班车。我正好还有时间把第二幕复习一遍。在我复习好以前……千万别让什么人进来……什么人我都不见。

跟　班　是，先生。这儿有您几封信，先生。

杰拉尔多　我已经看见了。

---

① 密斯特，英语："先生"。麦修，法语："先生"。爱思夸亚，英语："大人"。西袅，意大利语："先生"。——译者

跟　班　还有些花!

杰拉尔多　唔,好。(他从托盘里拿起信,把它们丢在钢琴前面一把椅子上,然后拆开那些信,略微看了一下,把信揉成一团,扔在椅子底下)记住! 什么人我都不见。

跟　班　知道了,先生。(他一一锁上那些衣箱)

杰拉尔多　不管是什么人!

跟　班　你不用担心啦,先生。(把箱子钥匙交给他)钥匙,先生。

杰拉尔多　(把钥匙放进口袋里)不管是什么人!

跟　班　我马上把箱子拿下去。(他走出去)

杰拉尔多　(望着他的手表)四十分钟。(他从钢琴上的花束下面抽出《特里斯丹》的乐谱,嘴里哼唱着歌剧里的台词,来回地踱着步子)"伊索尔德! 爱人呀! 你是属于我的吗? 我能重新得到你吗? 是什么把你和我结合在一起呢?"(他清清嗓子,敲了一下钢琴键子,又重新开始)"伊索尔德! 爱人呀! 你是属于我的吗? 我能重新得到你吗? ……"(他又清清嗓子)这里空气太沉闷了。(他唱)"伊索尔德! 爱人呀……"(站起)这儿好气闷。我来放进些新鲜空气。(他走向左边的窗口,笨手笨脚地摸索窗帘的绳子)这东西在哪儿呀! 在那一边! 在这儿! (他刚拿起绳子想拉,突然发现躲在帘子后面的柯恩小姐。他看这情景,烦躁地把头往后一仰,露出讨厌的神色)

柯恩小姐　(穿着过分长的裙子,金发披在肩上,手里拿着一束红玫瑰花;她用英国口音讲话,眼睛直盯着杰拉尔多)啊,请你不要把我撵走!

杰拉尔多　除此以外我又有什么办法呢? 天晓得,我可没有请你来呀! 请你不要见怪,亲爱的小姐,我明天晚上要在布鲁塞尔演出。我老实对你说,我希望这半个小时要留给我自己。我刚刚还明确地吩咐下去,不管是谁,也不许放进我的屋子里来。

柯恩小姐　(向台前走)不要把我打发走。昨天我听你唱《汤豪赛》①里的歌,刚

---

① 汤豪赛,武士名,也是华格纳作曲的歌剧名。——译者

才我给你……带来这些玫瑰花,而且……

杰拉尔多　而且——而且什么?

柯恩小姐　而且还有我自己……我不知道你能不能理解我。

杰拉尔多　(双手扶在一张椅子背上,他踌躇了一下,然后摇摇头)你是谁呀?

柯恩小姐　我叫伊莎贝尔·柯恩。

杰拉尔多　那么……又怎么样呢?

柯恩小姐　我是非常蠢的。

杰拉尔多　我知道。这边来,我亲爱的姑娘。(他在一张扶手椅上坐下来,她站在他面前)让我们好好地诚恳地谈一谈,在你一生中未曾有过的那么谈一谈,你似乎很需要这样做。像我这样的一个艺术家……你不要误解我……你是……你多大岁数啦?

柯恩小姐　二十二岁。

杰拉尔多　不,你只有十六岁,或者是十七岁。你打扮得年纪大了些,好让你显得更能……吸引人。是吗?是的,你非常蠢。不过要我这么一个艺术家来医治你的愚蠢,这可不是我的任务。……你别听了这话不舒服……现在……怎么样呢!为什么你眼睛直愣愣地盯着别处?

柯恩小姐　我说过我是非常蠢的,因为我听说你们德国人欢喜一个姑娘的那副蠢相。

杰拉尔多　我不是一个德国人,不过,那也没什么不一样……

柯恩小姐　什么!我还不会蠢到这样。

杰拉尔多　现在你瞧,亲爱的姑娘……你有你的网球场,有你的溜冰俱乐部;你有你的骑马练习班,有你的舞蹈;凡是一个年轻姑娘所希望有的,你什么都有。可是,你到我这儿来到底是为了什么?

柯恩小姐　那些事情我都讨厌透了,我厌烦得要死。

杰拉尔多　我不想为这个辩论。就我个人来说,我必须告诉你,我是从完全不同的一面来体会人生的。但是,我的孩子,我是一个男人,我三十六岁了。你到了那个时候,你也会要求更充实的生活的。再等两三年,你就会找到一个人，然后就不需要……躲在我屋子的窗帘背后，在一个男人屋子里……他却从来没有请你来……你也并不比别人更认识他……整个的欧洲大陆都认识他的……为了从他的奇妙的观点来观察一下人生。（柯恩小姐深深地叹了一口气）那么现在……我从心底里万分感谢你的玫瑰花。（他紧握着她的手）今天我们就谈到这儿吧！

柯恩小姐　我一生中从来没有想念过一个男人，直到昨天晚上我看见你扮演汤豪赛出现在舞台上。而且我答应你……

杰拉尔多　啊，别答应我什么，我的孩子。你的答应对我会有什么好处呢？你这样一答应，一副重担子就全压在你的身上了。你瞧，我现在就像一个最亲爱的父亲一样，跟你这样亲密地谈话。感谢上帝吧，你的冒失没有使你落在别个艺术家的手里。（他又紧握了她的手）这一回就作为你的一次教训吧，从此可别再做这个尝试啦！

柯恩小姐　（拿出她的手帕掩着脸，可是没有流泪）我的样子是那么难看吗？

杰拉尔多　难看！不难看，你年轻可不谨慎。（他神经质地站起身来，走向右边，又走回来，用他的臂膀搂住她的腰，拿起她的手）好好地听我说，孩子。你的样子是不难看的，因为我必须做一个歌唱家，因为我必须做一个艺术家。不要误会我的话，但是我想不出为什么我应该把话说得简单明了，因为我是一个艺术家。我向你保证，我很欣赏你那青春的朝气和美貌。那只是时间上的问题啦！像你这样年龄的漂亮可爱的姑娘，有两百多——也许有三百多——昨天晚上看了我扮演的汤豪赛。现在如果那些姑娘人人都向我作出像你现在这样的要求……我的歌唱将会变成什么样子？我的嗓门将会变成什么样子？我的艺术将会变成什么样子？

　　［柯恩小姐失望地坐下来，掩着她的脸，哭了。

杰拉尔多　（靠着她的椅子背，用友好的声调说）孩子，为了你还这么年轻这个事实而哭，这是一种罪过。你有远大的前途，如果说你爱上了我，那是我的罪过吗？她们都是这样的。我就是要叫人爱的嘛！你能不能做一个好姑娘，现在让我把我剩下的几分钟，为了明天的表演，给自己准备一下？

柯恩小姐　（站起身来擦干眼泪）我不能相信别的姑娘会像我这样的爱你。

杰拉尔多　（领着她走向门口）没有，亲爱的孩子。

柯恩小姐　（带着哭声说）至少不会这样，如果……

杰拉尔多　如果我的跟班一直守在门口……

柯恩小姐　如果……

杰拉尔多　如果那姑娘是像你一样的美丽而又朝气蓬勃……

柯恩小姐　如果……

杰拉尔多　如果她只听过一次我唱《汤豪赛》……

柯恩小姐　（气愤地）如果她是像我一样值得尊敬的……

杰拉尔多　（指着钢琴）在你跟我说声再会以前，孩子，你看一看所有的这些花。在你将来受到诱惑要爱上一个歌唱家的时候，这也许会成为给你的一个警告。看看它们是多么鲜艳啊！可是我必须让它凋谢、枯萎，或者我就把它送给看门的。你再看看这些信。（他从托盘里拿起一大把信件）这些女人我一个也不认识。你别烦心；我让它们自生自灭。除此之外我又能有什么办法呢？我可以跟你打赌，你的那些可爱的年轻朋友们人人都会寄一个短短的字条给我。

柯恩小姐　好吧，我答应你不再这么做，不再躲在你的窗帘背后。可是你别打发我走。

杰拉尔多　我的时间，我的时间哪，亲爱的孩子。如果我不是正要去赶火车的话！我已经跟你讲过，我对你非常抱歉。但是我的火车在三十五分钟之内就要开啦！你想得到的是什么呢？

柯恩小姐　吻我一下。

杰拉尔多　（僵在那里）让我吗？

柯恩小姐　是的。

杰拉尔多　（搂着她的腰，现出非常严肃的神情）你这是剥夺了艺术的尊严，我的孩子。我不愿意显得像一个没有感情的畜生一样，现在我送你一张照片吧，可是你得保证，在这之后，你就离开我。

柯恩小姐 好的。

杰拉尔多 好吧。（他在桌旁坐下来，在他的一张照片上签名）你要学会对于一个歌剧本身发生兴趣，而不是对歌唱的人。那样，你可能会得到更大的享受。

柯恩小姐 （自言自语）我还是太年轻啦！

杰拉尔多 你献身于音乐吧！（他走向前台把照片递给她）不要把我看成一个出名的男高音，我在那个高贵的大师手下只是一个工具。在你相识的人们中间，你看看那些结了婚的妇女吧。全是华格纳的爱好者。全都研究华格纳的作品，学习理解他的"主导旋律"。那样可以免得你进一步地发昏。

柯恩小姐 我谢谢你。

　　〔杰拉尔多领她出去，按了铃。他又拿起钢琴乐谱，又有人在敲门。

跟　班 （气喘呼呼地走进来）有，先生。

杰拉尔多 你是站在门口吗？

跟　班 只是刚刚没在，先生。

杰拉尔多 当然不在啦！你可一定谁也别让进来。

跟　班 有三位太太和小姐要见你，先生。

杰拉尔多 不管她们跟你讲什么，一个都不要让她们进来。

跟　班 这里又有几封信。

杰拉尔多 好啦！（跟班把信放在托盘里。）你要是敢放一个人进来的话……

跟　班 （在门口）不敢，先生。

杰拉尔多 哪怕她们拿一大笔钱来买通你……

跟　班 不敢，先生。（他走出去）

杰拉尔多 （唱）"伊索尔德！爱人呀！你……"哦，要是女人们永远不对我感到厌烦……不过世界上这种女人多的是。而我只是一个男人。每个人都有他的负担。（他按了一下琴键）

　　〔杜灵教授没敲门就走了进来，他全身穿着黑色衣服，长长的白胡须，一个通红的钩鼻子，金边眼镜，亚尔倍亲王式的上衣，丝绒帽子，胳膊下面夹着歌剧乐谱。

杰拉尔多　你来要什么?

杜　灵　大师……我……我……有一部……歌剧。

杰拉尔多　你怎么进来的?

杜　灵　我已经等了两个钟头,趁一个机会没人看见,就上楼来了。

杰拉尔多　可是,我亲爱的好心人哪,我没空。

杜　灵　啊,我不会把全本歌剧弹给你听。

杰拉尔多　我没有时间。再过三十分钟我的火车就要开啦!

杜　灵　你没有时间!我可怎么说呢?你才三十多岁,就成功了。你还要活好大半辈子哩!你只听听在我的歌剧里你演的那一部分吧。当初你到这个城里来的时候,你曾经答应我要听一听的。

杰拉尔多　那有什么用处?我又不是一个免费的代理人……

杜　灵　求求你!求求你!求求你呀!大师!我一个老年人站在你面前,简直要在你跟前下跪啦。一个老年人在这个世界上,除了他的艺术,什么事也没有关心过。五十年来,我在艺术的专制下做了一个自愿的牺牲者……

杰拉尔多　(打断他的话)是的,我理解,我理解的,但是……

杜　灵　(激动地)不,你不理解。你不能理解。你怎么能够呢,你是个交运的幸运儿,你理解五十年来徒劳无益工作的意义吗?但是我要想法叫你理解这个意义。你瞧,我活得年纪太大了,已无法掐断我自己的生命。要这么做的人,在三十五岁的时候就做了,我却让时间这么过去了。现在我必须拖到我生命的最后。求求你,先生,请你别让我的残余之年白白地消耗掉,哪怕因此你必须损失一天的时间,或者甚至是一个星期的时间。这是对你自己有利的。一个星期以前,当你为了特别演出初次来到这里的时候,你答应过,让我表演我的歌剧给你看。从那以后我每天都到这里来,而你不是在排练就是有女客来访。现在你准备离开这里了。你只要说一句话:"可以唱赫尔曼的角色。"他们就可以上演我的歌剧。那时你对我这次的坚决要求就会感谢上帝了……你演唱过齐格菲,你唱过弗洛莱斯坦……在你的保留节目里没有一个像赫尔曼这样的角色,没有一个角色能更适宜于你的中音域了。

　　［杰拉尔多靠着壁炉架，用右手在炉架上打着拍子。他发觉有什么东西藏在窗帘后面，他猛地把手伸向帘后，拉出一个身穿灰色长袍的女人，他从中间那扇门把这个女人拉了出去，关上门之后，他转身面向杜灵。

杰拉尔多　啊，你还在这里吗？

杜　灵　（泰然自若的神情）这个歌剧是出色的，它很有戏剧性，它一定能卖座。我可以拿李斯特、华格纳、鲁宾斯坦因写来的信给你看，在他们信里都认为我是高人一等的。可是为什么以前没有上演过一本歌剧呢？因为我不是市场上叫卖的商品。而且，你也知道我们的那些导演，他们宁可叫十个死人复活也不肯让一个活人得到一次机会。他们的门限把得很严。你三十岁就走进去了。我六十岁还留在外面。只要你说一句话，我也可以进去了。我之所以到这儿来就是为了这个，（提高了嗓子）如果你不是一个没有感情的畜生。如果你的成功还没有扑灭你艺术的同情心的最后火花，你就不会拒绝听一听我的作品。

杰拉尔多　我在一个星期之内给你答复。我要看一看你的歌剧。你把它留给我吧。

杜　灵　不，大师呀，我年纪太大了。在一个星期里，在你所说的一个星期里，我也许已经死掉、被埋掉。在一个星期之内……他们都是这样讲的，可是，他们一搁就是几年。

杰拉尔多　我非常抱歉，可是……

杜　灵　明天你也许就要崇拜我了，你将会以认识我为荣耀……可是今天，在你利欲熏心贪求金钱之下，你甚至不肯腾出半点钟的工夫，这半点钟就意味着可以打断我的脚镣手铐。

杰拉尔多　真的，不行，我只剩下三十五分钟了，要不我就看几段吧……你知道明天晚上我要到布鲁塞尔去唱特里斯丹，（他掏出他的表来）我甚至连半点钟的工夫都没有了……

杜　灵　只有半点钟……啊，那么，让我给你弹一段在第一幕收尾时候你唱的

那段咏叹调吧！（他想在琴凳上坐下来。杰拉尔多拦住了他）

杰拉尔多 现在,坦白地说,我亲爱的先生……我是一个歌唱家,不是一个批评家。如果你希望你的歌剧上演,你可以向那些收了报酬负责审定作品好坏的先生们去提出。在这个问题上,人家决不会重视我的意见,我说好说歹完全没有用,他们只知道鉴赏和赞美我的歌唱。

杜　灵 我亲爱的大师,你可以把我也算在这种人之内吧,我自己认为你怎样评判是毫不重要的。我管你的意见做什么？我知道你是唱男高音的,我愿意把我的乐谱弹给你听,好让你能够说:"我很愿意唱赫尔曼的角色。"

杰拉尔多 如果你知道,我有多少很愿意做而不得不放弃的事情,有多少我一点儿都不想做却必须去做的事情！我必须为了我的职业而牺牲人生的许多乐趣,这是一年五十万元所抵偿不了的。我不是一个自由的人呀！可是你,整整的一生都是一个自由的人。你为什么不肯到市场上去叫卖你的商品呢？

杜　灵 啊,这是很庸俗的事……我已经试过一百多次啦！我是一个作曲家,大师呀,别的什么也不行。

杰拉尔多 你这话的意思,就是说用尽你全部精力去写作歌剧,而一部也得不到演出。

杜　灵 真是。

杰拉尔多 我认识的作曲家们正好跟你相反。他们先随便写出一个歌剧,然后用尽他们的精力去进行活动,使它们能够上演。

杜　灵 这一类的艺术家我是瞧不起的。

杰拉尔多 哦,我瞧不起的倒是在枉费心机的努力中浪费了一辈子的那一类。你在五十年奋斗里的所作所为是为了你自己呢还是为了社会？五十年的白费力的奋斗！只会使一个最大的傻瓜都能相信他的梦想是行不通的。你一生中做了些什么呢？你很丢脸地浪费了你的一辈子。如果我像你那样浪费了我的一辈子——当然,我只是说我自己——我想我就没有勇气和任何人见面了。

杜　灵　　我这样做不是为了我自己，我是为了我的艺术才这样做的。

杰拉尔多　（轻蔑地）艺术！我亲爱的人。我来告诉你，艺术跟书本上讲给我们听的那些是完全两码事。

杜　灵　　在我看来，艺术是世界上最最崇高的东西。

杰拉尔多　你可以这样相信，但是没有一个人会同你的想法一样。我们艺术家只是为资产阶级服务的一种奢侈品。每逢我站在舞台上，我绝对肯定地感觉到观众中没有一个对于我们这些艺术家在做什么会感到一点点的关心。如果说他们是有所关心的话，那么，他们怎么能够倾听，例如说吧，像《战争的女神》那样的东西？哦，那是一个下流的故事，在上流社会里，随便什么地方都不该提起的。可是，当我演唱西格蒙德的时候，最最拘谨的母亲会把她们十四岁的女儿带来听。你瞧，这就是你所谓艺术的意义。这就是你为它牺牲了五十年生命的东西。你算算看，有多少人来听我唱，有多少人张大了嘴看着我，就像看中国的皇帝一样，如果明天他会在这里出现的话。你知道观众对艺术的要求是些什么东西？喝彩，送花，有一个谈话的题目，看别人、也叫别人看自己。他们送给我五十万块钱，然后我拿来同成百上千的马车夫、作家、裁缝、饭店老板去打交道。这样可以使金钱周转不停，可以使血液流通。可以使姑娘们订了婚，使老处女嫁了人，使做妻子的受了诱惑，给老朋友们提供聊闲天的资料。一个女人会在人群里丢掉她的钱袋，一个小伙子会在演奏时变得发疯。医生们，律师们……（他咳嗽了）就这样我明天晚上必须在布鲁塞尔唱特里斯丹！我把所有的这些话都讲给你听，不是出于虚荣心，而是要治好你的妄想。评定一个人的价值，是社会对他的舆论，不是一个人在多年的沉思苦想之后最终接受的内心信仰。不要想象你是一个被误解的天才。根本没有什么被误解的天才的。

杜　灵　　让我只把第二幕第一场弹给你听吧。像是图画里一场公园的风景，"开船到西特拉岛"。

杰拉尔多　我再跟你说一遍，我没有时间。再说呢，自从华格纳去世以后，谁也不再感到有新歌剧的需要。如果你拿出新音乐来，你就是同所有的音乐流派、艺术家和观众在作对。如果你想要成功的话,你可以从华格纳的作品里偷出足够的东西编成整整一个歌剧。我为什么要让你的音乐来伤脑筋呢? 我已经给旧的东西伤够脑筋了。

杜　灵　(伸出了颤抖的手)我怕我已经太老了,学不会怎样去剽窃了。一个人除非从很年轻的时候起,他再也学不会了。

杰拉尔多　你不要感到伤心。我亲爱的先生!——如果我能够……想到你必须怎样奋斗……我碰巧比我的酬金多得到五百马克……

杜　灵　(转身向门口走去)别说啦! 请别说啦! 不要讲这样的话。我把我的歌剧给你看,不是为了叫化。不,我只是太关心我这个头脑里生出来的孩子了……大师!

　　〔他从中门走出去。

杰拉尔多　(跟他走向门口)我请你原谅……和你见面我很高兴。

　　〔他关上门,坐在一把扶手椅上。听见门外有人讲话:"我不要那个人挡住我的路。"海伦冲进屋里来,跟班随在她身后。她是一个年轻而美丽得异乎寻常的女人,身穿上街的服装。

海　伦　那个人站在那儿挡住我,不许我见你!

杰拉尔多　海伦!

海　伦　你知道我要来看你的。

跟　班　(擦着脸)我想尽了办法啦,先生,可是这位夫人确实是……

海　伦　是的,我给了他一记耳光。

杰拉尔多　海伦!

海　伦　我能让他侮辱我吗?

杰拉尔多　(对跟班)请你走开吧!

　　〔跟班走出去。

海　伦　(把她的皮手笼放在椅子上)没有你我再也不能活下去了。要不是你带着我走,要不是我就自杀。

杰拉尔多　海伦!

海　伦　是的，我自杀。像昨天那么一整天，我简直没有见到你……不行，我再也不能那样活下去了。我可没有那么坚强。我求求你，奥斯卡，把我带走。

杰拉尔多　我不能。

海　伦　你要是想那么做，你就能。要是你离开我，我只好自杀。这不是随便说说的。这不是威胁你，这是事实。我再不和你在一起，我就要死啦。你一定要带着我……这是你应负的责任……哪怕只有一个短短的时间也行。

杰拉尔多　我以名誉担保，海伦，我不能够……我说的是老实话。

海　伦　你必须带我走，奥斯卡。不管你能够还是不能，你必须承担你的行为的后果。我爱人生，但是在我说来，你和人生是同一个东西。你带我走吧，奥斯卡，如果你不想要我的血流在你的手上的话。

杰拉尔多　你可还记得，我们第一天一起在这儿的时候，我跟你讲过的话吗？

海　伦　我记得的，可是，那对我有什么用处呢？

杰拉尔多　我说过，我们俩不能有什么爱情的问题。

海　伦　我没有办法。那时我不认识你。在我碰到你之前，我从来也不知道一个男人会对我产生多大力量。你知道得很清楚，必然有这样的结果，否则你就不会强迫我答应你不要在分手的时候闹一场。

杰拉尔多　我就是不能把你带在身边。

海　伦　上帝呀！我知道你会这么说的！我到这儿来的时候就知道了。你对每一个女人都是这么讲的。我也不过是一百个人中的一个。我知道，但是，奥斯卡，我害了相思病，我爱得要死啦，这是你造成的，你可以使我得救，而在你那方面不会有什么牺牲，不会负担什么麻烦。你为什么办不到呢？

杰拉尔多　（非常缓慢地）因为我订的合同不许我结婚，或是带着一个女人旅行。

海　伦　（困惑地）什么能够阻止你呢？

杰拉尔多　我的合同。

海　伦　你不能……

杰拉尔多　在我的合同满期以前,我不能结婚。

海　伦　而且你不能……

杰拉尔多　我不能带着一个女人旅行。

海　伦　这简直叫人不能相信。这事到底跟什么人有关呢?

杰拉尔多　我的经理。

海　伦　你的经理! 这件事他管得着吗?

杰拉尔多　这正好是他管的事。

海　伦　也许因为这会……影响到你的嗓子吗?

杰拉尔多　是的。

海　伦　这真是荒谬之至。那会影响你的嗓子吗?

〔杰拉尔多抿着嘴微微一笑。

海　伦　你的经理会相信这种胡说八道的事吗?

杰拉尔多　不,他不相信。

海　伦　这可把我弄糊涂了。我不能理解一个体面的人怎能签订这样一份合同。

杰拉尔多　我首先是一个艺术家,其次才是一个男人。

海　伦　是的,你正是这样的——一个伟大的艺术家……一个著名的艺术家。你不能理解我爱你爱得多么厉害吗?你是第一个使我感觉到他的优越性的男人,我渴望讨他的欢心,可是你因此却瞧不起我。我有好多次咬破我的嘴唇,为了不让你猜到你在我的心里占有多么重的分量,我是那么害怕我或许会叫你厌烦。可是昨天我陷入这样一种心境里,那是任何女人也忍受不了的。如果我不是这么发狂地爱着你,奥斯卡,你或许会更想念着我吧。这是你使人可怕的地方……你一定是瞧不起一个热爱你的女人。

杰拉尔多　海伦!

海　伦　你的合同! 别用你的合同当作一种武器来谋杀我。让我跟着你去吧,奥斯卡。你可以看看你的经理会不会说你违反合同。他决不会做这样的事。我是了解男人的。如果他讲一句话，那就是我的死期来临了。

杰拉尔多 我们没有权利这样做，海伦。你没有自由可以随便跟着我走，我也没有自由负这个责任。我不是属于我自己的，我是属于我的艺术的。

海　伦 啊，别老谈你的艺术吧。我管你的艺术作什么？上帝创造了像你这么样的一个人是为了叫他每天夜里做一个傀儡人儿吗？你不应该拿这个来夸耀，倒是应该作为羞耻的。你瞧，我看错了，我没有看出你仅仅是一个艺术家这个事实。我把你看成一个像上帝似的人，这一点我没有看错吧？即便你是一个囚犯，奥斯卡，我对你的感情也还会是一样的。我要躺在你脚下的泥土上求你的哀怜。我要面对死亡，像我现在面对着它一样。

杰拉尔多 （笑着）面对死亡，海伦！你们这样具有享受人生快乐天赋的女人是不会自绝于人世的。你甚至比我更能了解人生的价值。

海　伦 （精神恍惚地）奥斯卡，我没有说过我要枪杀我自己。我什么时候说过这话呀？我哪有勇气干这个呀？我只说过我要死掉，如果你不把我带走的话。我会像害病似的那么死掉，因为我只有和你在一起的时候，我才是活着的。我可以不要我的家庭、不要我的孩子，但是，奥斯卡，不能没有你。没有你我就没法活下去。

杰拉尔多 海伦，要是你不让自己静一静……你把我弄到很尴尬的地位……我只剩下十分钟了……我不能在法庭上说明由于你的激动使我破坏了我的合同……我只能再给你十分钟了……如果到时候你不能静下来……我不能让你独自留在这种状态里。想想吧，你这是把你的一切都拼上去了！

海　伦 看你的意思好像我还有别的什么值得一拼的样子！

杰拉尔多 你会失掉你的社会地位！

海　伦 我会失掉你！

杰拉尔多 还有你的家庭？

海　伦 除了你，我什么人都不在乎。

杰拉尔多 可是我不可能是属于你的。

海　伦　那么除了我这条命没有什么好失掉的。

杰拉尔多　你的孩子们!

海　伦　谁把我从他们的手里抢走的,奥斯卡?谁把我从我的孩子们手里抢走了的?

杰拉尔多　我可曾追求过你吗?

海　伦　(热情地)没有,没有。是我自己舍身给你的,我还要再舍身给你。无论是我的丈夫还是我的孩子都阻止不了我。在我死之前,我至少还要好好地活一下;谢谢你,奥斯卡!因为你使我得到了启示,我谢谢你,奥斯卡,为了这个,我感谢你。

杰拉尔多　海伦,安静一下吧,你听我说。

海　伦　是的,是的,就十分钟。

杰拉尔多　你听我说。(两个人都在长沙发上坐下来)

海　伦　(注视着他)是的,我多感谢你呀!

杰拉尔多　海伦!

海　伦　我甚至不要求你爱我。只让我呼吸一口你呼吸过的空气吧!

杰拉尔多　(竭力镇定)海伦……一个像我这样典型的人是不能为任何资产阶级的观念所动摇的。我曾经结识了世界上每一个国家的社交妇女。有一些在分别时是要闹一场的,但是她们至少全都知道给她们的社会地位保留点面子。我这是有生以来第一次看到像你这样的热情奔放……海伦,我每天都感到诱惑,要我偕同某一个女人走进一种田园牧歌式的淳朴生活里去。可是每一个人都有他的责任,你有你的责任,正如我有我的责任一样,责任的号召是世界上最崇高的事情……

海　伦　我比你更懂得什么是最崇高的责任。

杰拉尔多　那么是什么呢?是你对我的爱情吗?她们都是这么说的。一个女人下定了决心要争取的,就是她认为好的,凡是打破了她的计划的,就是坏的。这是我们剧作家的罪过。为了卖满座,他们把世界都弄颠倒了。当一个女人放任她的性情,而丢弃了孩子和家庭的时候,他们管这叫作……啊,叫作心胸豁达。从我个人来说，照斑鸠的生活方式去生活，我也是无所谓的。但是我既然是这个世界的一分子，我就必须首先尽我的责任。然后遇到了好机会，我就痛饮人生欢乐的酒杯。无论谁拒绝尽他的责任，他就没有权利向别的人做任何要求。

海　伦　（茫然地注视着）那是不能叫死了的人复活起来的。

杰拉尔多　（激动地）海伦，我要把你的生命交还给你。我要把你曾经为我牺牲了的东西交还给你。看在上帝的分上，你拿去吧。说到底，这究竟会有什么结果呢？海伦，一个女人怎么可以把自己降低到这种地步呢？你的自尊心到哪里去了？我在世界人们的心目中算得上是个什么人呢？一个在每天夜里把自己弄成像傀儡似的男人！海伦，你准备为这样的男人去自杀吗？——在你之前有几百个女人爱他，可是她们连一秒钟也不肯让她们的感情打乱了生活。你要流出你鲜红的热血在上帝和世界的面前使人觉得你滑稽可笑吗？

海　伦　（把眼神躲开他）我知道我现在要求得太多了，可是，除此之外我还有什么办法呢？

杰拉尔多　海伦，你说过，我应当承担我的行为的后果。可是当你第一次到这儿来借口要我给你试试嗓子，你能责备我没有拒绝接待你吗？在那样的情形下，一个人又能怎么办呢？你是这个城市的美人儿。我或者是被人指称为艺术家中谢绝接见一切女客的大笨蛋，或者我接待了你，假装不了解你的来意，让人拿我当作一个傻瓜对待。或者我也许应该在第一天就谈出我现在这么坦率对你谈出的话。这是危险的事情。你会管我叫作一个自高自大的呆子。海伦，告诉我，除此之外我还有别的办法吗？

海　伦　（用祈求的眼光注视着他，颤抖了一下，竭力想要说话）上帝呀！上帝呀！奥斯卡，如果明天我去找了另外一个男人跟他一起像我和你相处时一样地快乐，你又将怎样说呢？奥斯卡——你将怎么说？

杰拉尔多　（沉默了一会儿）没什么。（他看看他的手表）海伦……

海　伦　奥斯卡！（她跪在他的面前）这是最后一次，我求求你。……你不知道你现在做的是什么事。……这不是你的过错……但是别让我死掉啊……救救我救救我吧!

杰拉尔多 (扶她起来)海伦,我不是一个那么了不起的人。你曾经结识过多少男人?你结识的人越多,所有的男人在你的评价中也越降低身价。当你更了解男人的时候,你就不会为了其中任何一个人白白送掉你的生命。你不会比我想念女人更甚地想念着他们了。

海　伦 从这方面来说,我和你不一样。

杰拉尔多 我这话是很诚恳的,海伦。我们不会爱上这一个或是那一个,我们只会爱上合乎我们类型的人,如果我们眼光足够锐敏的话,这种人,我们到处都可以找到。

海　伦 我们遇到合乎我们这个类型的人的时候,我们肯定会再为人所爱吗?

杰拉尔多 (愤怒地)你没有权利抱怨你的丈夫。难道每个姑娘都是违反了她们的意志被迫结婚的吗?这全都是胡说八道。只是为了某些物质利益出卖了自己,然后又想法逃避她们的义务的女人,才设法让我们相信这些无聊的话。

海　伦 (微笑)她们破坏了她们的合同。

杰拉尔多 (拍着他的胸)我出卖了我自己的时候,我至少是诚实地履行合同的。

海　伦 难道爱情是不诚实的吗?

杰拉尔多 不!爱情是一种卑鄙下流的资产阶级的道德。爱情是养尊处优的人、是懦夫们最后的防空洞。在我的世界里,每一个人都有他实际的价值,每当两个人订了合同,他们都确实知道彼此间的期望是什么。爱情是与这双方都不相干的。

海　伦 那么说,你是不愿意带我走进你的世界里去了?

杰拉尔多 海伦,你愿意仅仅为了几天的快乐损害你的一生的幸福、损害了你那些亲人的幸福吗?

海　伦 不。

杰拉尔多 （大为放心）那么,你愿意答应我,现在就安安静静地回家去吗?

海 伦 是的。

杰拉尔多 你愿意答应我,你不会寻死吗……

海 伦 是的。

杰拉尔多 你都答应了吗?

海 伦 是的。

杰拉尔多 你答应我履行你作为一个母亲……还有作为一个妻子的责任吗?

海 伦 是的。

杰拉尔多 海伦!

海 伦 是的。你还要要求什么呢? 我什么都愿意答应你。

杰拉尔多 现在我可以安静地走开吗?

海 伦 （站起来）可以的。

杰拉尔多 最后一次接吻好吗?

海 伦 好,好,好。

　　〔他们热烈地接吻。

杰拉尔多 一年之内我预定再到这里来演唱,海伦。

海 伦 一年之内! 啊,我很高兴!

杰拉尔多 （温存地）海伦!

　　〔海伦紧握着他的手,从她的手笼里取出左轮手枪,对自己开了一枪,倒下来。

杰拉尔多 海伦! （他跟跄了几步,瘫倒在一把扶手椅里）

茶 房 （奔跑进来）我的上帝呀! 杰拉尔多先生!

　　〔杰拉尔多一动不动地待在那里;茶房奔向海伦。

杰拉尔多 （跳起来,跑向门口,跟旅馆经理相撞）派人去叫警察! 一定要把我抓起来! 现在如果我走开,我就算是一个畜生,如果我留下来,我就破坏了我的合同。我还有（看看他的表）一分零十秒钟。

经理弗莱德 快跑去找个警察来。

茶 房　是,先生。

经 理　快去。(对杰拉尔多)不要太难过,先生。这种事情偶尔总会发生的。

杰拉尔多　(跪在海伦的身子前面,拿起她的手)海伦! ……她还活着她还活
　　　　着! 如果我被捕,我可不是故意破坏了我的合同……我的箱子呢? 车子已
　　　　经来到门口了吗?

经 理　已经等了二十分钟啦,杰拉尔多先生。(他给搬运夫开了门,搬运夫把
　　　　一只衣箱搬下去)

杰拉尔多　(俯身望着海伦)海伦! (自言自语地)哎,毕竟……(对经理)你去
　　　　找了医生吗?

经 理　是的,我们立刻就请了医生啦! 他马上就来。

杰拉尔多　(把手伸到她的胳肢窝底下把她架起来)海伦! 你已经不认得我了
　　　　吗? 海伦! 医生会立刻来到啦,海伦。我是你的奥斯卡呀。

茶 房　(出现在中门)一个警察也找不到,先生。

杰拉尔多　(把海伦放下去)哦,如果我不能被捕,这事就算解决了。我一定要
　　　　赶上这班火车,明天晚上好在布鲁塞尔演唱。(他拿起他的乐谱,从中门奔
　　　　出去,慌忙中碰倒了几把椅子)

——幕——

(侍行译)

学术研讨相关

"戏剧文学的社会责任"学术研讨会综述

邹 妍

2022年11月7日,中国戏剧文学学会、上海戏剧学院编剧学研究中心和上海人文松江创作研究院联合主办了"戏剧文学的社会责任"学术研讨会。

上海戏剧学院学术委员会主任、编剧学研究中心主任,上海人文松江创作研究院院长陆军教授主持会议。来自中国戏剧文学学会的多位专家,以及上海戏剧学院编剧学研究中心的青年教师和上海人文松江创作研究院的青年学者,在线上展开热烈讨论和深入交流。在戏剧创新意识流行的当下,这些在戏剧的创作、研究、教学领域耕耘的老中青三代戏剧人,再次把目光聚焦到戏剧文学的社会责任这一虽然传统却不容忘却的根本问题,提出了各自的看法。

中国戏剧文学学会会长、剧作家李东才从还戏于民、惠及大众,坚持倡导大戏剧文学理念和明德修身、培根铸魂、守正创新三个维度分享了中国戏剧文学学会近年来在艺术创新和理论创新领域的建设成果。

中国戏剧文学学会学术委员会主任、剧作家张健钟指出,创作者要把时代精神根植和渗透到人物形象中,把握戏剧性和戏剧冲突的构成,发挥精巧的细节雕琢和语言功夫,实现戏剧文学的创造性转化和创新性发展。

中国戏剧文学学会顾问、山西省戏剧家协会原副主席兼秘书长王笑林结合当下戏剧创作案例和最新学术研究成果,提出要重视戏剧作品的主题立意和戏剧作品的表现形式。

中国戏剧文学学会副会长、安徽省剧家协会原副主席兼秘书长、剧作家侯露从现代戏历史的五个阶段展开论述，指出现代戏要有对哲学和美学层面的观照，剧作者要真正了解和把握观众的审美情趣，在创作方法上不断推陈出新。

中国戏剧文学学会驻会副会长、剧作家羊驰强调，作为戏剧文学工作者，要有"三心"，即动心、定心和安心，要努力让作品更像艺术品，让作品无愧于戏剧精神和最初的信念。

中国戏剧文学学会常务理事、戏剧评论家刘大敏结合自身创作经历，提醒戏剧文学工作者在创作中要注重思想和细节层面的开掘，把蕴含深刻内涵的中国精神呈现在作品之中、人物之上。

上海市文联培训中心副主任、田汉戏剧奖组委会秘书长张文军深切关注上海青年编剧现状，指出当下年轻编剧成长生态空间存在的三个问题，即主流戏剧给予年轻编剧的空间少，青年编剧不得不迁就商业戏剧观众的需求，以及当下戏剧批评缺乏专业性，不利于青年编剧的学习与成长。

上海戏剧学院戏剧文学系副主任、博士生导师徐煜教授从戏剧文本与舞台演出的关系出发，对当代戏剧生态下文本功能的转化与兼容问题提出若干思考。他指出，后戏剧文本依然是对经典戏剧文本的再创作，当下我们依然需要重视经典戏剧文本的创作方法。

上海人文松江创作研究院副院长常勇围绕疫情题材戏剧的创作情况，论述了后疫情时代戏剧文学内容的变与不变，以及"云戏剧"的形式创新与传播媒介。

上海戏剧学院编剧学研究中心副主任陈浩波博士通过对"中国戏剧文学的责任与风教观的古今演变"的论述，以丰富的史料内容为基础，精要阐述了从元代起风教观在戏剧文学领域的发展和影响。

上海戏剧学院戏剧文学系教师吴韩娴博士反思新编史剧创作中存在的理想化、极端化问题，肯定了新时期福建剧作家在新编史剧创作中做出的杰出贡献。

陆军教授最后对会议作学术总结。他指出，戏剧文学要努力做到三个"至上"——在戏剧宗旨上，力求还戏于民，人民至上；在剧本创作上，力求固本培元，人物至上；在戏剧创作、研究、教学以及戏剧文化活动上，力求传承创新，内容至上。他还借用一位报社资深总编辑的话，对内容至上作了阐述，特别强调：优质的内容是有灵魂的,优质的内容是要原创的,优质的内容是有细节的,优质的内容是有使命的。同时,他也提出要牢记"还戏于民"的社会责任,践习"大戏剧文学观"的发展理念,培根铸魂,守正创新,努力把戏剧文学创作、研究、教学以及戏剧文化活动提高到一个新的水平,为向世界展现可信、可爱、可敬的中国形象做出戏剧文学工作者新的努力。

图书在版编目（CIP）数据

编剧学刊.第六辑,2022 / 陆军主编. — 上海：
上海书店出版社,2023.11
ISBN 978-7-5458-2325-7

Ⅰ.①编… Ⅱ.①陆… Ⅲ.①戏剧－编剧－文集
Ⅳ.①I053-53

中国国家版本馆CIP数据核字（2023）第186793号

责任编辑　张　冉　胡美娟
封面设计　汪　昊

编剧学刊·第六辑（2022）
陆　军　主编

出　　版　上海书店出版社
　　　　　（201101　上海市闵行区号景路159弄C座）
发　　行　上海人民出版社发行中心
印　　刷　上海新华印刷有限公司
开　　本　710×1000　1/16
印　　张　16.75
版　　次　2023年11月第1版
印　　次　2023年11月第1次印刷
ISBN 978-7-5458-2325-7/I.571
定　　价　68.00元